Caroline Vermalle
Die Nostalgie des Glücks

Weitere Titel der Autorin:
Denn das Glück ist eine Reise
Als das Leben überraschend zu Besuch kam
Und wenn es die Chance deines Lebens ist?
Eine Blume für die Königin

Titel auch als Hörbuch und E-Book erhältlich

Caroline Vermalle

Die Nostalgie des Glücks

Roman

Aus dem Französischen übersetzt
von Karin Meddekis

Lübbe Ehrenwirth

Dieser Titel ist auch als Hörbuch und E-Book erschienen

Originalausgabe

Copyright © 2014 by Bastei Lübbe AG, Köln
Umschlaggestaltung: Kirstin Osenau
Einband-/Umschlagmotiv: © Getty Images/John Elk III
Innengestaltung und Satz: Christina Krutz, Biebesheim am Rhein
unter Verwendung von Illustrationen von
© Shutterstock/NH; Shutterstock/Elnur

Gesetzt aus der Adobe Garamond
Druck und Einband: GGP Media GmbH, Pößneck
Printed in Germany
ISBN 978-3-431-03902-3

1 3 5 4 2

Sie finden uns im Internet unter: www.luebbe.de
Bitte beachten Sie auch: www.lesejury.de

*»Von allen Kaschemmen der ganzen Welt
kommt sie ausgerechnet in meine.«*

HUMPHREY BOGART

in *Casablanca* (Michael Curtiz, 1942)

*»Jeder trägt ein strahlendes Licht in sich,
und alle ersticken es, um so zu sein
wie die anderen.«*

JACQUES PRÉVERT

(Lumières d'hommes)

PROLOG

»Mach die Tür zu, mein Schatz, sonst kommen die Mücken herein.« Es war Sommer, und die Neonlampe brannte über dem Kopf meiner Oma, die das Geschirr spülte. Wir waren ein bisschen traurig, denn es war der letzte Ferientag.

Den Nachmittag hatten wir am Strand verbracht. Er war so lang und breit, dass man das Gefühl hatte, es wäre immer Ebbe. In diesem kleinen Badeort im Departement Vendée zwischen Notre-Dame-de-Monts und Noirmoutier hielten sich nie so viele Menschen auf. »Nicht so wie an der Côte d'Azur, wo der Strand total überlaufen ist.« In diesem Jahr hatten wir Glück gehabt mit dem Wetter. Es schien eigentlich immer die Sonne, nur am 14. Juli, dem Tag des großen Feuerwerks, hatte es gegossen wie aus Eimern. An diesem letzten Tag war herrliches Wetter gewesen. Um das auszunutzen, hatten wir uns so lange draußen in der Sonne aufgehalten, dass wir uns die Schultern verbrannten. Wir hatten eine Sandburg gebaut. Sie war nicht besonders schön, aber mit Befestigungsanlagen aus Muscheln versehen, die dem steigenden Wasser standhielten. Dank dieser Sandburg hatten wir eine neue Freundschaft mit einem netten Jungen geschlossen. Es war schade, dass wir ihn nicht früher kennengelernt hatten, denn am nächsten Tag fuhren wir ja nach Hause. Zum letzten Mal hatten wir am Nachmittag im Schutz der Kiefern ein paar Schokoladenkekse gegessen. Obwohl sie in der Hitze weich geworden waren, knirschten sie zwischen den Zähnen, weil unten in der Tasche Sand lag. Zum letzten Mal hatten wir unsere abgenutzten Handtücher neben den Badesachen ausgebreitet, auf denen noch ein paar Algen klebten. Vor dem Abendessen hatten wir die Schwimmreifen, den Korb für die Sandgarnelen und die hölzernen Liegestühle in den Schuppen hinten im Garten geräumt. Wir mussten immer höllisch aufpassen, weil ein paar Nägel aus den Holzwänden herausragten. Dabei waren die Nägel nicht einmal das Schlimmste, denn in den Ecken lauerten Tiere, und darum hielten wir uns nie lange im Schuppen auf. Wir räumten schnell das Boulespiel aus Plastik weg. Die Setzkugel hatten wir leider verloren. »Nicht schlimm«, meinte Opa. »Wir finden sie bestimmt im nächsten Jahr wieder. Hier geht nichts verloren.« Dann hatten wir eine Frischhaltedose voller Muscheln in den Koffer gepackt, neben die neuen T-Shirts, die Oma uns gekauft hatte. Das kleine Cello, das Opa bei einem Antiquar entdeckt hatte, stand schon neben der Tür, damit Papa es nicht vergaß, wenn er alles in den Wagen packte. Die Ferien waren zu Ende.

Im nächsten Jahr würden wir wiederkommen und in diesem Haus am Meer unsere Ferien verbringen. Hier kannten wir jede Bodenplatte, jeden Winkel in den Schränken und jede Nippfigur auf den Regalen. Und während wir im Rückspiegel noch einen letzten Blick auf den geliebten Ort warfen, nahmen wir uns vor, im nächsten Jahr auch in die Schulbücher zu schauen und rechtzeitig Postkarten zu verschicken. Der Sommer verging immer viel zu schnell, und es war so schön in Villerude-sur-Mer.

Die Menschen, die ein Villerude-sur-Mer haben, das Jahr für Jahr die Monotonie ihres Lebens durchbricht, können sich glücklich schätzen. Die Urlauber, die in den Villen mit den Namen aus Schmiedeeisen wohnen, oder die Camper auf den Campingplätzen mit den bunten Schildern, die Sommergäste und die Glücklichen, die auf der Durchreise hier vorbeikommen. Für alle ist es wunderbar, in der schönsten Jahreszeit ihrem Alltag mit seinen Zwängen und Pflichten zu entfliehen und hierherzukommen, um aufzutanken. Tief durchatmen, abschalten, die Seele baumeln lassen und endlich so leben, wie man will! Doch irgendwann ist der Sommer immer zu Ende. Dann kehren alle in das andere Leben zurück, das Leben, das sie im Herbst, im Frühling und im Winter führen, das Leben mit den zahlreichen Verpflichtungen und den ehrgeizigen Plänen, das Leben, das immer in denselben Bahnen verläuft. Denn auch das ist unser Leben, weil es irgendjemand irgendwann so bestimmt hat, ja, vielleicht waren wir es sogar selbst.

Wir tun alles, um Villerude-sur-Mer zu vergessen, und denken nur noch ab und zu an die Ferien am Meer, wenn es im September noch schön ist, und irgendwann gar nicht mehr. Die Welt dreht sich überall weiter, und die Erinnerungen an Villerude verblassen. Das Tourismusbüro hat eine Webcam am Hauptstrand installiert und die Aufnahmen ins Netz gestellt. Auf diese Weise können die Urlauber, die sich nach dem Sommer zurücksehnen, sich die Sonnenuntergänge in Erinnerung rufen, die sie so sehr geliebt haben. Aber wer schaut sie sich schon mitten im Winter an? Villerude-sur-Mer ist von der Landkarte gestrichen – aus den Augen, aus dem Sinn. Ab und zu blitzen ein paar Bilder auf, ein Duft, eine Erinnerung, die uns eines Morgens, wenn wir gar nicht damit rechnen, in einer Frühlingsbrise ganz unverhofft wie eine gute Nachricht entgegenweht: Villerude ... Nein, es ist vielmehr der Ruf des Sommers und der strahlenden Sonne, und schon erfasst uns wie die Zugvögel eine fast schmerzliche Sehnsucht zurückzukehren. Bald beginnen wir zu träumen und die Tage zu zählen, bis wir endlich unsere Koffer packen und losfahren. Und dann sind wir wieder in Villerude-sur-Mer, diesem gemütlichen, vielleicht ein wenig provinziellen Ort, in dem sich nichts verändert hat, und genauso lieben wir ihn. Man könnte meinen, dass dieses Fleckchen Erde niemals dunkle Tage erlebt und nur den Atem angehalten hat, bis wir zurückkehren.

Das ist natürlich eine Illusion. Villerude-sur-Mer atmet auch, wenn es kalt ist. Wenn die letzten Schwalben fortgezogen sind, beginnt Villerude (das »sur-Mer« lässt man jetzt weg) seine Mauser und wird ein Dorf wie jedes andere, ein trister Ort mit langweiligen Geschichten, die niemanden interessieren, abgesehen von denjenigen, die sie erzählen. Die Leute sprechen über die Zeit, die zu schnell vergeht; über freie Tage dank reduzierter Wochenarbeitszeit; über die Montage, an denen man nicht aus dem Bett kommt; dazu ein unnötiges Herziehen über andere und ein ewiges Jammern über dies und das, über verpasste Chancen und glückliche Momente, die zu schnell in Vergessenheit gerieten. Jetzt ist Villerude ein ganz normaler Ort, in dem niemals etwas Interessantes passiert.

Nur ein Mal, vor etwa drei oder vier Jahren, geschah doch etwas. Zwischen zwei Sommern veränderte eine kurze Nachricht in der Lokalzeitung den ruhigen Lauf des Lebens außerhalb der Saison. Eine kleine Mitteilung mitten im Winter ...

1

SONNTAG, 6. JANUAR

Plötzlich lief der Film nicht mehr weiter, als hätte die Zeit sich in Dinge eingemischt, die sie nichts angingen. Camille, ein ungelenker alter Seemann, der wie ein Kapitän in der Kabine des Filmvorführers herrschte, hörte den Projektor klacken, surren und brummen, und er machte Augen, die ihn nicht jünger aussehen ließen. Nobody, sein Jack-Russell-Terrier, der nach dem Helden von *Mein Name ist Nobody* von Tonino Valerii aus dem Jahre 1973 benannt worden war, lag zu seinen Füßen und schaute gebannt auf die Filmrolle, die sich wie eine wild gewordene Schlange in alle Richtungen drehte, während er sich darauf vorbereitete einzuschreiten. In dem großen Saal hinter dem kleinen Fenster hatten Arletty und Jean Gabin sich zuerst eine Weile in Zeitlupe angestarrt, und schließlich passierte gar nichts mehr. Der alte Mann murmelte etwas in seinen Bart. Er spulte Carnés Film von 1939 vor und zurück, sodass *Der Tag bricht an* nun auf dem zweiten Projektor seine Runden drehte und erneut auf der Leinwand unten zu sehen war. Es würde allerdings nicht lange dauern –

genau zwanzig Minuten –, bis der Film erneut stehen blieb, wenn der erste Projektor nicht sofort repariert wurde. Camilles zerfurchte Hände näherten sich dem Projektor, dann seinem Kinn, dann dem Projektor, dann seinen Haaren, dann dem Telefon, und er hob den Hörer ab.

»Hallo, Antoine? Hier ist Camille. Du hast doch Zeit, oder? Einer meiner Projektoren hat nämlich gerade den Geist aufgegeben.«

Als Nobody den Namen Antoine hörte, war er gleich auf den Beinen. Allerdings sagte Antoine auf der anderen Seite der Leitung nicht sogleich das, was Camille hören wollte.

»Ich verstehe, mein Junge. Es wäre trotzdem gut, wenn du sofort kommen würdest. Im Augenblick ist noch alles in Ordnung, aber in neunzehn Minuten sitze ich in der Patsche. Soll das ein Witz sein? Neunzehn Minuten ... für so einen guten Mechaniker wie dich ... Mann, wir vertrödeln nur die Zeit, wenn wir noch lange diskutieren. Ich kann die Zuschauer nicht warten lassen. *The show must go on*. Okay, bis gleich.«

Ein paar Minuten später hielt ein Mann in einer Lederjacke und mit einer Vintage-Motorradbrille auf einem roten Motorrad vor dem im Stil des Art déco gebauten Kinos *Le Paradis* an (der Name hatte keinen Bezug zu dem Film *Cinema Paradiso* von Giuseppe Tornatore von 1988). Es war ein verfallenes Gebäude mit Blick auf die Rückseite der Wohnhäuser, die die Strandpromenade säumten. Auf den wuchtigen Holztüren klebte ein kleines Plakat in Neonfarben, auf dem mit einem Marker geschrieben stand:

Sonntag, 6. Januar
CINECLUB
Ein Abend mit Jean Gabin in Filmen von Marcel Carné
Der Tag bricht an (1939) – 16:00 Uhr
Hafen im Nebel (1938) – 17:45 Uhr

Das Plakat zitterte in dem eisigen Wind.

Nobody sprang aufgeregt in der Eingangshalle umher, als Antoine eintrat. Er hielt seine Werkzeugkiste in der Hand, die so schön glänzte, dass man sie für eine riesige Spieldose hätte halten können.

Antoine war Anfang dreißig, und sein Äußeres wies so viele Anomalien auf, dass man ihn nach geltenden Maßstäben nicht als hübsch bezeichnen konnte. Schon allein wegen seines vorstehenden Unterkiefers und der kleinen Lücken zwischen den Schneidezähnen. Seine Haare waren weder kurz noch lang, aber immer völlig zerzaust. Breite Koteletten, die schon lange nicht mehr modern waren, bedeckten seine oft schlecht rasierten Wangen. Die Ohren standen ein wenig ab, und zu allem Übel fehlte an der rechten Hand auch noch der kleine Finger. Wenn man Antoine Bédouin als Bausatz gekauft hätte, hätte man vermutlich den Wunsch gehabt, einige Teile umzutauschen. Doch sobald er lächelte, hatte man das Gefühl, als wanderte ein bestimmtes Puzzleteil von ganz allein an die richtige Stelle. Und alle, die ihn betrachteten, stellten fest, wie dumm sie gewesen waren, dass sie dieses fehlende Puzzleteil übersehen hatten: seine grünen Augen. Die Farbe seiner Augen glich der des Meeres in Villerude, wenn der graue Himmel aufklarte, ein erfrischendes, strahlendes, kräftiges Grün, in dem sich das Versprechen auf bessere Tage spiegelte. Antoine war auf seine Art schön. Die Frauen, die ihn falsch einschätzten, waren selbst schuld, denn sie hatten ihn nicht zum Lächeln gebracht. Er stammte aus dem Dorf und verbrachte dort sowohl den Sommer als auch den Winter, und die Leute liebten ihn, besonders Camille. In Villerude oder jenseits der Sümpfe gab es nämlich sonst niemanden, der sich so gut mit seinen Geräten auskannte wie Antoine.

»Schön, dass du so schnell gekommen bist. Hoffentlich habe ich dich nicht gestört«, sagte Camille.

»Hm, ich hatte gerade mit einem Puzzle begonnen. Mit dreihundert Teilen. Ich stand kurz davor, meinen Rekord zu brechen.«

In seiner freien Zeit – und davon hatte Antoine zu diesem Zeitpunkt seines Lebens eine Menge – setzte er online Puzzle zusammen. Es genügte ihm nicht, zu den Schnellsten der Internetgemeinschaft mit Tausenden von Teilnehmern zu gehören. Antoine suchte sich auch Fotos aus, die er downloadete und in wahnsinnig komplizierte Puzzles verwandelte. Algen am Strand von Villerude, aufgerollte Angelschnüre und Kiefernzapfen im Wald waren für ihn mittlerweile keine besondere Herausforderung mehr.

»Na los, hier kannst du auch deinen Rekord brechen. Deine Bestzeit liegt bei fünfzehn Minuten.«

Camille erklärte ihm, was passiert war und welche Konsequenzen das nach sich ziehen könnte, doch Antoine war mit den Gedanken schon bei der Technik. Er brauchte sich nur die Geräusche anzuhören und wusste sofort, was los war. Seine Werkzeuge, die er immer tadellos in Schuss hielt, gehorchten einer Wissenschaft, die außer ihm niemand verstand, und Antoines Finger schienen nur dazu da zu sein, diese Werkzeuge zu bedienen. Seine Aufmerksamkeit galt dem Surren der einzelnen Teile, denn dadurch erfuhr er, welches defekt war. Der Projektor war älter als Antoine, und dennoch kommunizierte er mit ihm, als wären sie Brüder. Camille und Nobody schauten ihm zu. Das taten sie oft, denn der Projektor war schon sehr alt und ging oft kaputt. Und doch bewunderten sie jedes Mal diesen kleinen Kerl, der nach nichts aussah und doch alles reparieren konnte, was er wollte. Der Filmvorführer zählte der Form halber die Minuten. Zehn Minuten, neun Minuten, acht Minuten. Antoine lauschte dem Surren, dem Klicken und Klacken, dem Rattern und Knattern des Geräts. Dann griff er in das Ungetüm. Sieben Minuten, sechs Minuten, fünf Minuten, vier Minuten. Mal waren seine Handgriffe kräftig, mal behutsam, fast zärtlich. Seine grünen Augen sahen nichts anderes als das Gerät, das er reparieren musste, damit es wieder einwandfrei lief. Antoine ließ den Projektor laufen und spitzte die Ohren. Der Schweiß stand ihm auf der Stirn. Camille lächelte. Auch er kannte die Geräusche des Gerätes. Der Filmvorführer nahm die Filmrolle, legte sie ein und achtete dabei auf die Schlaufen, damit der Film genug Spiel hatte. Drei Minuten, zwei Minuten, eine Minute. Na also. Im Saal hatte niemand etwas mitbekommen. Der Film lief weiter, als wäre nichts geschehen. Nobody wedelte mit dem Schwanz und legte sich unter den kleinen Tisch.

»Gute Arbeit, wie immer«, freute Camille sich. »Zwölf Minuten. Du hast dich selbst übertroffen, mein Junge.«

Antoine lachte vor Freude über seinen erfolgreichen

Einsatz. Er wischte sich mit dem Ärmel über die Stirn und warf einen Blick durch das kleine Fenster. Auf der Leinwand sah er Jean Gabin, allein in der obersten Etage eines Mietshauses, allein mit seinen Erinnerungen, die nicht unterbrochen worden waren. Als Antoines Blick durch den Kinosaal wanderte, riss er die Augen auf.

»Mann, Camille, willst du mich verarschen?«

»Hm?«, murmelte Camille unerschütterlich und goss sich lauwarmen Kaffee in einen klebrigen Kaffeebecher.

»In deinem Schuppen sitzt ja niemand! Und ich überschlag mich hier, um dein Gerät zu reparieren ... Von wegen ›the show must go on‹, für wen denn? Für die Sitze?«

»Na hör mal! Da sitzt doch jemand.«

Der alte Mann wies mit dem Finger auf die rechte Seite des Kinosaals, wo in einer der vorderen Reihen über einem Sitz die Umrisse eines Kopfes zu erkennen waren.

»Ein Typ?«

»Eine Frau.«

»Pah.«

»Jetzt reg dich mal nicht auf. Komm, ich spendier dir einen Kaffee für deine Mühe.«

Die beiden Männer setzten sich an den Tisch und tranken schweigend ihren Kaffee, während im Hintergrund der Projektor surrte. Die Stimmen der Schauspieler unten im Kinosaal hörten sich an, als hielte man sich im Raum nebenan auf und lauschte an der Tür.

»Für morgen haben sie Schnee vorhergesagt«, brummte Camille schließlich. »Schnee bei uns, ist das zu fassen? Und da erzählen sie uns ständig was von Klimaerwärmung. Das ist nicht gut.«

Antoine hob die Augenbrauen, als wollte er sagen: »Ist doch nicht so schlimm.«

»Du bist noch jung«, fuhr Camille fort. »Aber ich mit meinen Schmerzen ... Für mich ist das gar nicht gut. Ich kann dir sagen, ich spüre jeden Wetterumschwung.«

»Wie geht es deinem Magen?«, fragte Antoine und trank einen Schluck Kaffee.

»Nicht besonders.«

»Was sagt denn deine Ärztin?«

»Immer dasselbe«, erwiderte Camille seufzend. »Dasselbe wie bei meinem Ischias, wie bei meinem Juckreiz, wie bei meinen Knieschmerzen. ›Das existiert alles nur in Ihrem Kopf, Monsieur Levant.‹ In meinem Kopf! Dann geben Sie mir etwas für den Kopf, habe ich zu ihr gesagt. Da sagt sie: ›Mit Ihrem Kopf ist alles in Ordnung.‹ Wie du siehst, sind wir nicht weitergekommen.«

Camille warf einen Blick auf den Film und trank schlürfend seinen Kaffee aus.

»Zum Glück kenne ich die Frau des Apothekers gut, die Tierärztin. Sie ist Mitglied im Verein der Freunde des *Paradis* und steckt mir immer heimlich Medikamente zu.«

»Und, helfen sie?«

»Nein.«

Die Minuten vergingen. Schließlich stellte Antoine seinen Kaffeebecher auf den Tisch und wischte sich die Hände an der Hose ab, als wollte er sich verabschieden.

»Arbeitest du im Moment?«, fragte Camille.

»Nicht gerade viel.«

»Ich dachte, die wollten dich in der Werkstatt Savonnet.«

»Klar wollten die mich!«, ereiferte Antoine sich. »Aber jetzt können die mich nicht mehr ausstehen! Der junge Savonnet ist ein Betrüger. Haut seine Kunden übers Ohr. Und weißt du was? Das wirft ein schlechtes Licht auf die gesamte Branche.«

»Du hast also wieder mal das Maul zu weit aufgerissen«, sagte Camille leise.

»Ich habe nur freundlich vorgeschlagen, dass man die Sache anders handhaben könnte.«

»Und?«

»Glaub mir, danach war es besser, dass ich ging.«

»Siehst du. Genau wie bei Dumont.«

»Dumont, das war was ganz anderes. Da durfte ich die Autos ja kaum anfassen. Ich musste ständig irgendwas machen, was ein fünfjähriger Junge schon bei seinen Modellautos machen könnte.«

»Jedenfalls warst du nicht lange da. Das Ergebnis ist also dasselbe. Du bleibst nirgendwo lange.«

Antoine schaute auf seine Hände. Camille überprüfte die letzte Filmrolle und sagte: »Trotzdem unglaublich, bei deinem Talent ... Du müsstest schon längst deine eigene Werkstatt haben. Oder irgendwo Chef sein.«

Antoine kraulte sanft Nobodys Bauch, und der Hund tat so, als wäre es ihm gleichgültig, was ihm allerdings nicht gelang.

»Talent hin, Talent her, was heißt das schon. Weißt du, ich glaube, für mich wäre so eine Werkstatt gar nichts«, murmelte Antoine.

»Du sagst das so, als wäre es in Stein gemeißelt«, regte Camille sich nun auf. »Die jungen Leute, ha! Hab ich mich damals gefragt, ob die Fischerei was für mich ist? Und die Fischfabrik? Nein, ich bin da so reingeraten. Aber wenigstens hatte ich mein Auskommen. Dann hab ich mich mit dem Job arrangiert, und letztendlich bin ich gut zurechtgekommen. Gott sei Dank hab ich das nun hinter mir. Aber sag mal, wenn du nicht als Mechaniker arbeiten willst, was willst du denn dann machen, hm?«

»Ich weiß nicht«, antwortete Antoine zögernd. »Das ist ja das Problem. Jedenfalls wäre es praktischer, wenn es in Stein gemeißelt wäre. Wer weiß, vielleicht ist es das ja auch, und ich habe es nur noch nicht herausgefunden.«

Camille warf die Hände in die Luft und rollte mit den Augen, ohne etwas zu erwidern.

»Ah, der Film ist zu Ende«, sagte er kurz darauf. »Bleibst du noch zur nächsten Vorstellung?«

Antoine antwortete nicht, aber er blieb sitzen und beugte sich auf dem Stuhl zu Nobody hinunter, der glücklich hechelte.

»Guter Hund, Nobody.«

»Okay, ich geh dann mal runter und begrüße die Besucher«, sagte Camille. »Na ja, falls welche kommen.«

Als Antoine allein war, sah er sich in dem kleinen Raum um. Sein Blick wanderte über die Filmrollen, die Kaffeemaschine, die Filmplakate, den Papierkram und das gestreifte Geschirrtuch. Er schaute auf die Uhr. Für das Abendessen mit Lalie war es noch zu früh. Es war Sonntag, ein richtiger Sonntag mit dieser Melancholie, die ihn an diesem Tag immer erfasste. Zum Glück hatte Camille ihn angerufen. Hier im Kino fühlte er sich wohl. Jedenfalls an einem Sonntag. Er freute sich schon auf morgen, doch dann fiel ihm ein, dass er morgen gar nichts vorhatte. Antoine hörte, dass Camille ein Ticket für die nächste Vorstellung verkaufte. Es kam ihm sogar so vor, als würde er mehrere verkaufen, aber vielleicht unterhielt Camille sich auch nur mit einem Zuschauer. Antoine goss sich noch eine Tasse Kaffee ein und wartete.

Camille stieg die Treppe wieder hinauf und sank auf seinen Schreibtischstuhl.

»Es geht los«, sagte er und legte den Film *Hafen im Nebel* ein.

»Sind welche gekommen?«

»Fünf Personen. Françoise vom Verein der Kinofreunde mit ihrem Mann – ihnen gehört die Druckerei, weißt du –, der Apotheker mit seiner Frau, der Tierärztin, und die Kleine.«

»Welche Kleine?«, fragte Antoine.

»Die Frau, die in der ersten Vorstellung schon da war. Müsste so in deinem Alter sein. Kommt seit drei Wochen jeden Sonntag.«

»Sag bloß. Wo kommt sie her?«

»Das weiß ich nicht genau. Madame Bouliot hat mir erzählt, dass sie Musikerin ist oder Künstlerin oder etwas in der Art.«

Nobody hob den Kopf zu Antoine, als dieser Camille mit sonderbarem Blick musterte.

»Madame Bouliot? Die in diesem hässlichen, mit Schilf gedeckten Haus am Ende der Avenue des Pins wohnt?«

»Ja«, knurrte Camille. »Jetzt übertreib mal nicht. So hässlich ist ihr Haus auch nicht.«

»Hm, und die junge Frau, die wohnt nicht zufällig in dem großen grünen Haus gleich nebenan, das schon seit Jahren leer steht?«

»In dem Haus, das den Leuten aus Paris gehört? Jetzt, wo du es sagst, doch, ich glaube, schon. Nun, ich höre nicht immer auf das, was die alte Bouliot sagt. Warum fragst du? Kennst du die Leute?«

»Nein«, erwiderte Antoine und starrte auf seine Hände.

Und damit war das Gespräch beendet. Camille kümmerte sich um seine Vorstellung, und Antoine saß auf dem Rand des Stuhls, als wollte er jeden Moment aufbrechen. Doch er brach nicht auf. Er schaute sich den Schwarz-Weiß-Film durch das kleine Fenster an und beugte sich vor, um einen Blick auf die rechte Seite des Kinosaals zu werfen. Er sah die Umrisse eines Kopfes und lockiges Haar, das vermutlich lang war. Dann verlor sich sein Blick in Sphären jenseits des Kinosaals, in fernen Erinnerungen an einen Sommer vor langer Zeit. Draußen wurde es bestimmt schon dunkel. In dem kleinen Vorführraum herrschte eine ebenso triste Atmosphäre wie auf der Kinoleinwand. Der Nebel auf dem berühmten Kai vermischte sich mit Antoines verschwommenen Erinnerungen.

Als der Film zu Ende war, half der Mechaniker Camille, die Projektoren auszuschalten, und kraulte Nobody am Kopf. Er hörte, wie die wenigen Besucher unten die wuchtige Holztür aufstießen und »oh!« riefen, doch er dachte sich nichts dabei. Antoine bot Camille an, ihn nach Hause zu fahren.

»Auf deiner Unglücksmaschine? Du machst wohl Scherze! Ich hänge noch am Leben.«

Plötzlich schien der alte Mann das Gefühl zu haben, er müsse diesem Satz noch etwas hinzufügen. Er umfasste Antoines Arm und flüsterte:

»Hey, Antoine, danke, dass du mir geholfen hast. Wenn ich mal nicht mehr bin, solltest du das alles übernehmen. Der Verein der Kinofreunde wird schon eine Möglichkeit finden, dich finanziell ein wenig zu unterstützen.«

»Nett von dir, dass du an mich denkst, aber weißt du, diese alten Filme, das ist nicht so mein Ding.«

»Zumindest bis du endlich weißt, wozu du dich berufen fühlst, könntest du das doch machen. Ich sag dir was: Du bist der Einzige hier in der Gegend, der dieses Kino führen kann.«

»Du wirst uns sowieso alle überleben«, sagte Antoine und zuckte mit den Schultern.

»Tja, dann seid ihr aber nicht gerade in Höchstform. Mach's gut, Antoine. Und denk mal darüber nach.«

Antoine reichte Camille lächelnd die Hand und stieg die Treppe hinunter.

Und als er unten ankam, rief er ebenfalls »oh!«.

Während der letzten Vorstellung war die Dunkelheit hereingebrochen, und es hatte zu schneien begonnen. Eine dicke weiße Schneeschicht bedeckte den schmalen Bürgersteig. Nur die Spitzen des Unkrauts ragten noch heraus. Auch auf den leeren Parkplätzen hinter den Häusern lag Schnee. Etwas weiter weg sah Antoine zwischen den Gebäuden die weiße Strandpromenade, die vom gelben Licht der Straßenlaternen erhellt wurde. Durch das Gras am Rand fegte noch der Wind, aber bald würde der Schnee es unter sich begraben. Und der Strand dahinter war jetzt bei Ebbe sicherlich auch ganz weiß.

Als er auf das dunkle nächtliche Meer blicken wollte, sah er ihr durchsichtiges Spiegelbild.

Er wandte sich ihr zu, um sie zu betrachten. Sie stand auf dem Mosaikboden und wartete vor der Tür. Sie hatte langes, lockiges rotbraunes Haar, zarte Gesichtszüge und einen blassen Teint. Ihre Hände steckten in den Taschen ihres Mantels, der viel zu elegant war, um sie zu wärmen. Antoine sah sie mit großen Augen an.

»Wenn man bei so einem Wetter das Haus verlässt, muss man schon einen Grund haben«, sagte er.

Plötzlich hatte er das Gefühl, etwas Dummes gesagt zu haben. Die junge Frau jedoch lächelte – verhalten, aber charmant. Antoine rechnete damit, dass auf das Lächeln eine Erwiderung folgen würde, doch sie schwieg. Er schaute wieder auf den Schnee.

»Sind Sie mit dem Wagen hier?«, fragte er.

»Ja, danke.« Ihre Stimme war ein wenig rau, warm und viel kräftiger als ihre blasse Haut. »Können Sie mir sagen, wie spät es ist?«

»Ja, äh, es ist halb acht«, sagte Antoine.

»Danke.«

Dann herrschte wieder Stille. Antoine überlegte angestrengt, was er sagen könnte, damit er sie noch länger betrachten konnte. Er wollte sich vergewissern, dass er sich nicht irrte.

»Sind Sie diejenige, die in das große Haus am Ende der Avenue des Pins gezogen ist?«, fragte Antoine sie.

»Ja.«

»Ein Haus der Familie?«

»Ja.«

»Funktioniert der Ofen denn überhaupt?«

»Ja. Wir haben jemanden, der ab und zu vorbeikommt und alles in Ordnung hält. Denn aus meiner Familie ... da kommt kaum noch jemand.«

Antoine lächelte, als wollte er ihr zu verstehen geben, dass er das wusste. Er öffnete den Mund, um etwas zu sagen, besann sich aber eines Besseren. Er betrachtete sie noch immer, und weil er befürchtete, sie könnte gleich gehen, sagte er:

»Sie sind trotzdem gekommen. Dabei ist es zu dieser Jahreszeit nicht besonders schön hier. Vor allem sonntags nicht.«

»Warum mögen Sie keine Sonntage?«, fragte sie ihn lächelnd.

»Ich weiß nicht. Schon unter der Woche vergeht die Zeit nicht gerade schnell, aber sonntags kommt es mir vor, als würde sie rückwärtsgehen.«

»Zum Glück ist das Kino geöffnet. So kann man dem Sonntag entfliehen.«

»Und dort, wo Sie herkommen, gibt es keine Möglichkeiten, dem Sonntag zu entfliehen?«, fragte Antoine. Er sah, dass ihre Augen zu strahlen begannen, doch zugleich spiegelte sich auch ein wenig Traurigkeit in ihrem Gesicht.

»Oh doch. Dort gibt es so viele Angebote, dass man sich nicht entscheiden kann.«

»Woher kommen Sie?«

»Aus Hongkong.«

»Hongkong«, wiederholte Antoine und schaute auf das

unsichtbare Meer jenseits des Fensters, als wäre die Metropole nur einen Steinwurf entfernt. »Und was führt Sie hierher?«

Rose hob kurz die Hand und lächelte, als wollte sie sagen, dass es nicht wichtig sei oder dass er ihr nicht solche Fragen stellen solle. Antoine erkannte in ihren Gesichtszügen Ängstlichkeit, Erhabenheit und zugleich Resignation. Ihre liebenswürdige Art täuschte nicht über eine gewisse Anspannung hinweg.

Nun tat Antoine etwas, das wirklich dumm war. Er streckte seine Hand aus, an der ein Finger fehlte, und sagte:

»Antoine.«

Rose drückte seine Hand, ohne sie anzusehen, und ihr Handschlag war kräftiger, als er erwartet hatte.

»Rose.«

Der Name Rose hallte in Antoines Innerem nach, ein herrliches und zugleich schmerzliches Echo, das die Geister der Vergangenheit weckte. Und was hatte er davon, dass er es jetzt genau wusste? Was sollte er tun? Er stand da, starrte wie ein Dummkopf auf den Schnee und wusste nicht, was er sagen sollte. Schließlich fiel ihm etwas ein.

»Wenn bei Ihnen mal etwas kaputt sein sollte, wenden Sie sich einfach an Camille. Camille, das ist der Filmvorführer. Ich repariere fast alles, also wenn Sie mal jemanden brauchen ...«

»Sind Sie Handwerker?«

»Ich bin Automechaniker, aber wenn etwas kaputt ist, sehe ich es mir gerne an.«

»Das ist sehr nett. Aber bei mir ist nichts kaputt.«

»Nein, bei Ihnen natürlich nicht ...«

Sie musterte ihn amüsiert. Antoine sah sie mit großen Augen an und stammelte:

»Ja, hm, Sie wissen schon, was ich meine.«

Reglos und schweigend schaute Rose noch immer auf den Schnee. Antoine schwieg ebenfalls, denn er spürte, dass er wieder etwas Dummes sagen würde. Darum verabschiedete er sich nun von ihr.

»Okay, dann noch einen schönen Abend.«

»Dürfte ich Sie noch einmal fragen, wie spät es ist?«

»Es ist zwanzig vor acht. Ich habe Sie gewarnt – hier vergeht die Zeit nicht gerade schnell.«

»Danke. Auf Wiedersehen.«

Antoines Schritte hinterließen Spuren im Schnee. Als er kurz darauf auf sein Motorrad stieg und betete, dass er mit der Maschine nicht ausrutschte, musste er immerzu daran denken, wie hübsch Rose war. Er jedenfalls fand sie wunderschön, und er war noch immer so verblüfft, dass er sich umdrehen musste, um sich zu überzeugen, dass er sich nicht geirrt hatte. Und wenn ein solch ungläubiger und in diesem Augenblick so empfindsamer Blick einem ebenso ungläubigen und empfindsamen Blick begegnet, kann das einen Mann verändern. Rose hob den Blick zu Antoine auf dem Motorrad, und Antoine fuhr mit Schmetterlingen im Bauch im Zickzackkurs davon.

Rose.

Rose. Natürlich. Das kleine Mädchen, mit dem er mehrere Jahre hintereinander im Juli Sandburgen gebaut hatte. Damals waren sie noch Kinder, und dennoch erinnerte Antoine sich daran, als wäre es gestern gewesen. Er schloss einen Moment die Augen, um nicht alle Erinnerungen auf einmal wachzurufen und um sich nicht so unbedeutend zu fühlen, weil sie ihn nicht erkannt hatte. Dann tauchte doch noch ein Bild auf. Es war der Sommer, als er elf Jahre alt war und vor einer verschlossenen Tür jene Botschaft voller Sand in seiner Faust hielt.

Rose.

Von allen Kinos in allen Städten der Welt hatte sie sich ausgerechnet seins ausgesucht.

2

SONNTAG, 6. JANUAR

Rose machte die Eingangstür des großen Hauses hinter sich zu. Sie zog die Stiefel aus, die voller Schnee und Sand waren, und stellte sie auf einen Aufnehmer. Ohne den Mantel auszuziehen, ging sie zu dem Ofen in der Ecke des Wohnzimmers und legte drei Holzscheite in die glimmende Glut. Dann zündete sie ein paar mit Zeitungspapier umwickelte Stücke Kleinholz mit einem Streichholz an und warf sie in den Ofen. Als kleine rote Flammen ihr Gesicht erhellten, setzte sie sich in den alten Sessel. Die Deckenleuchte hatte sie nicht eingeschaltet. Sie saß da in der Dunkelheit, ohne etwas anderes zu tun, als ins Feuer zu starren und dem Ticken der Uhr zu lauschen.

Nach ein paar Minuten zog sie ihr Handy aus der Manteltasche, das sie im Kino ausgeschaltet hatte, und schaltete es ein. »Sie haben sechs neue Nachrichten.« Rose warf einen Blick auf die Telefonnummern mit der Vorwahl von Hongkong, die versucht hatten, sie zu erreichen. Ihr Daumen schwebte zwei Sekunden über dem Icon der Mailbox, während das leuchtende Display ihr angespanntes Gesicht erhellte. Abrupt warf sie das Handy neben sich auf den Sessel und legte die Füße auf den Couchtisch, auf dem eine Visitenkarte lag, die sie vorsichtig zur Seite schob. Sie starrte wieder in das knisternde Feuer. Ein Auto fuhr die Straße entlang. Der Wind fegte durch den Speicher.

Langsam wanderte ihr Blick über die alten Bodenplatten aus Ton und das altmodische Büfett, auf dem das Telefon stand, das seit zwanzig Jahren nicht mehr klingelte. Dann schaute sie auf die Vitrine, in die sie früher immer die Brettspiele in den Kartons mit den eingerissenen Deckeln gestopft hatten.

Rose verstand gut, dass niemand aus ihrer Familie mehr hierherkam. Ihre Großeltern hatten sich damals in dieses Dorf verliebt, in dem die Zeit stehen geblieben zu sein schien, und in diesen Küstenstreifen, der nichts Besonderes zu bieten hatte und wo es oft regnete. Der Rest der Familie jedoch, der nach dem Tod der Großeltern nicht mehr verpflichtet war, sich hier aufzuhalten, hatte nach und nach der Feuchtigkeit und den Insekten das Feld überlassen. Die Brüder und Schwestern, all die Cousinen und Cousins, die Onkel und Tanten und selbst die Eltern zogen es vor, den Sommer dort zu verbringen, wo immer die Sonne schien, und das hieß, in weiter Ferne. Dort gab es auch mehr Abwechslung und nicht ständig etwas zu reparieren. Wenn die ganze Familie sich bei einer Hochzeit oder Beerdigung traf, wurde immer auch über den Verkauf des Hauses gesprochen, aber niemand konnte sich ernsthaft dazu durchringen. Das große Haus war wie ein Museum der Familiengeschichte, und darum wollten es alle behalten. Die Verantwortung für die Instandhaltung war stillschweigend (und ungerechterweise) an Roses Tante übertragen worden. Sie erfüllte die Aufgabe nur widerwillig und bestand so hartnäckig darauf, es zu verkaufen, dass sie sich mit ihrem Bruder zerstritten hatte. Tatsache war, dass das Haus an der Avenue des Pins 57 aus einem bestimmten Grund noch immer in Familienbesitz war: Der Verkauf würde nicht viel Geld einbringen, und zudem müsste der Erlös unter zahlreichen Nachkommen aufgeteilt werden. Also war man zu dem Schluss gekommen, dass es besser war, das Haus zu behalten. Keiner wusste, was kommen würde. Falls die Zeiten einmal schlechter wurden, konnten sie immer noch in das Haus der Großeltern in diesem Kuhdorf flüchten.

Seit dem Tod ihrer Großeltern fuhr Rose nicht mehr nach Villerude und in keines der anderen Häuser, die den Millets gehörten. Zwischen ihr und ihren Verwandten gab es kaum noch Gemeinsamkeiten, auch wenn alle immer großes Trara um das Wunderkind der Familie machten. Die Cousinen und Cousins beäugten Rose mit einer Mischung aus Neid und Ehrfurcht. Sie sprachen mit vor Stolz geschwellter Brust über die *Cellistin*. Obwohl Rose seit mehr als zwölf Jahren auf eigenen Beinen stand, hatten ihre Eltern niemals wirklich aufgehört, sie zu coachen und sie immer wieder mit ihren hohen Erwartungen an sie zu konfrontieren. Bei den jährlichen Familientreffen zu Weihnachten versuchte Rose, ihre strengen und überflüssigen Ratschläge zu ignorieren. Wie gerne hätte sie sich mit ihren Eltern über andere Dinge unterhalten, als mit ihnen ständig nur über ihre Karriere zu sprechen. Leider hatte sich jedoch im Laufe der Jahre herausgestellt, dass sie sich sonst kaum noch etwas zu sagen hatten. Also sprachen sie über die hohe Kunst der Musik, das einzige Thema, an das sich alle klammerten, wenn sie zusammen waren.

Sicher, Rose hatte noch ihren Bruder, den sie sehr liebte. Ihm war es gleichgültig, ob sie Musikerin oder Bärenbändigerin war. Doch da er mit Frau und Kindern und Hunden und Katzen auf dem Lande am anderen Ende von Frankreich ein vollkommen anderes Leben führte, sahen sie sich selten. In den letzten zehn Jahren hatte Rose sich nach und nach von ihrer Familie gelöst, und das war gut so.

Als Rose ihrer Tante vor einem Jahr vorschlug, die laufenden Kosten für das Haus in der Avenue des Pins zu übernehmen, waren alle einverstanden. Rose hatte sich nicht aufgrund einer Notlage dazu entschieden, nein, ganz im Gegenteil. Es war vielmehr so, dass eine entsetzliche Traurigkeit sie erfasst hatte: Sehnsucht. Die Bilder glücklicher Kindheitstage am Meer traten immer stärker in den Vordergrund, bis sie ihr den Ausweg aufzeigten, nach dem sie gesucht hatte. Und dann, eines Tages, kam der Augenblick, da sie Villerude als ihre einzige Hoffnung ansah.

Rose seufzte. Ihr Blick wanderte automatisch zu einer dunklen Ecke, die zum Teil von einem großen Geschirrschrank verdeckt wurde. Kein anderer als Rose hätte erahnen können, was sich in dieser schattigen Ecke verbarg, auf die der Schein des Feuers fiel. Die Umrisse waren fast so groß wie die eines Mannes, eines dicken, stolzen Mannes, der dort in der Ecke saß.

Es war ihr letztes Cello, das sie erst vor neun Jahren gekauft hatte, als sie dieses Instrument schon elf Jahre spielte. Dieses Cello war eines von sieben noch existierenden aus der Mailänder Werkstatt von Carlo Giuseppe Testore aus dem Jahr 1697.

Rose zitterte noch immer in ihrem Mantel. Im Dämmerlicht des Winterabends verlor sich ihr Blick in der Ferne. Seit drei Wochen beobachteten die Zeiger der Uhr Rose und ihr Cello, das seine Ecke niemals verließ. Seit drei Wochen sahen sie zu, wie Rose zu langen Spaziergängen am Meer aufbrach, wie sie sonntags ins Kino ging, Romane las, sich weigerte, Anrufe entgegenzunehmen, das Feuer betrachtete und zwei Flüge verpasste. Seit drei Wochen sahen sie zu, wie das Cello sie anstarrte, ihr Cello, das stolz war auf die Patina, die es im Laufe von über drei Jahrhunderten angesetzt hatte.

Das Handy klingelte wieder, und Rose bemühte sich, es zu ignorieren. Plötzlich stand sie auf und schaltete die Deckenlampe ein. Sie zog den Mantel aus, legte ihn über einen Stuhl und ergriff das Cello, als würde sie eine bittere Pille schlucken. Sie setzte sich auf einen Stuhl, drückte das Instrument an ihren Körper, nahm den Bogen und begann zu spielen.

Prélude der Suite Nr. 1 für Violoncello solo von Johann Sebastian Bach.

Wenn in diesem Augenblick Nachbarn vorbeigekommen wären, hätten sie vielleicht die Nasen auf die kalte Fensterscheibe dieses Hauses gedrückt, von dem sie annahmen, es stände leer. Sie wären entzückt gewesen, die dreiunddreißigjährige Rose Millet zu erblicken, die erste Cellistin des

Hong Kong Philharmonic Orchestra, die gerade ein wunderschönes Stück mit seltener Perfektion interpretierte. Sogar in der Carnegie Hall und mit dem Royal Philharmonic Orchestra hatte sie schon gespielt. Die Nachbarn hätten die hübsche junge Frau um ihr Talent beneidet, mit dem sie die Menschen verzauberte. Sie hätten sich bestimmt gefragt, wie das war, wenn man von seiner Kunst lebte und diese erhabenen Klänge den Tagesablauf bestimmten. Sie hätten sich gesagt, dass es sicherlich schön wäre, ohne weiter darüber nachzudenken, weil die herrliche Musik, die durch die Nacht hallte, sie in andere Sphären trug.

Doch an diesem Winterabend stand niemand am Fenster, und das war der Grund, aus dem Rose in Villerude blieb. Denn was sie selbst in dem Wohnzimmer mit den alten Sesseln hörte, war eine entsetzliche Musik.

»Was soll das heißen, du willst? ... Weißt du eigentlich, was du da sagst?«, hatte John gewettert.

Rose schwieg. Ja, sie wusste, was sie sagte. Und sie hatte keine Kraft mehr, auf das Unverständnis der anderen zu reagieren. Sie schaute auf Hongkong zu ihren Füßen, die Milliarden gelben Lichter und die endlose Nacht, die jeden Tag wiederkehrte. Und auf der Fensterscheibe sah sie das Spiegelbild von John, ihrem Agenten und Lebensgefährten, der wie immer tadellos gekleidet war. Ein stolzer Mann in den Vierzigern, der es zu etwas gebracht hatte und dessen Halsschlagadern jetzt vor Wut pochten.

»Rose, antworte mir. Sag mir, dass du den Verstand verloren hast. Denn das wäre die einzige Erklärung.«

Rose drehte sich nicht zu ihm um. Da konnte er lange

warten. John legte die Hände auf die Oberschenkel, stand auf und lief in der luxuriösen Wohnung hin und her.

»Ganz aufhören, ganz aufhören! Du *kannst* aber nicht ganz aufhören! Du träumst. Du hast Verträge und Leute, die für dich arbeiten. Denk nur mal an die vier Konzerte in Shanghai im nächsten Monat. Die Programme wurden schon verschickt ... Und Shanghai ist nur ein Beispiel von vielen. Wenn das unser einziges Problem wäre, würde es vielleicht noch gehen. Aber die Liste ist lang. Du begreifst doch wohl, dass du nicht einfach alles hinschmeißen kannst! ... Was hast du überhaupt vor? Wenn du deine Auftritte absagst, wird dich keiner mehr engagieren ...«

»Ich fahre nach Frankreich«, murmelte Rose mit ausdrucksloser Stimme. »In das Haus meiner Großeltern. Das Ticket habe ich schon gekauft. Ich fliege am Dienstag.«

John riss die Augen auf, und die Worte blieben ihm in der Kehle stecken. Er schlug die Hände vors Gesicht und lief wieder hin und her. Dann blieb er stehen und presste die Zähne aufeinander. Er stürzte auf Rose zu, ergriff ihren Arm und drehte sie zu sich um.

»Weißt du, wie viel Geld du durch deine Dummheiten verlierst? Es wird dich Zehntausende kosten, aus den Verträgen herauszukommen, die du unterschrieben hast. Und wer soll das bezahlen? Glaubst du, ich bezahle das alles, nur weil du aus einer Laune heraus alles hinschmeißt?«

Rose befreite sich aus der Umklammerung und sagte leise: »Ich habe darüber nachgedacht und eine Lösung gefunden.«

»Und die wäre?«

»Mach dir darum keine Sorgen.«

Sie drehte sich wieder zum Fenster um, als wollte sie sich hier vom dreiundzwanzigsten Stock aus in die Lüfte erheben und über die Bucht von Hongkong hinwegfliegen.

»Ich soll mir keine Sorgen machen?«, spottete John. »Nein, natürlich nicht, ich brauche mir keine Sorgen zu machen, nicht wahr? Rose fühlt sich in letzter Zeit nicht so wohl, also hängt sie ihre ganze Karriere an den Nagel, ach, was rede ich da, ihr ganzes Leben! Na klar! Und das nicht nur, weil sie einfach Lust dazu hat, sondern weil sie offenbar auch über die finanziellen Mittel verfügt, um ihre Verträge platzen zu lassen. Und ich Dummkopf lebe zwar seit drei Jahren mit ihr zusammen, wusste aber rein gar nichts davon.« In seiner Wut sprach er das »S« zischend aus.

Rose ballte die Fäuste, doch er sah es nicht und fuhr fort: »Seit drei Jahren stehe ich dir bei deinen Entscheidungen zur Seite und lenke dich in die richtige Richtung. Ich helfe dir, wenn dich Ängste und Zweifel plagen und du mal wieder glaubst, verrückt zu werden. Und das ist jetzt der Dank dafür, nach drei Jahren?«, ereiferte er sich.

»Du begreifst nichts, und du hast auch noch nie etwas begriffen!«, schrie Rose plötzlich.

John, den dieser Ausbruch vollkommen unerwartet traf, erstarrte. Mit bebenden Lippen und geballten Fäusten fuhr Rose fort.

»Du hast einfach nicht begriffen, dass ich seit Jahren bei jeder Note, die ich spiele, höre, wie mein Leben mir entgleitet. Wenn ich an all meine Verpflichtungen denke, bekomme ich kaum noch Luft. Bei jedem Akkord höre ich die wohlwollenden Stimmen der Menschen, die so viel von mir erwarten und die ich mit jedem Tag mehr enttäusche.

Ich höre die Konsequenzen von diesem ›Nein‹, das ich nie sagen konnte! Ich spüre in meiner Hand nicht mehr den Bogen, sondern nur noch die schlaflosen Nächte, in denen ich von dem Tag träume, an dem ich endlich frei sein werde, John! Du sagst doch immer, dass meine Schultern zu steif sind. Weißt du, warum? Das ist die Angst, nicht dem gerecht zu werden, was ich versprochen habe zu sein, und mit diesem Gedanken wache ich jeden Morgen auf. Seit Monaten versuche ich dir das zu erklären, aber du hörst mir einfach nicht zu.«

John hob eine Hand, um zu signalisieren, dass er auf eine solche Bemerkung von ihr nur gewartet hatte.

»Okay, okay, es ist meine Schuld. Mea culpa. Mea culpa, Rose, ich glaube an dich. Und darum werde ich nicht zulassen, dass du eine so große Dummheit begehst. Du hast dich etwas übernommen. Wenn du Urlaub brauchst, reserviere ich uns sofort einen Flug. Wohin möchtest du? Ans Meer? Die Seychellen, Thailand ... Oder in die Berge, nach Colorado oder in die Schweiz?«

Rose warf John einen finsteren Blick zu.

»Du glaubst, ich brauche frische Luft und Palmen?«, spottete sie. »Ich werde dir sagen, was ich brauche, und das findest du nicht in deinen Urlaubsprospekten: Freude, John. Ja, Freude. FREUDE. Dieses herrliche, leichte Gefühl, das einen alles andere vergessen lässt. Weißt du überhaupt, was das ist? Ich weiß, Freude ist etwas so Alltägliches, dass ich geglaubt habe, ich bekäme sie kostenlos und sozusagen als Bonus zu meinem angenehmen Leben dazu. Aber sie hat sich verflüchtigt, ohne etwas zu sagen. Und das Dumme ist, ich weiß jetzt, dass es diese Freude war, die es mir ermöglicht hat, so gut zu spielen. Und nichts anderes, John. Nichts anderes.«

John war erblasst und schwieg. Vielleicht hatte er nie zuvor eine solche Entschlossenheit in Roses Worten wahrgenommen. Vielleicht begriff auch er, dass die Freude alles war und dass es die in ihrem Leben nicht mehr gab. Oder vielleicht begriff er nun, dass diese Frau ihm nicht gehörte und dass sie ihn verlassen würde.

»Rose, du darfst mich nicht verlassen ... Du darfst mich nicht verlassen, weil ... weil ...«

Rose drehte sich zu ihm um, als wollte sie ihn daran hindern, den Satz zu beenden.

»... weil ich dich liebe«, murmelte er mit schwacher Stimme.

»John, verstehst du noch immer nicht? Du liebst nicht mich, sondern das da!«

Den letzten Satz schrie Rose in vorwurfsvollem Ton. Fast hätte sie mit dem Zeigefinger über die Wange ihres Geliebten gekratzt, als sie ausholte, um auf eine Ecke des Wohnzimmers zu zeigen. John drehte sich um und war bereit, alles abzustreiten, als er dort auf seinem Stachel das stehen sah, was sie seit dem Beginn ihres Streites verspottete und im Grunde schon viel länger: das Cello.

Es genügte Rose, das Gesicht des Mannes zu betrachten, den sie geglaubt hatte zu lieben. Er schaute einen Augenblick zu lange auf das Instrument und schwieg, denn er hatte nicht mehr die Kraft, die Wahrheit abzustreiten.

Ein paar Tage später kamen Rose und das Cello in Villerude an. Ohne John.

Rose schloss die Augen und presste die Zähne aufeinander. Bei jedem Bogenstrich stieg eine entsetzliche Leere in ihr auf, und ihre Arme hatten nicht die Kraft, den Bogen richtig zu führen. Nachdem sie die ersten Takte des *Prélude der Suite Nr. 1 für Violoncello solo* von Johann Sebastian Bach gespielt hatte, erklang nur noch ein entsetzliches Kreischen. Das Holz stieß gegen den Stuhl, der Bogen fiel auf den Teppich, und Rose kniete sich auf den Boden.

Früher hatte dieses Haus Freude gegeben. Als Kind hatte Rose ihre Ferien hier bei den Großeltern verbracht. Hier hatte sie ihre ersten Noten gespielt. Ihr Großvater hatte ein kleines, nicht sehr teures Cello bei einem Antiquitätenhändler in der Nähe entdeckt, einem fröhlichen Mann, der die Musik liebte und dessen Geschäft aussah wie die Höhle von Ali Baba. Opa konnte ein bisschen Violine spielen, und er brachte dem kleinen Mädchen die ersten Grundkenntnisse bei. Rose fand Gefallen daran, und ihr Großvater war begeistert von ihrer schnellen Auffassungsgabe und ihrem musikalischen Talent. Als ihre Eltern sie in jenem Jahr am Ende der Ferien abholten, versprachen sie dem Großvater, in Paris einen Cellolehrer für Rose zu suchen. Im nächsten Jahr hatte sie schon ein neues Instrument. So begann ihre Karriere. Als Vierzehnjährige erntete sie bereits überall in Frankreich Applaus.

Das kleine Cello war noch immer hier in einer Truhe in einem der Zimmer im ersten Stock. Sie hatte nur einen Sommer darauf gespielt, doch dieser Sommer war die schönste Zeit in ihrem Leben als Musikerin gewesen.

Jetzt war Rose zurückgekehrt, um zu sehen, ob sie sich noch ein wenig von dieser Lust am Spiel bewahrt hatte, von dieser einfachen Freude, die sie immer gespürt hatte, wenn sie Omas selbst gemachte Marmelade aß. Allein bei dem Gedanken an Omas Marmeladengläser, denen der Staub und Schmutz des Kellers nichts anhaben konnten, stiegen ihr die Düfte der Kindheit in die Nase. Jetzt gab es hier keine Marmelade und keine Freude mehr. Die Abwesenden mussten wohl beides mitgenommen haben. Gleich nach ihrer Ankunft hatte Rose die Truhe geöffnet, um einen Blick auf das kleine Cello zu werfen. Es sah so alt, so winzig und so ungeeignet für ihre Ansprüche aus, dass sie die Truhe gleich wieder geschlossen hatte.

Irgendwo bellte ein Hund. Roses Gesichtszüge waren angespannt, als sie den Kopf hob und ans Fenster trat. Sie starrte auf die menschenleere Straße, die Spuren im Schnee, das Licht der Straßenlaterne. Doch sie sah das alles nicht wirklich, sondern nur ihr Spiegelbild, das sie an die Entscheidung erinnerte, die sie seit drei Wochen immer wieder hinausschob.

Sie drehte sich wieder um und schaute auf die Visitenkarte auf dem Couchtisch. Sollte sie diese Nummer wirklich anrufen? Sollte sie wirklich auf diese furchtbare und endgültige Lösung zurückgreifen? Sie drehte sich erneut zum Fenster um. Rose hörte wieder den Hund, der jetzt noch lauter bellte. Sie dachte an den Mann im Kino. Wie hieß er noch gleich? Antoine? Ja, Antoine hieß er. Und er war sehr freundlich. Komisch, dass er glaubte, bei ihr sei etwas kaputt. Aber er hatte recht. *Spieldose mit kaputter Feder zu reparieren, SOS-Mechaniker für die Seele gesucht.* Sie lächelte verhalten.

Rose spähte wieder auf die Visitenkarte. Noch nicht.

Noch nicht. Vielleicht fand sie eine andere Lösung, die nicht so einschneidend war wie diese. Morgen war ein neuer Tag. Als sie ins Schlafzimmer ging, nahm sie widerwillig das Handy mit. Sie schaute auf das Bett, das mit Romanen übersät war, und schloss die Tür hinter sich.

Auf dem Couchtisch im Wohnzimmer lag die Visitenkarte und verspottete das Cello, das am Geschirrschrank lehnte. Auf der Karte stand:

Trévise & Fils
Antiquitäten
Seit 1979

Lalie Trévise
02 39 56 34 90

3

SONNTAG, 6. JANUAR

Lalie biss Antoine lachend in die Lippen, streifte ein kurzes Nachthemd über ihren nackten Körper und verschwand im Badezimmer. Antoine stützte sich mit dem Ellbogen auf eines der Kopfkissen und suchte die Fernbedienung, um den Ton des Fernsehers lauter zu stellen. Gerade liefen die Lokalnachrichten. In Lalies Schlafzimmer gab es nicht viele Sachen, und nichts davon gehörte Antoine. Abgesehen von seiner Kleidung, die wie immer, wenn er sie besuchte, ordentlich auf dem Stuhl lag. Sie trafen sich erst seit ein paar Monaten, doch die Unbeschwertheit der ersten Zeit, in der die Leidenschaft gemeinsam verbrachter Abende es erleichterte, über verletzende Angewohnheiten hinwegzusehen, war längst vergangen. Ihre Liebe war gealtert, ohne jemals jung gewesen zu sein. Zum Glück hatte Antoine keine Zeit, sich darüber Gedanken zu machen. Die Nachrichten fesselten schon wieder seine Aufmerksamkeit.

Aus dem Badezimmer rief Lalie ihm zu:

»Du bist ganz anders als mein Ex. Mit dem war es einfach: Wenn er Geld hatte, ließ er es richtig krachen. Wenn er pleite war, lief rein gar nichts, auch nicht im Bett. Jetzt angle ich mir lieber Männer, die gerade so über die Runden kommen. So wie du. Da weiß ich wenigstens, dass das Beste noch kommt.«

Frisch frisiert und geschminkt kehrte Lalie aus dem Badezimmer zurück. Sie war groß und schlank, und ihre Haut war durch die regelmäßigen Besuche im Sonnenstudio immer leicht gebräunt. Ihre Gesichtszüge waren hübsch, auch wenn ihr Kiefer etwas zu ausgeprägt war und die Haut durch das Rauchen ein wenig fahl. Ende des Jahres wurde sie vierzig, und sie war stolz darauf, es zu sagen. Ihr geschmackvoll blondiertes Haar band sie immer zu einem Pferdeschwanz zusammen, was ihr gut stand. Wenn sie nur nicht diese Hände einer alten Frau gehabt hätte, die trotz intensiver Pflege rau und rissig waren, weil sie von früh bis spät auf irgendwelchen Speichern herumwühlte. Lalie war Antiquitätenhändlerin, doch aufgrund der Krise und der Trennung von ihrem Mann, der sie vor ein paar Jahren verlassen hatte, arbeitete sie auch Trödel auf. Unentwegt wühlte sie sich durch irgendwelche Sachen, und immer waren es die Hände, die beansprucht wurden.

Sie legte sich auf die Decke, schmiegte sich an Antoine und streckte ihm zärtlich die Nase entgegen.

»Was meinst du, kommt das Beste noch?«

»Hm.«

Lalie kitzelte ihn. Antoine lächelte, schob sie aber behutsam weg. Sein Blick war noch immer auf den Fernseher gerichtet. Lalies Blick wanderte liebevoll über Antoines Gesicht. Sie strich ihm mit den Händen über seine kinnlangen Koteletten, und als er sie einen winzigen Augenblick mit seinen grünen Augen anschaute, lächelte sie. Gleich darauf wandte er seine Aufmerksamkeit jedoch wieder der Fernbedienung zu. Sein Verhalten kränkte Lalie ein wenig, doch sie fasste sich schnell und sagte in scherzhaftem Ton:

»Ich frage mich, ob Antoine Bédouin mich eines Tages auf Händen tragen wird.«

Antoine rollte mit den Augen und konzentrierte sich dann wieder auf die Sendung. Nach ein paar Sekunden begriff er, dass Lalie, die reglos an seiner Seite verharrte, tatsächlich eine Antwort auf ihre Frage erwartete.

»Das ist für dich das Beste?«, fragte Antoine. »Flammende Liebesschwüre, Kosenamen, rote Rosen, für immer und ewig und das alles?«

Lalie nickte und lächelte ironisch. Antoine nahm an, dass sie sich über ihn lustig machte. Sicher war er sich allerdings nicht.

»Wenn du die ganz großen Gefühle haben willst, Lalie, dann musst du ins Kino gehen. Dort werden Liebeserklärungen am laufenden Meter verkauft. Glaub mir, ich hab die Filme alle gesehen.«

»Hollywood interessiert mich nicht. Ich spreche über dich«, sagte sie fröhlich und stieß mit dem Finger in seine festen Bauchmuskeln.

»Ich bin kein Schauspieler und auch kein Dichter«, sagte Antoine und rollte sich unter der Decke zusammen. Nach einer kurzen Pause fuhr er in sanfterem Ton fort, als wollte er sich entschuldigen: »Du weißt doch, dass das nicht meine Art ist.«

Jetzt hob Lalie mit vergnügter Miene den Blick zum

Himmel. Sie stand auf, als ginge sie das, was er gerade gesagt hatte, nichts an, und kehrte ins Badezimmer zurück. Antoine blieb in dem zerwühlten Bett liegen und verfolgte die Nachrichten im Fernsehen. Die Berichte der Nachrichtensprecherin konnten die Leere in dem Zimmer nicht beleben. Er kam sich blöd vor, als er angestrengt nachdachte, was er sagen könnte, egal was, um die Stille zu durchbrechen. Und was er dann sagte, war tatsächlich nicht besonders gut durchdacht.

»Hör mal, kann es sein, dass in dem Haus neben der alten Bouliot wieder jemand wohnt?«

Augenblicklich bedauerte Antoine seine Worte. Es war wirklich unangebracht, über Rose zu sprechen, während er in diesem Bett lag, noch dazu splitternackt. Er nahm sich vor, das Thema zu wechseln. Doch Lalie hatte bereits eine Antwort.

»Ja, eine neurotische Cellistin.«

Die Neugier war so groß, dass sie Antoines Entschluss, das Thema zu wechseln, verdrängte.

»Warum sagst du, sie ist neurotisch?«

»Weil sie nie das Haus verlässt. Das hat Madame Bouliot mir erzählt.«

»Klar geht sie raus. Ich habe sie erst heute Nachmittag im Kino gesehen.«

Lalie streckte den Kopf aus dem Badezimmer und musterte Antoine erstaunt. »Du interessierst dich fürs Kino? Das ist ja ganz was Neues!«

»Camille hat mich angerufen, damit ich einen seiner Projektoren repariere. Und sie war da. Also, ich fand sie ganz normal ...«

»Ach, deshalb hast du vorhin über Filme gesprochen ...«, unterbrach Lalie ihn. »Oh, da fällt mir etwas ein. Meine Telefone. Ich habe ein altes Séquanaise von 1910 in gutem Zustand aufgetrieben, aber der Hörer fehlt ...«

Antoine hatte bereits abgeschaltet. Das passierte oft, wenn Lalie über ihren Trödel sprach. Vor allem über ihre Telefone, von denen sie behauptete, im Augenblick seien alle ganz verrückt danach ...

»Titi ...« »Titi ...« »Titi!« Der siebenjährige Titi tauchte in Antoines Erinnerung auf, Titi in Gesellschaft der sechsjährigen Rose, Titi mit den grünen Augen, der in den großen Ferien immer braun gebrannt war. Rose mit ihrer lockigen roten Mähne und den Sommersprossen. Rose und Titi oben auf einer Düne, hinter ihnen der Kiefernwald und vor ihnen der Strand. Titi, der so klein war und den er plötzlich ganz deutlich vor Augen hatte. Titi, so wurde er als kleiner Junge genannt, und das war der einzige Name, unter dem Rose Antoine kannte. Bestimmt hatte sie ihn deshalb nicht wiedererkannt.

Es war spät am Nachmittag, und sie hatten ihren Strandproviant schon gegessen. Roses Mutter hatte ihnen Geld mitgegeben, damit sie sich an dem Wagen, der am Strand stand, einen Krapfen kaufen konnten. Rose hatte einen mit Nutellafüllung genommen, während Titi beschlossen hatte, sich von seinem Geld lieber ein Eis am Stiel zu kaufen. Dann hatten sie sich auf eine mit Gras bewachsene Düne gesetzt und den Krapfen und das Eis gegessen. Von dort aus konnten sie die Flut beobachten, die ihre Sandburg schon fast vollständig zerstört hatte.

Man sah nur noch ab und zu den Turm, wenn das Wasser sich wieder zurückzog. Neben ihnen lag eine große Einkaufstasche aus Wachstuch, die Titis Mutter gehörte. Der kleine Junge hatte seine Utensilien für den Bau der Sandburg in die Tasche gepackt: Schaufeln, Harken, Siebe und Eimer in verschiedenen Größen und Formen. Die Tasche enthielt auch noch Dinge, die sich jeglicher Einordnung entzogen und die Titi offenbar selbst gebastelt hatte. Für Nicht-Eingeweihte war die Funktion dieser Gebilde auf den ersten Blick nicht ersichtlich. Rose jedoch war schon seit ein paar Jahren eingeweiht. Sie wusste genau, dass es sich um *Titis Zaubermaschinen* handelte.

Das Mädchen nahm eine davon heraus, eine kleine Maschine, die aus dem Fahrgestell eines Modellautos bestand, auf das Titi ein Rührgerät und eine Art Küchenwecker montiert hatte. Das Ganze war mit verschiedenen Gegenständen verziert, mit denen normalerweise die Raumschiffe in den Fernsehserien ausgestattet waren. Seine Konstruktionen waren immer sehr einfallsreich, und es kam oft vor, dass die Erwachsenen sichtlich beeindruckt waren. Das machte Titi natürlich ungeheuer stolz.

Rose hatte bereits verschiedene Modelle gesehen. Dieses hier beäugte sie skeptisch von allen Seiten, und das ärgerte Titi.

»Das funktioniert bestimmt nicht«, sagte Rose.

»Das funktioniert wohl. Das kannst du mir glauben.«

»Dann zeig es mir«, forderte das kleine Mädchen ihn heraus.

Titi nahm die Zaubermaschine, die auf Roses Schoß stand, und zog sie geschickt mit einem Schlüssel auf (damals hatte er noch zehn Finger). Die kleine Maschine knirschte und klickte und klackte, und als er sie auf den Sand stellte, fuhr sie los. Zögernd zuerst, doch dann nahm sie Fahrt auf, ehe sie langsamer wurde und schließlich stehen blieb. Sie war nur ein paar Sekunden gefahren, aber für Titi war das ein Triumph.

»Siehst du?«, freute er sich.

»Pah, ich bin noch immer dieselbe«, sagte Rose und blickte auf ihre Hände und Füße. Sie war enttäuscht, dass sich ihr Aussehen nicht verändert hatte. »Ich hab doch gesagt, dass deine Zaubermaschine nicht funktioniert. Du sagst, du könntest die Zeit zurückdrehen. Stimmt aber gar nicht. Wusst' ich's doch.«

»Mensch, wir tun doch nur so. Du hast ja gesehen, dass die Maschine in echt fährt, aber die Zeit zurückdrehen kann sie eben nur in unecht. Okay?«

»Ach so. Na gut. Und was passiert, wenn man die Zeit zurückdreht?«, fragte Rose.

»Weiß nicht«, sagte Titi.

Sie schauten beide auf die Sonne, die sich dem Horizont näherte. Titi beobachtete eine dicke Frau, die einen großen Sonnenschirm zusammenklappte und mühsam all ihre Taschen einsammelte. Mit den ganzen Sachen in der Hand, aus denen ein kleiner Hund an einer Leine hervorlugte, ähnelte sie einem bunten Fabelwesen.

Titi betrachtete Rose.

»Ich hab's! Es könnten hier doch Dinosaurier gelebt haben, oder? Stell dir vor, dass es ganz lange her ist.«

»Und sind wir dann groß oder klein?«

Titi dachte nach.

»Wenn wir die Zeit zurückdrehen, sind wir kleiner.«

»Aber wie sollen wir uns denn gegen die Dinosaurier wehren, wenn wir kleiner sind?«, fragte Rose besorgt. »Also, ich wäre lieber größer.«

»Einverstanden. Warte. Mit meiner Zaubermaschine kann ich dich auch in die Zukunft bringen.«

Als Titi seine Rührgerät-Küchenwecker-Zaubermaschine wieder aufzog, begleitete er das leise Klicken und Klacken mit »wrrummwrrumm« und »tschtschtsch«, und schon waren Rose und Titi in der Zukunft.

»Bin ich jetzt groß?«, fragte Rose.

»Ja, sehr, sehr groß«, sagte Titi stolz.

»Dann bin ich eine Heldenin«, rief Rose voller Optimismus. »Eine Superheldenin! Die Menschen retten kann und das alles! Und was bist du?«

Titi schaute sie an. Er zweifelte nicht daran, dass Rose eines Tages eine Superheldenin sein und Menschen retten würde. Viele Menschen. Sie war Rose, und als sie dort vor ihm stand und sich ihre Umrisse gegen den blauen Himmel eines herrlichen Sommertages abzeichneten, war sie nicht nur seine Freundin, sondern auch das schönste Mädchen auf der ganzen Welt.

»Ich bin auch ein Held«, sagte Titi leise.

»Und was hast du für Superkräfte?«

»Siehst du doch. Ich bringe dich in die Zukunft, damit du Menschen retten kannst.«

»Warum bringen die Helden die Mädchen immer in die Zukunft?«

Titi kniff die Lippen zusammen und sagte: »Vielleicht, um sie zu heiraten?«

An Roses kindlichem Blick erkannte er, dass sie es verstanden hatte. In diesem Augenblick riefen ihre Eltern, die unten am Strand waren, dass sie nach Hause kommen sollten. Sie legten *Titis Zaubermaschine* in die Tasche aus Wachstuch, und Rose flüsterte so leise, als handelte es sich um ein Geheimnis:

»Okay.«

Rose und Titi verbrachten noch vier weitere gemeinsame Sommer. Sie erlebten herrliche Tage, bauten Sandburgen und bastelten *Titis Zaubermaschinen*. Diese sonderbaren Maschinen, die voller Träume steckten, bewahrte Antoine/Titi viele Jahre auf. Erst als er erwachsen war, verkaufte er sie auf kleinen Flohmärkten in der Nachbarschaft. In ihrer Kindheit konnten weder Rose noch ihr kleiner Ferienfreund sich vorstellen, dass dieses Glück jemals vergehen würde. Bis zu der Botschaft, die er in seiner sandigen Hand zerknüllt hatte.

»... der Hörer, kannst du dir das mal ansehen? Antoine? Antoine, hörst du mir überhaupt zu?«

Antoine wandte sich von Titi und seiner Rose ab, als Lalies Worte wie ein fernes Echo an sein Ohr drangen.

»Ach ja, Mist, die Telefone«, schimpfte Antoine.

»Muss ja nicht sofort sein. Aber morgen früh solltest du sie dir unbedingt ansehen, denk dran.«

Er verzog das Gesicht und stand auf.

»Du, da fällt mir ein ... ich muss heute Abend nach Hause.«

Lalie sah, dass Antoine seine Sachen nahm, die auf dem Stuhl lagen.

»Bei der Eiseskälte willst du nach Hause fahren? Du scheinst es ja sehr eilig zu haben«, sagte sie enttäuscht. »Die Welt würde bestimmt nicht untergehen, wenn du mal eine Nacht bei mir schläfst.«

»Bei dem Schnee gibt es morgen bestimmt Arbeit für mich«, redete Antoine sich heraus und streifte seinen Pullover über. »Siehst du, sie berichten schon darüber, dass es zahlreiche Unfälle gab.«

Im Fernsehen war gerade ein Auto zu sehen, das in einem Graben lag. Es wurden bereits die Kosten der Schäden berechnet, die das schlechte Wetter verursacht hatte.

»Ich lass mein Motorrad bei dir stehen. Sobald das Wetter besser ist, hole ich es ab. So, dann zeig mir mal deine Telefone.«

Lalie zog eine Daunenjacke über ihr kurzes Nachthemd und schlüpfte mit den nackten Füßen in ihre Cowboystiefel, woraufhin Antoine ihr in die große Garage neben dem kleinen Haus folgte. In der Garage standen überall Regale und Kartons. In der Mitte waren Möbel so hoch aufgestapelt, dass man sie für schlafende Ungeheuer hätte halten können. In einem großen, antiken Kleiderschrank standen zahlreiche Telefone, darunter auch einige im Retrodesign, das gerade sehr angesagt war. Ein paar waren alt, sehr alt, und zum Teil sogar noch mit einer Kurbel versehen. Lalie sammelte sie und bot sie voll funktionstüchtig zum Kauf an. Sie nahm zwei aus dem Schrank. Eines bestand aus schwarzem Bakelit und hätte in Howard Hawks' Film *Tote schlafen fest* von 1946 auf Humphrey Bogarts Schreibtisch gestanden haben können. Das andere Telefon war aus rotem Plastik und stammte aus dem sogenannten Weltraumzeitalter. Mit seinem extravaganten Design hätte es zu Guy Hamiltons *Diamantenfieber* von 1971 gepasst. Antoine untersuchte die Telefone, während Lalie ihn beobachtete.

»Kommst du am Dienstagabend?«, fragte sie.

Antoine schien die Frage nicht gehört zu haben.

»Ich nehme sie mit und repariere sie bei mir.«

Er küsste sie, und Lalie schloss ihn in ihre starken Arme. Sie presste sich in ihrem Nachthemd an seine Brust, und ihre Körper wären beinahe erneut entflammt, doch dann mischte die Kälte sich ein. Lalie schaute Antoine nach, als er ihren dunklen, verschneiten Garten durchquerte und mit ihren Telefonen in der Hand hinter den Straßenlaternen verschwand.

SONNTAG, 6. JANUAR

Antoine ging die menschenleere, verschneite Avenue de la Mer entlang. Fußgänger hatten auf der Straße und auf dem Bürgersteig Spuren hinterlassen, und auf der Fahrbahn sah er Reifenspuren, die der Schnee schon wieder zudeckte. Antoine kam an Villen mit geschlossenen Fensterläden vorbei, an Häusern mit Schildern, auf denen stand, dass sie »zu verkaufen« waren, an leeren Ladenlokalen, an geschlossenen Restaurants und dem freien Platz, auf dem immer der Jahrmarkt stattfand. Auch das kleine Haus, in dem früher einmal eine Bücherei gewesen war, lag auf seinem Weg. An dem Eisengitter vor dem ehemaligen Schaufenster hing ein Kinoprogramm des *Paradis*. Auf einer Ecke, die sich gelöst hatte, lag Schnee. Das hier war das Sommerdorf. Dieser Teil von Villerude versank nach und nach in einen Winterschlaf, wenn der Herbst begann, und erwachte erst im Frühling wieder, wenn die Sonne schien. Hier wurden Weihnachten nicht einmal die Straßen geschmückt, denn alle wussten, dass niemand hierherkam.

Antoine, der die beiden Telefone von Lalie in den Händen hielt, spürte seine Finger kaum noch. Er hörte den Wind in den Kiefern rauschen, das Meer, das sich mit jedem Schritt entfernte, einen Hund, der irgendwo bellte. Er klappte den Mantelkragen hoch. Villerude war menschenleer, doch so liebte er den Ort.

Seine Eltern waren vor Jahren gestorben, und seine Schwester war nach ihrer Heirat nach Rennes gezogen. Sie sprachen selten miteinander. Ja, Freunde hatte er, gute Freunde, die er schon ewig kannte, doch sie waren alle weggezogen, einige nach Nantes, andere in den Süden und einer sogar nach Neukaledonien. Niemand war in Villerude geblieben. Was sollten sie auch hier? In Villerude gab es nichts. Sie drängten Antoine immer wieder, ebenfalls aus Villerude wegzugehen und dort, wo sie jetzt lebten, neu anzufangen. Aber Antoine fragte sich: Was soll ich da? Ob in Villerude oder anderswo, es war überall dasselbe. Man musste wissen, was man wollte. Und da er das immer noch nicht wusste, blieb er in Villerude. Letztendlich ist es hier nicht schlechter als anderswo, sagte er sich, wenn die Straßen mal wieder wie ausgestorben waren, und das war neun Monate im Jahr der Fall.

All diese Fragen schossen ihm jetzt durch den Kopf, um eine andere zu verdrängen, die ihn seit kurzem unentwegt bestürmte: Warum war Rose zurückgekehrt?

Kurz darauf sah Antoine die erste Weihnachtsdekoration, die an einer Straßenlaterne hing. Er hatte das Winterdorf erreicht, das Zentrum von Villerude, wo das Bürgermeisteramt, der Metzger und der Bäcker, die Bank und die Schule waren. Ein Dorf wie jedes andere auch.

Man hätte vergessen können, dass das Meer ganz in der Nähe war. Hier wohnten die meisten Einwohner von Villerude. In ein paar Minuten würde er zu Hause sein.

In diesem Augenblick hörte er leichtfüßige, hastige Schritte hinter sich. Instinktiv drehte er sich um und sah einen kleinen Hund, der genau auf ihn zu gerannt kam. Es dauerte ein paar Sekunden, bis Antoine begriff, dass es Nobody war. Nobody, der sich nicht so benahm wie sonst.

»Nobody, was machst du denn hier?«

Nobody bellte und jaulte und biss Antoine in die Hose. Antoine blieb keine andere Wahl, als dem Hund zu folgen. Dabei sprach er mit ihm: »Was ist denn los mit dir, mein Kleiner? Bist du verrückt geworden? Weißt du eigentlich, wie spät es ist?« Doch tief in seinem Inneren wusste Antoine, dass etwas Schlimmes passiert sein musste, und er beschleunigte seine Schritte. Nobody führte ihn zurück in die Avenue de la Mer. Antoine ging an der Straße vorbei, in der Lalie wohnte, und näherte sich dem Meer und dem Kino. Camille musste etwas zugestoßen sein. Als Antoine automatisch in die Straße einbog, die parallel zur Strandpromenade verlief und in der das Kino stand, begann Nobody wieder zu bellen. Er wollte weitergehen.

»Nobody, hier geht's lang. Komm.«

Antoine blieb stur, doch der Hund hörte nicht auf zu bellen.

»Was hast du denn? Was willst du mir sagen?«

Schließlich gab er nach und folgte Nobody, der so schnell lief, dass Antoine beinahe im Schnee ausgerutscht wäre. Kurz darauf erreichten sie den Boulevard de l'Océan.

Antoine spürte den Wind, der von dem dunklen, aufgewühlten Meer jenseits der Bänke an der Strandpromenade herüberwehte. Dann sah er die Spuren, und am Ende der Spuren lag ein Mann.

Mitten in den Spuren im Schnee lag Camille.

Antoine lief, so schnell er konnte, rutschte aus, stand auf, krabbelte ein paar Sekunden auf allen vieren, rappelte sich wieder auf und rannte weiter. Er rief Camilles Namen, doch der Wind trug ihn davon, und das Echo hallte von den Fensterläden der Wohnungen »mit Meerblick« wider. Antoine ließ Lalies Telefone fallen, die in dem frischen Schnee versanken. Seine Hände, die so sicher waren, wenn sie Maschinen reparierten, gerieten in Panik, als er bei dem alten Mann ankam, der mit geschlossenen Augen dalag. Antoine berührte seine Hand. Es hatte nichts zu bedeuten, dass die Hand eiskalt war, denn an diesem Abend war es bitterkalt. Das hat nichts zu bedeuten, Camille, nicht wahr? Antoine fühlte keinen Puls, doch da er die ganze Zeit die Telefone fest in den bloßen Händen gehalten hatte, waren auch sie starr. Nur deshalb konnte er den Puls nicht fühlen, nicht wahr? Antoine schrie immer wieder Camilles Namen, doch dieser gab kein Lebenszeichen von sich. Antoine nahm sein Handy aus der Tasche, doch auf dem Boulevard de l'Océan gab es kein Netz. Antoine musste unbedingt Hilfe holen.

An diesem Abend fiel er noch einmal hin, als er zu Lalie lief, die glaubte, er sei zurückgekommen, um die Nacht bei ihr zu verbringen. Normalerweise haute sie nichts so schnell um, doch als Antoine schrie, sie müsse einen Rettungswagen rufen, geriet auch sie aus der Fassung. Er ließ die Telefone bei Lalie zurück und lief sofort wieder los. Als er erneut stürzte, verletzte er sich am Bein, doch er stand sofort wieder auf, um weiterzulaufen und schließlich gemeinsam mit dem jaulenden Nobody bei Camille auf den Rettungswagen zu warten. Antoines Finger schmerzten vor Kälte, sogar der Finger, der fehlte. Als die Sanitäter der Feuerwehr schließlich eintrafen, fühlte Antoine sich winzig klein unter dem großen schwarzen Himmel, denn Camille war tot.

DONNERSTAG, 10. JANUAR

Es war wirklich die Höhe, dass die Sonne sich entschlossen hatte, ausgerechnet an einem so traurigen Tag zu scheinen, nachdem wochenlang schlechtes Wetter gewesen war. An diesem Tag, dem 10. Januar, wurde Camille Levant auf dem kleinen Friedhof in der Nähe der neuen Siedlung beerdigt. Direkte Nachkommen hatte er nicht. Die jungen Leute waren in Schwarz gekleidet, die alten nicht, als wüssten sie, dass die Kleidung letzten Endes keine Bedeutung hatte. An einigen Stellen lag, trist und grau, noch etwas Schnee, aber zumindest glänzten die Grabsteine aus Marmor, denn hier und da war der Himmel aufgerissen und zeigte sein strahlendes Blau.

Antoine war ebenfalls von Kopf bis Fuß in Schwarz gekleidet, was bei ihm allerdings keinen großen Unterschied zu seiner normalen Kleidung bedeutete. Er stellte einen Blumentopf auf das Grab von Camille und seiner Frau Odette, die vor zehn Jahren gestorben war. Lalie hatte die Blumen ausgesucht. Lalie, die in ihrem schwarzen Kleid und den Schuhen mit Absätzen hübsch aussah, stand neben Antoine, der es gar nicht zu bemerken schien.

Die Rede des Pfarrers in der Kirche hatte den jungen Mann sichtlich berührt. Er war nicht gläubig, und es war ihm unangenehm, dass die Predigt ihn so sehr ergriffen hatte. Aber hier auf dem Friedhof musste er immerzu an die bildhaften Worte des Pfarrers denken:

Während wir hier auf Erden von Traurigkeit erfüllt schweren Herzens von dem Verstorbenen Abschied nehmen, gibt es einen Ort jenseits der Welt, wo sich ein fröhliches Geschrei erhebt und wo sich strahlende Gesichter dem Horizont zuwenden und im Chor rufen: »Da ist er! Da ist er!«

Antoine hätte beinahe geweint. Er hatte versucht, seine Empfindsamkeit zu überwinden, indem er den Kopf von Nobody kraulte, Camilles Hund, der auf der Holzbank saß. Der Pfarrer war so nett gewesen, die Anwesenheit des Hundes in der Kirche zuzulassen, und Nobody hatte sich während des gesamten Gottesdienstes vorbildlich benommen. Vielleicht verlieh ihm die Weisheit des kleinen Hundes die Erkenntnis, dass Camille in diesen fernen, unbekannten Sphären am richtigen Ort angekommen war.

Doch nun wurde Nobody unruhig. Er lief immer wieder um das Grab herum, und das machte Antoine traurig.

Eine kleine Frau von etwa fünfzig Jahren ging an ihm vorbei und legte eine kleine Marmortafel, auf der in goldener Schrift die Gravur »In Gedenken an unseren lieben Freund« glitzerte, auf das Grab. Das war Françoise – die Frau des Druckers und die Vorsitzende des Vereins der

Freunde des *Paradis* –, die sich für die Rettung des Kinos einsetzte. Sie rieb sich die Hände und musterte Antoine mit vorgetäuschter Schüchternheit und aufrichtigem Wohlwollen. Dann schaute Françoise auf die kleine Marmortafel und sagte mit heller Stimme:

»Wissen Sie, Camille wird uns fehlen. Glauben Sie mir, er wird uns fehlen. Er war doch noch jung ... Jedenfalls war er nicht alt ... Tja, was will man machen. So ist das Leben.«

Weiter war dem nichts hinzuzufügen, daher wandte sie sich nun den ernsten Themen zu. Sie wandte sich zu Antoine um und blickte ihm fest in die Augen.

»Antoine, es ist vielleicht nicht der richtige Augenblick. Dennoch möchten die Mitglieder unseres Vereins und ich Sie fragen, ob Sie es nicht übernehmen könnten, an den nächsten Sonntagen die Filme zu zeigen.«

»Na ja, ich bin kein Filmvorführer«, stammelte Antoine.

»Das wissen wir, aber Camille hat immer gesagt, dass Sie sich mit den Geräten auskennen wie kein anderer ...«

Nobody begann zu kläffen, woraufhin die pummelige Frau schmunzelte und den Kopf des Hundes streichelte.

»Ja, ja, mein kleiner Hund, ist ja gut ... Natürlich kennst du die Geräte auch. Ich wollte sagen ...«, sie hob den Blick zu Antoine, »... dass Camille große Stücke auf Sie hielt. Es wäre ja nur vorübergehend, bis wir jemanden gefunden haben, der Camille ersetzen kann. Was nicht einfach sein wird. Und was die Bezahlung betrifft ...«

»Die Bezahlung ist nicht das Problem«, sagte Antoine und räusperte sich. »Hm ... Meinen Sie denn, dass überhaupt noch jemand kommt? Also, jetzt, nachdem Camille gestorben ist?«

Françoise rückte näher an Antoine heran, und ihre hohe Stimme nahm einen überraschend entschiedenen Ton an.

»Antoine, es ist von größter Bedeutung, dass das Programm weiterläuft. Ich sage Ihnen, wie es ist. Wenn das Kino auch nur für ein paar Monate schließt, garantiere ich für nichts mehr. Unserem guten Bürgermeister ist mehr daran gelegen, in einen Parkplatz zu investieren als in die Instandsetzung des Gebäudes, und dabei wäre das dringend notwendig. Und ich spreche jetzt nicht von der Anschaffung eines Digitalprojektors, um auch neue Filme zu zeigen. Im Moment erlaubt unser geringes Budget kaum, die allernötigsten Reparaturen durchzuführen. Die Mitglieder unseres Vereins waren durch den Kälteeinbruch in den letzten Wochen ein wenig träge, aber ich versichere Ihnen, dass ich sie wieder auf Trab bringen werde. Wenn jemand die Filme vorführt, kommen sie. Kann ich auf Sie zählen, wenigstens für die nächsten beiden Sonntage?«

Nobody bellte Antoine an, worauf dieser schließlich sagte: »Okay, ich werde da sein.«

»Danke, Antoine.«

Jetzt fiel die Anspannung von Françoise ab, und sie fand wieder zu ihrer natürlichen Sanftmut zurück. Sie beugte sich zu Nobody hinunter, der sich zwischen ihnen hindurchschlängelte.

»Und was wird aus dem armen kleinen Hund? Werden Sie ihn zu sich nehmen, Antoine?«

Antoines Kehle war wie zugeschnürt, als er sich daran erinnerte, wie Nobody jaulend neben Camille im Schnee gesessen hatte. Dann dachte er an seine Touren mit dem Motorrad, seine Freiheit und seine Unabhängigkeit.

»Tut mir leid, nein, das geht nicht.«

»Ich kenne eine Familie in Saint-Jean«, mischte Lalie sich ein. »Sie haben einen sechsjährigen Jungen, der einen Spielkameraden gebrauchen könnte. Er ist ganz allein. Ich könnte sie anrufen.«

Françoise sagte, dass Hunde gut für Kinder seien, vor allem für Einzelkinder. Lalie trat mit ihrem Handy zur Seite. Antoine sah sie lächeln, als sie sagte: »Und, wie geht es euch?« Er ging in die Hocke und streichelte Nobody, der sich auf dem Kiesweg wälzte. Als er den Hund streichelte, freute er sich, dass er hier in der Sonne so glücklich war. Wie lange würde das Tier brauchen, um zu begreifen, dass Camille nicht mehr zurückkehrte?

Antoine sah zu den alten Leuten aus Villerude hinüber, die eng zusammenstanden und die er schon sein ganzes Leben kannte. Er ertappte sich dabei, dass er Rose unter den Trauergästen suchte. Natürlich war sie nicht gekommen. Er dachte wieder an ihr Gespräch nach der Filmvorführung. Sie hatte gesagt, man könne ins Kino gehen, um dem Sonntag zu entfliehen. Als wenn es so einfach wäre, dem Sonntag oder dem Alltag zu entfliehen. Man musste wissen, was man wollte. Sie war sicherlich eine Frau, die wusste, was sie wollte. Mit einer solchen Frau an der Seite konnte sich bestimmt jeder Mann auf das schönste Leben freuen. Ohne dass Antoine es recht bemerkte, verwandelte die Erinnerung an Rose seine Traurigkeit. Der Gedanke an sie hatte etwas Inspirierendes, wie jene kindliche Aufregung, die einen erfasste, kurz bevor man in einem fremden Land ankam. Doch dann spürte er wieder dieses Stück Papier in seiner Hand wie an jenem Tag, als ... Er verdrängte den Gedanken und schaute auf das Grab der Levants.

Plötzlich hörte Antoine, dass sich der Ton der Stimmen veränderte, eine Wolke verdeckte die Sonne, zu lautes Lachen, das auf dem Friedhof unangebracht klang. Er hob den Blick und sah, dass der Bürgermeister in Aufregung geriet. Lalie lächelte nicht mehr. Sie streckte die Brust vor, zog an ihrem Rock und strich sich durchs Haar. Es ertönten Klänge, die nur Antoine als die einer wunderschönen Symphonie erkannte – die Motorgeräusche eines Maserati GranTurismo S.

Sylvestre Varant war eingetroffen.

Varant war der reichste Mann von Villerude. Eigentlich stammte er gar nicht aus dem Ort, aber seine Fischfabrik, *FraisPoisson*, stand genau in der Mitte. Dort arbeiteten ein Viertel der Bewohner des Landkreises im erwerbsfähigen Alter, also etwa hundert Leute. Sylvestre Varant hatte die Fabrik von seinem Vater geerbt, der verstorben war und über den die Alten mit Respekt sprachen. Über den jungen Varant waren die Meinungen geteilt. Die Zurückhaltenderen unter den Leuten bezeichneten ihn als ein notwendiges Übel, und die anderen sprachen schlecht über ihn. Varant hatte dicke Tränensäcke unter den Augen, worüber die Kinder des Ortes oft spotteten. Sie nannten ihn den Komodowaran. Abgesehen von dieser Besonderheit konnte er sich durchaus sehen lassen. Varant war ein stattlicher Mann in den Fünfzigern, immer tadellos rasiert und frisiert, mit einem kräftigen Hals, um den er einen Kaschmirschal trug. Er hatte die aufrechte Haltung und das selbstbewusste Auftreten eines erfolgreichen Geschäftsmannes. Varant liebte die Frauen – außer seiner eigenen. Es hieß, sie habe sich nach Arcachon zurückgezogen. Wie viele affektiert kichernde, arrogante junge Frauen hatte man schon auf dem Beifahrersitz seines schwarzen Maserati gesehen? Normalerweise stammten seine Eroberungen nicht aus Villerude. Bis auf eine. Die Einzige, die ihm je etwas bedeutet hatte, hieß es.

Antoine hörte, dass sich drei alte Männer leise unterhielten.

»Was macht denn der Varant hier?«, fragte der erste.

»Seit einiger Zeit sind der Bürgermeister und er ein Herz und eine Seele«, meinte der zweite. »Wenn ihr meine Meinung hören wollt, verheißt das nichts Gutes.«

»Von wegen!«, sagte der dritte. »Der hat es doch nicht nötig, vor dem Bürgermeister zu katzbuckeln. Ab und zu ein kleiner Umschlag, das reicht aus. Nein, nein, der Varant ist wegen ihr hier.«

Die drei Männer mit den Hüten drehten sich zu Antoine um, denn neben ihm stand Lalie.

Seitdem Varant gekommen war, wirkte sie sehr angespannt. Ohne ein Lächeln ließ sie Antoine und Françoise wissen, dass die Eltern des kleinen Lucas am nächsten Sonntag kommen und sich den Hund ansehen würden. Es wurde beschlossen – oder vielmehr beschloss Françoise es mit sanftmütiger Miene –, dass Antoine den Hund bis dahin zu sich nehmen würde.

Der junge Mann setzte den Hund vor sich auf das Motorrad. In der Innentasche seiner Lederjacke klimperten die Schlüssel für das Kino. Lalie, die ihn zum Parkplatz begleitet hatte, küsste ihn auf den Mund, ehe sie in ihren

Golf stieg. Antoine war das ziemlich unangenehm. Als er das Motorrad startete, ließ er den Motor so laut aufheulen, dass die Toten sich sicherlich in ihren Gräbern umdrehten.

Sogar Varant drehte sich um, obwohl er noch lebte.

SONNTAG, 13. JANUAR

Am Sonntagmorgen fuhr Antoine wie verabredet zum Kino. Die Nachmittagsvorstellung begann erst um 16:00 Uhr, aber er wollte noch einen Blick auf die Projektoren werfen, um sich zu überzeugen, dass alles einwandfrei funktionierte. Er hatte dieses Kino zwar schon unzählige Male besucht, vor allem als Kind und auch als Jugendlicher, als hier noch neue Filme gezeigt wurden. Doch seit zehn Jahren, seitdem im *Paradis* keine aktuellen Filme mehr auf dem Programm standen, besuchte Antoine wie auch viele andere das Kino nicht mehr. Er kam nur noch, wenn Camille ihn brauchte, und dann blieb er in der Kabine des Filmvorführers.

Antoine wollte sicherstellen, dass er alles im Griff hatte, ehe er das Kino später für die Besucher öffnete. Danach würde er nach Hause zurückkehren, um die Familie mit dem kleinen Jungen zu treffen, die Nobody übernehmen wollte.

Er stellte sein Motorrad vor dem alten Gebäude ab, genau an der Stelle, wo schwarze Graffiti auf die Mauer gesprüht worden waren. Nobody, der hinter dem Lenker saß, sprang auf den kalten Bürgersteig. Antoine zog den Schlüssel aus der Tasche, drehte ihn in dem alten Schloss aus Bronze und stieß die wuchtigen Holztüren auf. Es war ein sonderbares Gefühl, das Kino zu betreten, ohne dass Camille ihn dort erwartete. Nobody wurde unruhig, und das zerriss Antoine beinahe das Herz. Als er das Kino betrat, hallten seine Schritte durch die Eingangshalle. Die Einrichtung war alt, aber früher einmal musste alles sehr schön gewesen sein. Die Meerjungfrauen und die Fische auf den bunten Glasfenstern sahen aus, als stammten sie aus einem Film von Georges Méliès. Die Lampen, auf denen eine dicke Staubschicht lag, erinnerten an die Blütezeit des Kinos. Sie funktionierten schon lange nicht mehr, daher waren in der Mitte der Decke Neonlampen angebracht worden. Vor der verblassten Wandmalerei stand ein Getränkeautomat, an dem ein Besen lehnte. Zierleisten umrahmten den kleinen Schalter, an dem die Tickets verkauft wurden, doch einige waren zerbrochen. Eine alte, breite Treppe aus geschnitztem Holz führte zu einem Balkon. Der Zugang war mit einem Seil abgesperrt, an dem ein kleines, handgeschriebenes Schild hing: Durchgang verboten. Von unten konnte man alte Filmrollen, kaputte Sitze und verstaubte Kartons auf dem Treppenabsatz stehen sehen. Vor den beiden Türflügeln, die in den Kinosaal führten, hing noch immer ein grüner Vorhang. Antoine konnte sich nicht erinnern, dass er jemals aufgezogen gewesen wäre. Ehe er die kleine, steile Treppe hinaufstieg, die in die Kabine des Filmvorführers führte, schaute er sich im Kino um. Es war schon komisch, dass er jetzt die Verantwortung trug. Ein ganz schönes Monstrum, dieses Gebäude, sagte er sich.

Nachdem er ein paar Minuten über die Wand getastet hatte, fand er endlich rechts neben den Türen den Sicherungskasten. Antoine überprüfte, mit welchem Schalter welche Lampen eingeschaltet wurden. Der große Sicherungskasten mit den vielen kleinen roten beziehungsweise grünen Schaltern entsprach mit Sicherheit nicht dem neuesten Stand der Technik, schien aber vergleichsweise modern zu sein. Darüber fand Antoine unter einem vollkommen verstaubten Stück Samt einen anderen, kleinen Sicherungskasten, der wirklich vorsintflutlich aussah. Er wies eine Reihe winziger Metallhebel auf, die den Wechselschaltern im Haus seiner Großeltern glichen. Antoine drückte nacheinander auf die Schalter des großen Sicherungskastens und beobachtete, was passierte.

Zuerst flackerte das Neonlicht, dann zeichnete ein gedämpftes Licht die mit Molton gedämmte Welt des Kinos nach. Der schwere rote Vorhang hing stolz vor der Leinwand, obwohl der Saum vollkommen ausgeblichen war. Anschließend drückte Antoine die Hebel in dem kleinen Sicherungskasten herunter und sah, dass das Licht über ihm auf dem Balkon ansprang. Gefolgt von Nobody durchquerte er den Hauptgang zwischen den roten Sitzen mit den abgewetzten Samtbezügen. Als er sich umdrehte, musste er lächeln. Die Lichterkette auf dem Balkon brannte. Einige Glühbirnen waren kaputt, aber es sah trotzdem zauberhaft aus. Antoine hatte noch nie gesehen, dass der Balkon in hellem Licht erstrahlte. Schade, denn es verlieh dem Ort die Atmosphäre eines Varietétheaters. Er erinnerte sich, dass die Zuschauer keinen Zugang mehr zu dem Balkon hatten. Das Dach, das an dieser Stelle von einer kleinen Kuppel überragt wurde, hatte schon seit Jahren eine undichte Stelle, daher zog es auf dem Balkon immer ein wenig. Zu der Kuppel gelangte man über eine Wendeltreppe, die hinter einem der Logenplätze versteckt war.

Der junge Mann kehrte zur Tür und zu dem Sicherungskasten zurück. Als er alle Lichter wieder ausgeschaltet hatte, glaubte er, ein Geräusch zu hören. Er lauschte angestrengt, doch es herrschte wieder Stille. Nein, nicht ganz. Er hörte ein leises Knarren. Aber im *Paradis* hatte es immer geknarrt: die Zierleisten aus Holz, die Sitze, ein Luftzug – es konnte alles Mögliche sein. Antoine durchquerte die Eingangshalle und schickte sich an, die Treppe zur Kabine des Filmvorführers hinaufzusteigen, als ihm auffiel, dass etwas fehlte: Nobody. Der kleine Hund, der ihm seit einer Woche nicht von der Seite wich, war verschwunden.

»Nobody? Nobody!«

Der Terrier stand reglos und mit aufgerichteten Ohren am Eingang des Kinosaals.

»Komm, Nobody.«

Der Hund bewegte sich nicht. Er kläffte ein Mal. Jemand antwortete ihm, und das war nicht Antoine. Dann ging das Licht an. Die Lichterkette auf dem Balkon. Antoine erstarrte und fragte sich, wem der Verein der Kinofreunde noch einen Schlüssel gegeben hatte.

»Ist da jemand? Ich bin Antoine, der ... der ... Nun, ich führe heute den Film vor, nur heute.«

Wieder vernahm er das knarrende Geräusch. Wer trieb sich um diese Zeit im Kino herum?

»Der Verein hat mir die Schlüssel gegeben«, rief Antoine noch einmal und steuerte auf den vorderen Bereich des Kinosaals zu, wo sich die Bühne befand. »Ist da jemand?«

»Sicher ist hier jemand. Ich bin hier. Das habe ich jetzt schon drei Mal gesagt. Ich wollte dich nur bitten, die Lichterkette auszuschalten.«

Einen kurzen Augenblick war Antoine erleichtert. Diese Stimme kannte er. Es war Camilles Stimme. Als er begriff, was das bedeutete, traf ihn fast der Schlag.

»Wer ist da?«, rief Antoine.

»Verdammt, ich bin's. Nun hör schon auf mit dem Unsinn.«

Antoine drehte sich zu dem Balkon um, denn da kam die Stimme her. Nobody, der darunter stand, geriet in Aufregung und begann zu kläffen. Hinter dem Lichtschein der Lichterkette auf dem Balkon sah Antoine die Umrisse einer Gestalt. Er wich zurück, ohne zu wissen, warum. Nobody wedelte mit dem Schwanz und sprang vor Freude aufgeregt umher.

»Camille?«, flüsterte Antoine.

»Hör mal, Antoine, mir wäre es wirklich lieber, wenn du das Licht ausmachst. Ich weiß nicht, warum, aber mir brummt der Schädel.«

Antoine schüttelte fassungslos den Kopf, als lieferten sich sein Gefühl und sein Verstand einen Kampf, in den auch seine hektisch hin und her wandernden Augen verwickelt waren.

»Ihm brummt der Schädel, kein Wunder, vor drei Tagen lag er noch auf dem Friedhof ... Du hast Halluzinationen, mein Freund, du hast schlimme Halluzinationen«, murmelte Antoine vor sich hin und lief auf den kleinen Sicherungskasten zu. Er drückte die Hebel herunter, um die Lichterkette auf dem Balkon auszuschalten. Langsam und vorsichtig setzte er einen Fuß vor den anderen und kehrte zu Nobody zurück, während ihm das Herz laut in der Brust schlug. Nur das Licht von der Eingangshalle, das durch den Spalt der Doppeltür schien, fiel auf den Hund. Als Antoine vor der Bühne ankam, drehte er sich um und hob den Kopf zu dem Balkon. Dort im Schatten stand Camille.

»Camille?«, stammelte Antoine. »Bist du es wirklich?«

Er näherte sich dem Balkon und wollte den Arm zur Brüstung ausstrecken, doch das hatte keinen Sinn, denn sie befand sich in vier Metern Höhe. Dennoch hatte er das Gefühl, als würde Camille sich entfernen, ohne sich zu bewegen.

»Verdammt!«

Antoine wich zurück, ohne darauf zu achten, wohin er trat. Er stolperte und setzte sich schließlich auf die Bühne. Er strich sich mit den Händen durchs Gesicht und schloss die Augen. Dann öffnete er sie wieder. Camille stand noch immer da.

»Du bist ja ganz blass, Antoine«, sagte Camille. »Du hast über den Friedhof gesprochen. Ist jemand gestorben?«

»Ja, Camille. Du. Du wurdest vor drei Tagen beerdigt.«

»Siehst du?«, rief Camille so laut, dass Antoine zusammenzuckte. »Ich hab dir ja gesagt, dass ich mich nicht gut gefühlt habe. ›Das ist alles nur in Ihrem Kopf‹, hat die Ärztin gesagt. Die hat doch keine Ahnung!«

Antoine schüttelte den Kopf in dem Gefühl, sich verhört zu haben. Camille schien wahrhaftig erschüttert zu sein, und sie sprachen tatsächlich miteinander.

Camille: »Habe ich gelitten?«

Antoine: »Nein, die Sanitäter haben gesagt, du warst sofort tot. Ein Aneurysma ist geplatzt.«

Camille: »Aha.«

Der alte Filmvorführer verstummte kurz. Er streckte einen Finger in die Luft und hob den Blick zum Himmel.

Camille: »Was du da sagst, erklärt eine Menge. Ja, ich würde sogar sagen, dass mich das beruhigt.«

Antoine: »Dann sag mir doch, warum dich das beruhigt. Mich beruhigt das nämlich ganz und gar nicht.«

Camille: »Es beruhigt mich, weil ich schon dachte, ich würde etwas Schlimmes ausbrüten.«

Antoine: »Du dachtest, du ständest auf der Schwelle des Todes?«

Camille: »Ja.«

Antoine: »Und nachdem du die Schwelle nun überschritten hast, geht es dir besser.«

Camille: »Genau. Allerdings mache ich mir Sorgen um dich.«

Antoine schloss die Augen und massierte sich die Stirn mit der Hand, an der ein Finger fehlte. »Dann schieß mal los. Sag mir, was dir Sorgen macht. Ich höre zu. Ich höre dir gut zu. Warum machst du dir Sorgen um mich?«

Camille: »Ich meine, bist du auch tot oder nur ...?«

Antoine: »Na ja, mir hat jedenfalls noch keiner gesagt, dass er auf meiner Beerdigung war. Daher bin ich optimistisch.«

Camille: »Okay. Aber wenn du nicht tot bist, warum sprechen wir dann miteinander?«

Antoine: »Stell dir vor, das ist genau die Frage, die ich mir schon die ganze Zeit stelle.«

Camille: »Ich denke, dafür kann es nur eine Erklärung geben. Entweder bin ich nicht ganz tot, oder du bist nicht ganz lebendig.«

Antoine: »Diese Einschätzung ist richtig. Dabei hatte ich immer den Eindruck, als gäbe es keine halben Sachen, was das Leben und den Tod angeht.«

Camille: »Hm, ja, so habe ich das auch immer verstanden. Jetzt allerdings ... also, in meiner gegenwärtigen Situation ... nehme ich an, dass ich vorher möglicherweise zu engstirnig gedacht habe. Nun ja.«

Antoine (atmete tief ein): »Tja.«

Camille: »Trotzdem komisch, dass ich jetzt hier stehe wie ein ... wie ein ...«

Antoine: »Wie ein Geist?«

Camille (bedrückt): »Ein Geist, genau, ein Geist ... Kannst du mir sagen, warum ich zurückgekommen bin?«

Antoine: »Das ist die große Frage.«

Camille: »Du machst dich über mich lustig.«

Antoine: »Nein, keineswegs. Glaub mir, die Sache betrifft mich ja ebenso. Ich würde wirklich gerne wissen, warum du hier vor mir stehst, nachdem du am Donnerstag noch zwei Meter unter der Erde lagst.«

Ein Auto fuhr durch die Straße, dann trat wieder Stille ein. Antoine spähte zum Balkon hinauf. Camille zuckte mit den Schultern und strich mit dem Finger über die Brüstung.

Antoine: »Du willst mir doch etwas sagen. Ich spüre es. Und ich versichere dir, dass jetzt der richtige Augenblick ist. Bevor ich aus diesem Albtraum erwache. Also los, sag schon.«

Camille: »Ach, weißt du, ich habe immer gedacht, wenn ich mal tot bin, sehe ich die anderen wieder, die vor mir gegangen sind. Nicht alle natürlich. Es sind ja auch schon viele gegangen, die ich gar nicht wiedersehen möchte. Aber so wie ich es verstanden habe, werde ich bei … Odette meine letzte Ruhe finden.«

Als Camille Odettes Namen aussprach, versagte ihm die Stimme. Es waren nur zwei Silben, doch in diesem Moment hüllten sie das gesamte Kino ein, alle Schatten und das Licht, vor allem das der Lichterkette auf dem Balkon. Die alten Glühbirnen knisterten leise. Antoine liefen kalte Schauer über den Rücken, und die Kälte drang tief in seine Seele. Er konnte nicht glauben, was er gerade erlebte. Seine Gefühle fuhren Achterbahn. Camilles Traurigkeit war so ungeheuer groß und wahrhaftig, und Antoine war ihm so nahe, dass er ihm die Hand hätte reichen können. In diesem Augenblick wusste er, dass Camille tatsächlich vor ihm stand, auch wenn er diese Tatsache nicht vernünftig hätte erklären können. Eine höhere Intelligenz tief im Innern von Antoine Bédouin verstand es jedoch. Sie schwiegen beide eine Weile, bis Camille schließlich tief seufzte.

Camille: »Jedenfalls kümmerst du dich um Nobody. Darüber bin ich sehr froh. Nobody, du wirst glücklich sein bei Onkel Antoine, nicht wahr, mein kleiner Hund? Viele werde ich dort, wohin ich gehe, nicht vermissen. Aber du wirst mir sehr fehlen ... Wir beide haben gemeinsam gute und schlechte Zeiten erlebt, und du warst immer an meiner Seite. Auch du bist nicht mehr ganz jung. Darum musst du gut auf dich aufpassen, Nobody, verstehst du? Aber Antoine kommt gut mit den Alten klar, mit den Menschen wie mit den Hunden.«

Der Hund kläffte und wedelte mit dem Schwanz.

Antoine: »Camille, weißt du ...«

Camille: »Man sieht es vielleicht nicht auf den ersten Blick, aber das ist ein scharfer Wachhund. Nicht wahr, Nobody? Nobody, aufgepasst!«

Der kleine Hund ging sofort in Angriffsstellung, funkelte wütend mit den dunklen Augen und knurrte laut. Dabei fletschte er die Zähne, und Antoine verschränkte instinktiv die Arme vor der Brust. Sicher war sicher. Nobody war klein, doch jetzt sah es so aus, als hätte er das Gebiss einer Bulldogge.

Camille: »Aus, Nobody! Aus!«

Augenblicklich schrumpfte Nobodys Gebiss auf die normale Größe, und er wurde wieder der kleine, sanftmütige Hund, den alle kannten. Er betrachtete Antoine dennoch mit einer Miene, als wollte er sagen: »Du weißt Bescheid, mein Freund.«

Camille: »Da staunst du, was? Du darfst ihm auf keinen Fall Süßigkeiten geben, auch nicht, wenn er bettelt. Das kann er nämlich gut. Und gib ihm ab und zu Leber, die isst er besonders gern. Und pass auf, dass er keine Schnecken frisst, wenn es regnet, davon bekommt er nämlich Blähungen. Vergiss nicht, darauf zu achten, okay?«

Antoine: »Ja, aber ...« Er seufzte laut und ließ die Arme

sinken. »Okay, okay, ich pass auf, wenn es regnet. Hast du noch mehr Ratschläge?«

Er hob den Blick zu dem Balkon. Die Schatten bewegten sich nicht. Er war wieder allein im Kino.

»Camille? Camille?«

Antoine setzte sich hin und führte ein paar Minuten Selbstgespräche. Als Nobody auf seinen Schoß sprang, kraulte er den Hund.

»Na so was, mein alter Nobody. Na so was!«

Antoine verließ das Kino, ohne vorher in den Vorführraum zu gehen. Das Motorrad ließ er am Kino stehen. Er lief den Strand entlang und warf Nobody Stöcke. Dem Hund machte das großen Spaß. Er scheuchte die Vögel auf und wühlte mit der Schnauze in den Rotalgen. Trotz des lebhaften Windes, trotz der unendlichen Weite und trotz der dicken Wolken, die über den Himmel zogen, kam Antoine nicht zur Ruhe. Seine Lippen bewegten sich unentwegt, als er sich tausend drängende Fragen stellte. Plötzlich blieb er stehen und schaute sich in alle Richtungen um. Als er sich überzeugt hatte, dass niemand in der Nähe war, sagte er leise:

»Camille?«

Obwohl er sich albern vorkam, sprach er den Namen seines Freundes noch einmal aus. Nichts geschah. Okay, sagte er sich. Camille geisterte also im Kino herum. Antoine betrachtete diese Hypothese von allen Seiten. Er musste sich an die neue Situation gewöhnen, die das Leben ihm ohne Vorwarnung und ohne Gebrauchsanweisung präsentierte. Entweder geisterte Camille tatsächlich im

Kino herum, oder er, Antoine, war verrückt geworden. Von beiden Übeln zog er das kleinere vor: Es stand also fest, dass Camille im Kino herumgeisterte. Antoine warf den Stock noch ein letztes Mal. Dann gab er Nobody ein Zeichen, dass es an der Zeit war, nach Hause zu fahren.

Der junge Mann holte das Motorrad, das er am Kino abgestellt hatte, und zusammen mit Nobody fuhr er ins Dorf zu seinem kleinen Haus. Die Leute, die Nobody zu sich nehmen wollten, warteten schon vor der Tür. Bei ihnen stand Lalie, die verärgert auf die Uhr schaute. Lucas, der kleine Junge, sprang vor Freude in die Luft, als er den Hund auf dem Motorrad sah. Antoine entschuldigte sich mit einer Notlüge: In einem Testament, das der Notar in letzter Minute gefunden hatte, stand geschrieben, dass er, Antoine Bédouin, den Hund übernehmen sollte. Die Mutter war verärgert und stand kurz davor, in Tränen auszubrechen. Lalie riss die Augen auf. Der kleine Junge fing hemmungslos an zu weinen, und der Vater versuchte, alle zu beruhigen. Antoine, dem der Schädel brummte, bat um die Erlaubnis, allein mit Nobody und Lucas zu sprechen. Die Eltern folgten dem Motorradfahrer mit den Augen, als dieser mit ihrem Sohn in den Garten ging. Lucas hatte sich schon wieder ein wenig beruhigt. Antoine setzte ihn auf einen Baumstumpf und ging vor ihm in die Hocke.

»Hör zu. Ich habe etwas Sonderbares erlebt. Du darfst es deinen Eltern nicht verraten. Das ist ein Geheimnis. Ich erzähle dir, was wirklich passiert ist. Der Geist von dem Mann, der gestorben ist, ist heute Morgen zurückgekehrt. Er hat gesagt, dass ich den Hund behalten muss. Ich kann dir sagen, das hat mich echt umgehauen. Ich bin noch immer ganz durcheinander. Aber darum kann ich dir Nobody nicht geben. Ich möchte nämlich nicht, dass ein Geist mir den Hintern versohlt. Und das könnte durchaus passieren. Verstehst du?«

Der kleine Junge starrte ihn mit großen Augen an und verharrte ein paar Sekunden reglos. Er schniefte kurz und fragte dann:

»Ist der Hund auch ein Geist?«

Antoine und Lucas sahen zu Nobody hinüber, der im Blumenbeet scharrte.

»Ich glaube nicht«, sagte Antoine. »Aber heutzutage weiß man nie.«

»Weißt du«, sagte Lucas, »ich liebe Gespensterfilme. Es gibt einen Film, der heißt *Nightmare Before Christmas*. In dem Film geht es um Jack, ein Skelett, das in Halloween Town wohnt, und seinen Hund Zero, der ein Gespenst ist und nicht beißt. Das finde ich cool.«

»Hast du schon viele Gespensterfilme gesehen?«, fragte Antoine.

»Ja, ich hab sie alle gesehen.«

»Ach, sag bloß? Und deine Eltern haben nichts dagegen?«

»Na ja … ich darf mir nur Filme ansehen, die nicht so gruselig sind«, räumte Lucas ein.

»Okay, das trifft sich gut. Wenn du ein Experte bist, möchte ich dir eine Frage stellen.«

Antoine warf einen Blick zu den Eltern hinüber, die sich mit Lalie unterhielten. Er sprach ganz leise, damit sie nichts hörten.

»Kannst du mir sagen, warum ein Geist – wohlgemerkt, ein netter Geist, der niemandem Angst einjagt –, warum ein netter Geist auf die Erde zurückkehrt und an einem Ort herumgeistert? Warum bleibt er nicht bei den anderen im Himmel und macht es sich gemütlich?«

»Das ist doch ganz einfach!«, rief der kleine Junge. »Ich weiß es! Ich weiß es! Er ist zurückgekommen, weil er noch etwas sehr Wichtiges machen muss.«

»Ach ja?«

»Und wenn er das erledigt hat und zufrieden ist, kehrt er in den Himmel zurück.«

»Und wer hat ihm gesagt, was er machen muss?«, fragte Antoine.

»Vielleicht sein Chef im Himmel. Egal, jedenfalls weiß er es irgendwie.«

»Und wenn er es nicht weiß? Oder sich nicht mehr daran erinnert?«

»Pah«, sagte der kleine Junge und baumelte mit den Beinen. »Dann sagen es ihm eben die Leute vom Film!«

»Wie, die Leute vom Film?«

»Na, die Leute, die die Filme fürs Kino machen.«

Antoine lächelte und bedankte sich bei dem kleinen Jungen, der zu seinen Eltern lief.

»Weißt du was, Mama, ich will den kleinen Hund gar nicht haben.«

Seine Mutter lächelte ihn liebevoll an. Sein Vater war erleichtert und sagte, er sei ein tapferer Junge, doch sein Sohn unterbrach ihn.

»Ich will einen Gespensterhund haben!«, sagte Lucas entschlossen. »Glaubt ihr, dass man in der Tierhandlung einen bekommt?«

Nobody und Antoine überließen es Lalie und Lucas' Eltern, sich mit diesem Problem zu befassen, denn sie hatten andere Dinge zu tun. Antoine war bereits weggefahren, als Lalies Handy klingelte. Sie meldete sich: »Trévise & Fils, was kann ich für Sie tun?« Dann hörte sie der Anruferin am anderen Ende der Leitung aufmerksam zu.

SONNTAG, 13. JANUAR

Als Lalie auf dem Hof vor ihrem Antiquitätengeschäft an der Straße nach Noirmoutier-en-l'Île parkte, war die Kundin schon da. Rose hatte die Hände in die Taschen ihres blauen Mantels gesteckt, und ihr rotbraunes Haar schaute unter der Pelzmütze hervor. Neben ihr stand der Cellokasten.

Lalie entschuldigte sich für ihre Verspätung und sagte, dass ihr Geschäft außerhalb der Saison sonntags normalerweise nicht geöffnet sei. Rose bedankte sich, dass sie trotzdem gekommen war. Lalie lächelte höflich und führte Rose in das Geschäft. Sie schaltete eine kleine Elektroheizung hinter der Ladentheke ein, auf der allerhand herumlag. Hinter der Heizung stand eine mit Trödel vollgestopfte Vitrine. Die beiden Frauen musterten einander inmitten der alten Sachen, die in großen, alten Kleiderschränken und auf überbordenden Regalen ausgestellt waren. Ein ausgestopfter weißer Pfau saß auf einem Spielzeugrennwagen mit runden Formen aus den Fünfzigern und beachtete sie nicht. Sessel aus verschiedenen Epochen warteten darauf, dass man auf ihnen Platz nahm, wenngleich sich auch auf ihnen Bücher und feines Porzellan stapelten. All diese Dinge kämpften gegen den Staub an und hofften, Lalie würde jemanden überzeugen, sie vor dem Vergessen zu retten. Im Sommer war es ein einladender Ort, wenn sie das Geschäft für die Touristen öffnete, die in Urlaubsstimmung waren und sich freuten, einige Zeit in einem Haus am Meer zu verbringen. Im Winter hingegen waren alle Oberflächen – neue, alte, mehr und weniger wertvolle – grau und fühlten sich kalt an, und die Schatten noch mehr. Weder Rose noch Lalie zogen ihren Mantel aus.

Rose ging ein paar Schritte durch das Geschäft.

»Es hat sich viel verändert.«

»Wie bitte?«

»Ihr Geschäft. Es hat sich sehr verändert.«

»Waren Sie denn schon einmal hier?«

»Ja, vor etwa fünfundzwanzig Jahren. Im Sommer '87. Das erste Mal war ich mit meinem Großvater hier, und in dem Sommer damals sind wir oft hierhergekommen. Ich erinnere mich, als wäre es gestern gewesen. Ich hatte immer das Gefühl, als wären hier unzählige Schätze verborgen. Und all die vielen unterschiedlichen Instrumente ... Einige schienen sogar aus exotischen Ländern zu stammen. Sie hingen an der Decke oder lagen in Vitrinen. Es hatte etwas Magisches ... Ich war gerade mal sieben Jahre alt, doch ich erinnere mich genau, dass ich ein Orchester ganz für mich allein haben wollte, um auf all diesen Instrumenten zu spielen.«

Langsam ging Rose durch das ganze Geschäft. Sie kämpfte gegen die Erinnerungen an, die ihre Melancholie entfachten. Der Duft des blumigen Parfums ihrer Großmutter, der sich mit dem Geruch der alten Ledersessel vermischte, stieg ihr in die Nase, und sie hörte ihren Großvater mit dem Zeigefinger den Takt zu seiner Ermahnung schlagen, ein Instrument sei kein Spielzeug und man müsse lernen, darauf zu spielen. Das grelle Licht des Sommers hatte sie geblendet, als sie das dunkle Geschäft verließ. Damals kam es ihr so groß vor, dass sie glaubte, sich darin verirren zu können. Rose erinnerte sich, wie stolz sie war, als sie mit ihrem Instrument in das Haus in Villerude zurückkehrte, und dass sie allen Erwachsenen davon erzählte. Oma hatte gesagt, sie solle vor dem kleinen Titi nicht damit angeben, denn er hatte kein Musikinstrument.

Roses Gedanken kehrten in die Gegenwart zurück.

»In meiner Erinnerung war das Geschäft viel größer«, sagte sie zu der Antiquitätenhändlerin.

»Wir haben noch einen Raum dahinter und eine weitere Etage«, sagte Lalie, als wollte sie sich dafür entschuldigen, dass das Geschäft so klein war.

»Ich erinnere mich an einen Mann mit einem Bart ...«

»Ja, das war mein Vater«, sagte Lalie.

»Bei ihm hat mein Großvater mein erstes Cello gekauft.«

»Ach, wirklich?«, sagte Lalie verwundert und räumte ein paar Papierstapel zur Seite, die auf der Ladentheke lagen. »Mein Vater hing unheimlich an seinen Instrumenten. Er behielt sie sehr lange, sogar noch, als niemand mehr welche kaufte. Wir mussten uns neu orientieren, sonst hätten wir schließen müssen. Mittlerweile läuft es besser mit dem Trödel. Aber mit der Musik ist es in Villerude vorbei.

Ein paar Instrumente habe ich allerdings noch. Sie sind oben. Ich kann sie Ihnen zeigen, wenn Sie Interesse haben.«

»Und Ihr Vater ist ...?«, fragte Rose und drehte sich zu Lalie um.

»Ja, er ist vor über zehn Jahren gestorben. Ich habe das Geschäft übernommen. Sie sagten am Telefon, dass Sie etwas verkaufen möchten?«

»Ja, mein Cello.«

»Das Cello, das Sie bei meinem Vater gekauft haben?«

Rose lachte.

»Nein, nein. Dank des Instruments, das wir bei Ihrem Vater gekauft haben, bin ich Musikerin geworden, aber im Laufe der Jahre ... wie soll ich sagen ... musste ich mir neue, sensiblere Begleiter suchen.«

Lalie lächelte nicht, und Rose wurde noch ernster.

»Ihr Vater hat den Wert alter Instrumente geschätzt. Tun Sie das auch?«

Jetzt begannen Lalies Augen zu strahlen, doch ihre Miene war undurchschaubar.

»Ich verfüge noch immer über die Verbindungen meines Vaters, und er hat mir eine Menge beigebracht ... Ja, ich kann den Wert Ihres Instrumentes schätzen.«

Lalie ließ den Blick über den Cellokasten wandern, und Rose folgte ihr mit den Augen. Dann nahm die Musikerin das Echtheitszertifikat aus ihrer Umhängetasche, in der auch ein zusammengefaltetes DIN-A4-Blatt steckte, das sie aber nicht herausnahm.

Lalie überprüfte das Zertifikat.

Carlo Giuseppe Testore, Mailand, 1697.

Sie errötete, blinzelte und öffnete den Mund, als wollte

sie etwas sagen, doch sie schwieg. Rose entging diese kaum wahrnehmbare Reaktion nicht, die sie schon oft erlebt hatte. Ohne dass die Antiquitätenhändlerin ein Wort sagte, war das der winzige und unleugbare Beweis, dass sie verstand, was sie in der Hand hielt. Lalie versuchte, sich ihre Anspannung nicht anmerken zu lassen.

»Darf ich es mir ansehen?«, fragte sie.

Rose öffnete den Kasten mit geübtem Griff. Lalie genügten ein paar Blicke, um zu wissen, dass das Instrument dem Zertifikat entsprach.

»Und *Sie* spielen auf dem Instrument?«, fragte sie Rose.

Rose erwiderte ganz leise »Ja«, als wollte sie andeuten, dass Lalie ihr nicht zu viele Fragen stellen sollte.

Sie schwiegen einen Augenblick, und Lalie strich über das edle Holz.

»Ich habe das Instrument vor fünf Jahren schätzen lassen«, sagte sie. »Damals existierten noch neun Exemplare. 2011 wurde eins gestohlen, und ein anderes wurde vor sechs Monaten zerstört. Jetzt gibt es also nur noch sieben.«

Lalie starrte auf das Cello.

»Gut. Hören Sie, bei einem Instrument dieser Qualität würde ich gerne die Meinung von ein paar Kollegen einholen ...«

Die beiden Frauen wechselten einen Blick und kommunizierten schweigend miteinander. Offenbar begriffen sie beide, dass höfliches Geplänkel in dieser Situation fehl am Platze war. Sie konnten offen miteinander sprechen, denn das Schicksal hatte sie nun zusammengeführt, ob sie es wollten oder nicht.

»Ich bin in einer schwierigen Lage«, gab Rose zu und

zog an den Falten ihres Mantels unter der Umhängetasche. »Ich möchte mein Instrument schnell verkaufen, ohne dass die Öffentlichkeit davon erfährt. In meiner Tasche habe ich eine Liste von etwa zwanzig Personen, die mir in den letzten Jahren beträchtliche Summen für mein Cello geboten haben. Sie werden wissen, dass es mein Cello ist, aber ich möchte bei dem Verkauf nicht in Erscheinung treten. Wenn Sie mir einen guten Preis bieten, verkaufe ich es Ihnen. Sie können die Leute dann kontaktieren. Ich nehme an, mit den Verbindungen Ihres Vaters ...«

Rose nahm das zusammengefaltete Blatt aus der Tasche und reichte es Lalie, die es vorsichtig auseinanderfaltete. Sie sah die Namen, die Daten und so viele Nullen wie nie zuvor in ihrem Leben.

»Aber ...«, begann Rose und verstummte dann.

»Aber?«, fragte Lalie, die das Blatt noch immer in der Hand hielt.

»Ich habe es eilig und wäre Ihnen sehr dankbar, wenn Sie mir in den nächsten Tagen eine Antwort geben könnten.«

Lalie hätte Rose gerne so viele Fragen gestellt, dass sie gar nicht wusste, wo sie hätte beginnen sollen, und daher schwieg sie eine ganze Weile. Sie betrachtete das Instrument in dem geöffneten Koffer. Es sah beinahe so aus, als würde das Cello mit der feinen Patina in einem Sarg liegen. Lalie erkannte die vollendete Handwerkskunst eines Geigenbaumeisters, wie sie heute kaum noch praktiziert wurde, und die Inspiration von drei Jahrhunderten virtuoser Cellisten. Das edle Instrument ließ den einfachen Trödelladen erstrahlen. Schließlich lächelte Lalie Rose an.

Sie zog ihren Mantel aus, legte ihn über die Rückenlehne eines antiken Stuhls und sagte:

»Vielleicht gelingt es Ihnen, den Verkauf in der breiten Öffentlichkeit geheim zu halten. Aber in Villerude bleibt nichts verborgen, wissen Sie. Sie sind Rose Millet, und Sie kommen aus Hongkong, nicht wahr?«

In Roses Lächeln spiegelte sich Kapitulation. Sie klammerte sich an ihre Umhängetasche.

»Bevor alle glauben, Sie hätten einen Haufen Leichen im Keller, erlauben Sie mir die Frage, warum Sie es veräußern wollen?«

Roses versonnener Blick wanderte durch das Geschäft und verharrte auf dem weißen Pfau, ehe sie antwortete.

»Um mir meine Freiheit zu kaufen.«

Lalie musterte sie und sagte entgegen allen Erwartungen in bitterem Ton:

»Freiheit ... Da sind Sie hier richtig. Mein Vater hätte Sie verstanden.«

Rose schien ihr gar nicht zuzuhören. Sie starrte auf einen Gegenstand, der hinter Lalie zwischen unzähligen anderen Dingen in einer Vitrine lag. Ein sonderbares Spielzeug, das die Größe eines Herrenschuhs hatte, eine Konstruktion aus recycelten Materialien. Eine von *Titis Zaubermaschinen*.

Ohne dass Rose es verhindern konnte, führte der Anblick dieses Spielzeugs sie mit einem Schlag mehr als zwanzig Jahre zurück in die Vergangenheit. Die Nostalgie, an die sie sich gewöhnt hatte, zog sie in einen sanften Sog und wurde immer realer. Sie sah die Bilder ihrer Sommerferien in Villerude deutlich vor Augen. *Titis Zaubermaschine.* War es nicht ein wunderbares Zeichen, dass sie hier ein Stück ihrer Kindheit wiederfand?

»Kann man das kaufen?«, fragte Rose. Sie hielt beinahe die Luft an und deutete mit dem Finger auf die Glasvitrine.

Lalie drehte sich um und öffnete die Vitrine. Sie zeigte auf eine funkelnde Mundharmonika, Ohrringe aus Perlmutt, eine Mickymaus aus Kristall, Handschuhe aus feiner Spitze, und Rose sagte jedes Mal »Nein«. Sie wusste nicht, wie sie Titis Zaubermaschine beschreiben sollte. Plötzlich begann die Antiquitätenhändlerin zu lachen und fragte ungläubig: »Das da?« Rose nickte. Lalie nahm das Ding so behutsam heraus, als handelte es sich um ein kleines Tier. Sie blies über die Oberfläche, aber es war kein Staub darauf.

»Das hätte ich gern«, sagte Rose und starrte mit großen Augen auf *Titis Zaubermaschine*.

»Ein Geschenk des Hauses«, erwiderte Lalie lächelnd. Sie bückte sich und suchte Papier, um das Spielzeug einzupacken.

Rose bedankte sich leise und schaute zu, als Lalie es in Zeitungspapier einwickelte.

»So ein Kunstwerk finden Sie nicht überall«, sagte Lalie vergnügt.

»Es ist erstaunlich, dass ich es hier finde.«

»Wenn Sie wüssten, was die Leute mir alles anbieten. Ich hatte schon die merkwürdigsten Sachen in der Hand. Ich habe Telefone ...«

»Ich wollte sagen ...«, unterbrach Rose sie mit geröteten Wangen, »ich kannte den kleinen Jungen, der das gebaut hat. Wir haben oft zusammen gespielt ... Die schönsten Jahre meines Lebens finde ich in diesem Spielzeug wieder, verstehen Sie? Das ist schon sonderbar, denn im Grunde ist es ziemlich hässlich.«

Rose hob den Blick zu Lalie, aber die Antiquitätenhändlerin lächelte nicht. Sie steckte das kleine Päckchen in eine Plastiktüte.

»Hier«, sagte sie, ohne ihre Kundin anzusehen.

»Verzeihen Sie«, stammelte Rose, »aber wissen Sie, woher das stammt? Ich meine ... kennen Sie denjenigen, dem das gehörte?«

»Nein, tut mir leid«, log Lalie und räusperte sich. »Ein kleiner Trödelmarkt vor langer Zeit.«

Rose presste die Lippen zusammen und nahm ihre Plastiktüte und ihr Cello. Die beiden Frauen wechselten noch ein paar Worte, verabredeten einen neuen Termin und sprachen über das Wetter. Dann verließ Rose das Geschäft. Lalie stand reglos hinter ihrer alten Kasse und folgte Rose mit dem Blick. Rose, die, einem siamesischen Zwilling gleich, mit dem Instrument zu verschmelzen schien, so fest hielt sie es an sich gepresst. Als die eigenartige Kundin aus ihrem Blickfeld verschwunden war, blieb Lalie mit den Staubkörnern allein zurück, die im Licht des Tages durch das Geschäft wirbelten, und mit einer Lüge, die auf dem Ladentisch klebte.

8

SONNTAG, 13. JANUAR

Eine halbe Stunde vor der Vorführung war Antoine im Kino mit Françoise verabredet. Da ihm etwas eingefallen war, was er überprüfen wollte, fuhr er schon früher hin. Er schloss das Kino auf, ging zur Bühne und rief Camilles Namen. Camille sagte »ja«, was Antoine einerseits beruhigte und andererseits auch wieder nicht. Es war ein verzwicktes Gefühl, aber auf jeden Fall war Camille da, und nur das zählte. Antoine bat ihn, auf dem Balkon zu bleiben, sich ruhig zu verhalten und nicht wie am Morgen wie ein Geist in der Dunkelheit zu verschwinden, das habe ihm nämlich einen ganz schönen Schreck eingejagt. Camille versprach es. Anschließend wartete Antoine auf Françoise.

Er führte sie nicht in die Kabine des Filmvorführers, sondern ging mit ihr zu dem vorderen, dunklen Bereich des Kinos, weil er ihr »etwas zeigen wolle«. Françoise folgte ihm mit ihrem unschuldigen Lächeln der kleinen Vorsitzenden des Vereins der Freunde des *Paradis*. Sie war bereit, ihm die Geheimnisse des alten Kinos zu enthüllen, für das sie seit fünfzehn Jahren die Verantwortung trug. Als sie vor der Bühne ankamen, hob Antoine den Blick zu dem Balkon, und Camille war wie versprochen da. Der junge Mann zeigte mit dem Finger auf die Umrisse und wartete, während er Françoise musterte. Zuerst zeigte sie keine Reaktion. Doch plötzlich ging mit ihren Gesichtszügen Fältchen für Fältchen eine Wandlung vor sich, und ihr Gesicht nahm einen Ausdruck an, der genau zu ihren gerunzelten Augenbrauen passte. Den Mund halb geöffnet und die Augen auf den Balkon gerichtet, ging sie auf die Brüstung zu. Antoine spürte Erleichterung in sich aufsteigen. Françoise zeigte mit dem Finger auf den Balkon und murmelte:

»Unglaublich ...«

»In der Tat«, flüsterte Antoine. »Ich kann Ihnen sagen, heute Morgen habe ich einen ganz schönen Schreck bekommen.«

»In all den Jahren ist mir die Lichterkette nie aufgefallen. Das sind noch die Glühbirnen von damals. Dafür würde ich meine Hand ins Feuer legen.«

Antoine öffnete den Mund, doch es drang kein Ton über seine Lippen.

Camille: »Siehst du, das habe ich kommen sehen.«

Antoine: »Halt den Mund, Camille.«

Françoise: »Was haben Sie gesagt?«

Camille: »Ich bitte um etwas mehr Respekt vor einem Verstorbenen.«

Antoine zu Françoise: »Haben Sie keine andere Stimme gehört?«

Françoise beäugte ihn misstrauisch. Antoine warf Camille einen Blick zu und fuchtelte mit der Hand durch die Luft, um ihn aufzufordern weiterzusprechen.

Françoise: »Ist alles in Ordnung, Antoine?«

Camille: »In einem Kino herumgeistern. Was ist das bloß für ein Job ...? Weißt du, was Buster Keaton gesagt hat? Er hat gesagt: ›Ich möchte mit einem Kartenspiel und einem Rosenkranz begraben werden, um für alle Eventualitäten gerüstet zu sein.‹ Ich, Camille Levant, hätte daran denken müssen, Popcorn mitzunehmen.«

Antoine zu Françoise: »Hören Sie nichts?«

Françoise: »Nein.«

Antoine starrte sie an.

Françoise: »Aber diese Glühbirnen, haben Sie es bemerkt? Sieht so aus, als würden sie noch funktionieren ...«

Ehe Antoine Françoise zurückhalten konnte, ging sie zu den Sicherungskästen. Sie murmelte etwas über den alten Sicherungskasten, sagte immer wieder »na so was, na so was«, und ein paar Glühbirnen gingen an. Dann brannte die Lichterkette so hell, dass Antoine, der genau davor stand, geblendet wurde. Françoise kehrte zurück, um das Licht zu bewundern. Einige Glühbirnen knisterten, und das Licht flackerte, als wären es keine Glühfäden, sondern Flammen. Françoise kehrte zu dem Sicherungskasten zurück und sagte, dass sie mit dem Verein darüber sprechen müsse. Ein wenig abgelenkt folgte Antoine der Vorsitzenden, schüttelte den Kopf und schaute auf seine Schuhe. Als er in der Mitte des Mosaikbodens in der Eingangshalle ankam, blieb er abrupt stehen. Eingehüllt in den Lichtschein des schönen Winternachmittags stand Rose da. Sie trug ihren blauen Samtmantel, und ihre Wangen waren leicht gerötet.

»Guten Tag«, sagte er.

»Guten Tag.«

»Guten Tag.« Antoine bewahrte den Klang von Roses »Guten Tag« zwei oder drei Sekunden in seinem Herzen, ehe er im Eilschritt die schmale Treppe hinaufstieg, die in die Kabine des Filmvorführers führte. »Guten Tag.« Das war genauso, wie wenn man »Löffel« sagte. Antoine hatte diese Erfahrung als Kind gemacht, als er eines Tages Himbeercreme aß. Wenn man einen Löffel in der Hand hielt und das Wort mehrmals laut aussprach, passierten sonderbare Dinge. »Löffel.« »Löffel.« »Löffel.« Nach einer Weile klang das Wort fremd, geheimnisvoll, exotisch. Plötzlich konnte man in diesem Löffel, der auf dem Küchentisch ganz gewöhnlich aussah, eine neue Welt entdecken. Mit Roses »Guten Tag« verhielt es sich ähnlich. In dem Fall reichte es aber aus, dass sie es ein Mal sagte. Das war stark.

Antoine wandte sich den Projektoren zu, während Françoise die Tickets verkaufte. Sie behielt recht. Heute waren wirklich viele Leute gekommen. Fast zwanzig Personen. Bis auf Rose erhielten sie alle den üblichen Preisnachlass für Vereinsmitglieder. Antoine stellte fest, dass er ein bisschen nervös war, und er versuchte sich zu konzentrieren. Bald existierte für ihn nichts anderes mehr als der Projektor. Er brauchte sich Camilles Handgriffe gar nicht in Erinnerung zu rufen. Die Mechanik gab die Befehle. Es dauerte nicht lange, bis Antoine alle Vorbereitungen getroffen hatte, sodass der Film pünktlich auf die Minute begann. Er schaute durch das kleine Fenster. Rose saß wieder auf demselben Platz ganz rechts unter dem Balkon. Françoise lief noch einmal zu dem Sicherungskasten. Sie hatte vergessen, die Lichterkette auszuschalten. Antoine achtete nicht auf den Film, den er vorführte. Es war ein alter Streifen.

Nachdem er die erste Filmrolle eingelegt hatte, verschwand er leise aus der Kabine und stieg die Treppe hinunter. Dann entfernte er die kleine Kette, mit der die Treppe zum Balkon abgesperrt war, und ging die knarrenden Stufen hinauf. Auf dem Treppenabsatz stand allerlei Gerümpel herum, und er musste über alte Kartons hinwegsteigen, um zur Tür des Balkons zu gelangen. Antoine schob ein paar Dinge zur Seite und stapelte andere aufeinander. Er entdeckte weitere Lampen und Wandleuchten, von denen einige aus der bröckeligen Wand herausgebrochen waren. Endlich konnte er die Tür öffnen.

Hier oben auf dem Balkon bot sich ein vollkommen anderes Bild. Die alten Sitze mit dem zerrissenen Leder gehörten vielleicht noch zur ersten Ausstattung des Kinos. Die Wandmalereien mit Meerjungfrauen, Fischen, riesigen Seeungeheuern und Fabelwesen weckten die Lust, Abenteuerromane über die Tiefsee zu lesen. Alles war vollgestellt und kaputt. Antoine schaute in sämtliche Ecken, doch Camille war nirgendwo zu finden.

»Pst!«

Antoine zuckte zusammen und drehte sich um. Das war sein Geist, ganz hinten auf dem Balkon, in der Nähe der Wendeltreppe, die zu der Kuppel führte. Der Zugang war mit einem verrosteten Metallgitter versperrt.

Antoine (leise): »Mann, hast du mir einen Schreck eingejagt!«

Camille: »Und du mir erst. In Frieden ruhen, heißt es. Ein frommer Wunsch!«

Antoine: »Hör mal, vielleicht habe ich Neuigkeiten.«

Camille: »Gute?«

Antoine: »Schlechte Nachrichten sind missratene gute Nachrichten. Das hat meine Mutter immer gesagt. Wenn ich mit meinen Zeugnissen nach Hause kam, habe ich ihr das oft aufgetischt.«

Unten im Kino riefen einige »pst«, und Antoine lächelte.

Antoine (leise): »Ich habe mich erkundigt. Offenbar bist du zurückgekehrt, weil du hier noch eine Mission erfüllen musst.«

Camille: »Ach ja? Wo hast du das her?«

Antoine: »Ich ... ich habe ausgiebig in der Fachliteratur recherchiert und ... und ...«

Camille: »Und ...?«

Antoine: »Es steht hundertprozentig fest, dass du aus einem bestimmten Grund zurückgekehrt bist.«

Camille: »Aber aus welchem?«

Antoine: »Tja, das könnte alles Mögliche sein. Eigentlich müsstest du das selbst wissen.«

Camille: »Ich weiß von nichts. Mir hat keiner was gesagt ...«

Antoine breitete die Arme aus, als wollte er sagen, dass jetzt alles verloren sei.

Antoine: »Denk nach, Camille. Niemand außer dir kann es wissen. Es muss etwas geben.«

Camille: »Es ist schon nicht einfach, den Sinn des Lebens zu begreifen, aber wenn wir jetzt auch noch den Sinn des Todes begreifen müssen, wo kommen wir da hin? Mein Gott, Sterben ist auch nicht mehr das, was es mal war.«

Antoine sah auf die Uhr. Er musste die zweite Filmrolle einlegen. Er kletterte die knarrende Treppe hinunter und stieg die Treppe zur Kabine des Filmvorführers hinauf. Dann drückte er die Nase auf das Fenster und verfolgte den Film.

Es war der Film *Blondinen bevorzugt* von Howard Hawks aus dem Jahre 1953.

Er seufzte zufrieden. Antoine, altes Haus, sagte er zu sich, du sprichst mit Geistern und herrschst über ein Kino. Und Rose, die hübsche Musikerin, schaut sich die Filme an, die du vorführst. Wer hätte das gedacht? Und dabei bist du nicht einmal besonders attraktiv. Dein Leben hat sich schlagartig verändert, und jetzt stellst du dir dein Glück wie einen Farbfilm vor? Und dann noch die Frau im Arm, von der du immer geträumt hast? Doch, du hast immer von ihr geträumt. Gib es ruhig zu. Jetzt ist der richtige Augenblick. All die Abende, die du seit zehn Jahren vor dem Computer sitzt, ihren Namen bei Google eingibst, stundenlang auf die Fotos der Konzerte in aller Welt starrst und vergebens darauf wartest, dass der Name Villerude einmal auftaucht. Bedeutet das gar nichts? Freu dich, Antoine, der Wind dreht sich. Als du klein warst, hat deine Mutter immer gesagt, dass eines Tages alles gut werden würde. Nun bist du erwachsen, und mit der Zeit hast du es vergessen: Das, was deine Mutter gesagt hat, das war kein Wunsch, sondern ein Versprechen. Du wirst sehen, Antoine, vielleicht ist dieser Tag jetzt gekommen. Der Tag, an dem alles gut werden wird.

Doch es kam, wie es kommen musste, und eine andere Stimme, die sich tief in seinem Innern versteckte, meldete sich zu Wort. Diese Stimme sprach nicht. Es genügte, dass sie ihm das Rascheln des Zettels, den er in dem Sommer, als er elf Jahre alt war, in seiner sandigen Hand zerknüllt hatte, in Erinnerung rief. Antoine seufzte, um das Bild zu verdrängen, aber auch seine Hände erinnerten sich. Er wusste, dass er nicht den Mut haben würde, Rose zu sagen, dass sie sich aus ihrer Kindheit kannten.

Als der Film zu Ende war, stieg Antoine dennoch die Treppe hinunter, um Rose noch einmal zu sehen. Sie stand dort, als wartete sie auf jemanden. Er lächelte sie an, und sie lächelte zurück. Ein unbefangenes Lächeln, sagte er sich später tausend Mal, denn gleich nach Roses Lächeln hörte er ein »Guten Tag«, dem überhaupt keine Löffelmagie anhaftete. Es war Lalies Stimme. Sie stand dort, um den Filmvorführer abzuholen, und ihr kühler Blick verriet, dass sie das Lächeln zwischen ihm und Rose bemerkt hatte. Allerdings hatte sie nicht Antoine begrüßt, sondern Rose, und auch wenn Antoine das nicht ganz verstand, so begriff er doch, dass von nun an alles komplizierter wurde.

MONTAG, 14. JANUAR

Lalies Gedanken kreisten immer noch um Antoines Konstruktion, jenes hässliche Ding aus recycelten Materialien. Auch die Begegnung im Kino und Antoines eigenartiges Lächeln gingen ihr nicht aus dem Kopf. Warum hatte sie Rose belogen, was die Herkunft des Spielzeugs betraf? Wohl kaum, um einen Betrug zu verheimlichen. Im Übrigen konnte sie als Grund einfach den Schutz der Anonymität ihrer Kunden vorgeben, ebenso wie die Journalisten ihre Quellen geheim hielten, oder etwas in der Art. Sie würde sich schon irgendwie herausreden, ohne das Gesicht zu verlieren. Was ihr jedoch keine Ruhe ließ, war der Gedanke, dass diese Lüge ein Zeichen war für die Dinge, die kommen würden. Wie eine Prophezeiung. Ein schlechtes Omen.

Lalie bog auf den Parkplatz ein und verdrängte die tausend Filme, die in ihrem Kopf abliefen. Sie bremste scharf. Alles würde gut werden. *Alles würde gut werden.* Vor allem heute Abend durfte sie keine Schwäche zeigen. Sie musste Lalie Trévise sein, die Inhaberin eines Geschäftes für Antiquitäten und Trödel, das in der Ausgabe von Juli-August

2008 in *Marie-Claire Maison* empfohlen worden war. Sie musste gewinnen. Lalie schaltete die Scheinwerfer aus, nahm ihre Tasche und streckte ihre langen Beine in der dicken schwarzen Strumpfhose und mit den Pumps einer Geschäftsfrau an den Füßen in den Regen. Als sie die Tür zuschlug, drang ekelhafter Fischgestank in ihre Kleidung. Sie steuerte auf das matte Licht der nassen, riesigen Buchstaben des Firmennamens zu: *FraisPoisson*.

Es war zwanzig Uhr. Die Sekretärin hatte längst Feierabend, aber in der Fabrik herrschte noch reges Treiben. Lalie kannte den Weg. Sie brauchte nur ein Mal an die Tür des Büros zu klopfen, denn Sylvestre Varant erwartete sie.

Varant war zweifellos ein beeindruckender Mann. Hinter dem großen, polierten Schreibtisch in seiner Fabrik wirkte er noch wohlhabender als auf dem Friedhof. Er trug eine Brille, deren dicke Gläser geschmackvoll in ein Designer-Gestell aus grünem Horn eingefügt waren. Die dunklen Ränder unter den Augen ließen vermuten, dass er nicht ausreichend geschlafen oder nicht gut gegessen oder sich nicht genug geprügelt hatte. Lalie fand, dass er gar nicht so schlecht aussah. Sie hatte diesen Mann einst geliebt. Und er hatte es weiß Gott ausgenutzt, dass sie immer geneigt gewesen war, alles zu seinen Gunsten auszulegen.

So behutsam, als würde sie sich einem gefährlichen Tier nähern, ergriff sie das Wort.

»Bist du bereit, dir meinen Vorschlag anzuhören?«

Er empfing sie mit strahlendem Blick, doch Lalie gab vor, es nicht zu bemerken, als sie auf den Schreibtisch zuging. Er stand auf, begrüßte sie und sagte leise:

»Deine Vorschläge interessieren mich immer, Lalie.

Weißt du ... du hättest mir nicht diese Geschichte mit der Geige auftischen müssen, um dich mit mir zu treffen ...«

»Ich tische dir keine Geschichte auf, sondern ich biete dir ein Cello zum Kauf an«, erwiderte Lalie und setzte sich auf einen Stuhl auf der anderen Seite des Schreibtisches.

Varant begann zu lachen.

»Und was soll ich damit? Soll ich ein Kammermusik-Ensemble gründen?«

Er lachte über seinen Witz, ein dröhnendes Lachen, das von seinem maßgeschneiderten Anzug widerhallte. Lalie wartete, bis er sich beruhigt und ihr gegenüber Platz genommen hatte.

»Wenn du es kaufst, kannst du ein kleines Vermögen einstreichen.«

Nun schenkte Varant ihr seine volle Aufmerksamkeit. Lalie freute sich, dass er ihr ausgeliefert war und jetzt an ihren Lippen hing. Heute waren ihre Rollen vertauscht, und das gefiel ihr gut.

»Ich höre dir zu«, sagte Varant ungeduldig.

Lalie ließ sich Zeit.

»Wusstest du, dass eine der sichersten und einträglichsten Geldanlagen seltene Musikinstrumente sind? Fünfzehn Prozent pro Jahr, in guten wie in schlechten Jahren.«

»Hm. Das bezweifle ich. Wenn das wahr wäre, wüsste das doch jeder.«

»Es weiß aber nicht jeder. Leute wie du und ich bekommen solche Instrumente niemals zu Gesicht. Sie werden unter Kennern verkauft, und das ist eine Welt, die noch hermetischer ist als die Kunstszene.«

»Okay, gehen wir mal davon aus, dass du tatsächlich

günstig an ein Cello kommst. Wie hast du das überhaupt in Villerude aufgetrieben?«

»Ich habe eine junge Frau kennengelernt, die ihr Cello ziemlich schnell verkaufen möchte. Ich habe mich ein wenig umgehört und weiß jetzt, dass ich diese Gelegenheit unbedingt nutzen muss. Das ist ein Geschäft, wie es sich in meiner Branche nur ein Mal im Leben bietet. Allerdings brauche ich dafür Bargeld, und das habe ich nicht. Und dieses Instrument ...«

»Dann schieß mal los. Was soll es denn kosten?«, unterbrach Varant sie.

»Du kaufst es für fünfhunderttausend Euro.«

»Fünfhunderttausend ...«, rief Varant.

»Und dann verkaufst du es entweder sofort für sechshunderttausend dank einer Liste von Käufern, die ich habe. Oder du wartest, bis der Preis steigt oder bis eines der anderen sechs Exemplare, die es noch gibt, kaputtgeht und du deinen Gewinn vervielfachst. Du gehst nicht das geringste Risiko ein.«

»Und du?«

»Ich bekomme eine Provision für den Verkauf. Hunderttausend. Zwanzig Prozent, das ist fair.«

»Die Frau ist bereit, es für vierhunderttausend zu verkaufen?«

»Ich denke schon, wenn wir uns beeilen und ihr das Geld bar auf den Tisch legen.«

»Da müsste man erst einmal sicher sein«, sagte Varant.

»Ich wäre mir sicher, wenn ich das Geld auf dem Tisch liegen hätte«, erwiderte sie und hielt Varants starrem Blick stand.

»Ich muss sicher sein können, dass ihre Geige nicht aus irgendeinem Spielzugladen stammt.«

»Das ist keine Geige, sondern ein Cello. Glaub mir. Mein Vater hat mich mein ganzes Leben so genervt mit seinen verdammten Instrumenten, dass ich sie mit geschlossenen Augen einzuschätzen weiß.«

»Hm«, sagte Varant. »Du erwartest doch wohl nicht, dass ich meinen Tresor nur für deine schönen Augen leere.«

»Da ich wusste, dass du mir nicht zutraust, den Wert des Instrumentes richtig zu schätzen«, unterbrach Lalie ihn, »habe ich ein paar Kollegen in Paris gebeten, ihn zu bestätigen.«

Lalie zog die Dokumente aus der Tasche, die sie ausgedruckt hatte, und erzählte Varant, wie es zu dem Treffen mit Rose gekommen war. Sie sprach über das Echtheitszertifikat und erklärte ihm, welche Bedingungen Rose für den Verkauf des Cellos gestellt hatte. Varant hörte aufmerksam zu. Dann schaute er sich mehr als zwanzig Minuten lang sämtliche Dokumente genau an. Er verlangte, sie vierundzwanzig Stunden behalten zu dürfen, weil er einiges noch überprüfen wolle. Lalie stimmte zu. Sie war sich ihrer Sache sicher.

Schließlich stand Varant auf und sah aus dem Fenster auf die Lichter, die ein leuchtendes Dreieck auf die Mauern der Fischfabrik projizierten. Dreiundzwanzig Tonnen Fisch wurden täglich in seiner Fabrik verarbeitet. Er wusste alles über Fische, über ihre inneren Organe und darüber, wie man Geschäfte mit ihnen machte. Und jetzt kam Lalie und erzählte ihm etwas über Geschäfte mit Cellos.

Lalie wippte unter dem Schreibtisch mit den Beinen und beobachtete Varant, der nachdachte.

»Warum will sie das Cello überhaupt verkaufen?«, fragte er sie.

Lalie lachte spöttisch.

»Wolltest du nicht auch mal weg von Villerude? Jedenfalls hast du es mir oft versprochen ...«, murmelte sie. »Nach Colorado wolltest du auswandern. Erinnerst du dich nicht mehr? Einmal hast du mir sogar dieses Nest gezeigt, das du dort entdeckt hattest. Und, gibt es ihn noch, deinen Traum von einem Haus in den Bergen, fernab von deiner Fabrik und den ganzen Fischköpfen?«

Varant erwiderte nichts.

»Stell dir vor, wenn du morgen aufbrechen würdest ... Das viele Geld, das du dann bräuchtest, um sämtliche Kosten zu begleichen, Löhne, Gehälter, ausstehende Rechnungen für Lieferungen und was weiß ich nicht alles.«

»Ich verstehe nicht, was das mit dem Cello zu tun hat«, stieß Varant ungehalten hervor.

»Das ist genau dasselbe. Die Frau hat unter ihren Beruf drei Kreuze gemacht.«

»Das hat sie dir erzählt?«

»Nein. Aber glaub mir, ich weiß, was es heißt, sich seine Freiheit zu erkaufen.«

Lalie lächelte verhalten. Mit diesem Satz konnte sie sich an Varant rächen, denn sie wusste, wie sehr sie ihn damit traf. Doch das war ihr jetzt nicht mehr wichtig. Er konnte sie nicht mehr unglücklich machen.

»Ich lasse dir die Unterlagen da«, sagte Lalie und stand auf. »Sag mir schnell Bescheid, am besten morgen im Laufe des Tages, sonst ...«

»Was sonst, Lalie?«, fragte Varant verärgert. »Hast du

noch andere an der Hand, die sofort eine halbe Million flüssig machen? Dein Mechaniker vielleicht? Hör doch auf mit dem Theater.«

»Ich dachte, dass du dir bestimmt nicht die Gelegenheit entgehen lassen willst, dir ein paar unangenehme Dinge vom Hals zu schaffen, oder irre ich mich?« Lalie bemühte sich um einen ruhigen Ton. »Wie zum Beispiel das Geld aus dem Magiotti-Deal, das in deinem Tresor liegt und dich ziemlich in Verlegenheit bringen könnte. So eine halbe Million nimmt doch nur Platz weg. Und wenn du das Geld wäschst, wäre es nicht das Schlechteste.«

»Über den Magiotti sprechen wir nicht mehr, auch nicht unter vier Augen«, sagte Varant in drohendem Ton.

»Jetzt reg dich doch nicht so auf, Sylvestre. Hör zu, wenn ich unrecht habe, will ich dich nicht länger stören ...«

»Lass die Unterlagen alle hier und gib mir bis morgen Zeit.«

Varant und Lalie musterten einander. Die Antiquitätenhändlerin schluckte, als Varant sich ihr näherte. Vielleicht hätte sie nicht über den Magiotti sprechen sollen. Sie war die Einzige – und vielleicht die Letzte –, die von dem riskanten Deal wusste, der ihm viel Geld eingebracht hatte. Varant hatte es ihr an einem romantischen Abend anvertraut und es bestimmt sofort bereut. Diese Information war ihre Waffe und zugleich ihre Achillesferse. Der kräftige Varant stand jetzt genau vor ihr. Lalie hielt seinem Blick stand.

»Da du nun schon einmal hier bist ... «, murmelte er und legte eine Hand in ihren Nacken. »Wäre doch schade, wenn du so schnell wieder gehen würdest. Das Wetter ist miserabel. Bleib doch noch ein bisschen hier ...«

So, das wollte er also. Lalie war einen Moment wie erstarrt, doch sie hatte keine Angst. Vielmehr war sie neugierig, ob dieser Mann, den sie einst geliebt hatte, ihr noch irgendwelche Gefühle entgegenbrachte. Zwar kannte sie ihn nun schon so viele Jahre und wusste genau, dass da nichts war, aber ... vielleicht gab es ja doch noch irgendetwas ... Varants Hand glitt bereits über ihren Rücken.

»Wenn du nicht bei deinem Mechaniker bist«, murmelte er, »bedeutet das vielleicht, dass ihr nicht füreinander bestimmt seid. Überleg doch mal, du bist jetzt bei mir und nicht bei ihm ... Eine so schöne Frau ... Ich weiß, das war ein geschäftliches Gespräch, aber da wir nun schon mal hier sind, nur wir zwei, heute Abend ... Bleib doch bei mir, Lalie ...«

Es kostete Lalie Kraft, sich Varants Zärtlichkeiten zu entziehen. Sie hörte sich selbst sagen:

»Mein Mechaniker erzählt mir wenigstens nichts von irgendwelchen Traumhäusern in Colorado. Bestimmt wartet er schon auf mich.«

Varant lächelte, als wäre ihm das vollkommen gleichgültig.

»Ich ruf dich morgen an«, sagte er und öffnete die Tür. »Übrigens habe ich ein paar schöne antike Lampen für dich. Ich bin sicher, dass sie dir gefallen werden. Du brauchst sie nur abzuholen.«

Doch Lalie durchquerte bereits das menschenleere Foyer und lief zu ihrem Wagen. Warum hatte sie gelogen? Antoine wartete gar nicht auf sie. Warum hatte Varant immer noch solche Macht über sie? Warum hatten er und Antoine und alle übrigen Männer in ihrem Leben solche

Macht über sie, obwohl sie doch eigentlich eine starke Frau war?

Als Lalie zu Hause ankam, hatte sie Kopfschmerzen. Sie begann zu träumen. Einhunderttausend Euro ... Einhunderttausend Euro reichten aus, um Villerude zu verlassen und an einem anderen Ort neu anzufangen.

Alles würde gut werden. Für einhunderttausend Euro konnte sie sich eine Menge Dinge kaufen. Und Antoine würde stolz auf sie sein und über Nacht bei ihr bleiben. Sie würden zusammenziehen. Ja, das wäre schön.

Zwei Tage später gab Varant Lalie einen positiven Bescheid. Und Lalie informierte Rose, dass sie einen Käufer für das Cello gefunden habe.

10

SONNTAG, 3. FEBRUAR

Der Verein der Freunde des *Paradis* fand keinen Filmvorführer, der Camille dauerhaft ersetzen konnte, und letztendlich war Antoine froh darüber.

Die Straßen waren wieder vereist, und die Werkstatt Dumont brauchte Antoines Unterstützung. Alle waren zufrieden: Dumont bezahlte schwarz, und Antoine konnte wunschgemäß als richtiger Mechaniker arbeiten.

Und auch zu Hause war Antoine vollauf beschäftigt. Um Nobody eine Freude zu machen, hatte er angefangen, etwas für ihn zu bauen: einen Beiwagen für sein Motorrad. Denn obwohl Antoine sich seiner Verantwortung als Familienvater bewusst war – auch wenn seine Familie nur aus einem Hund bestand –, konnte er sich nicht vorstellen, mit dem Motorradfahren aufzuhören. Also schweißte und schraubte er, bis der Beiwagen schließlich fertig war und montiert werden konnte. Dann folgte die Probefahrt mit Nobody. Als der Hund in dem Beiwagen ohne Fenster und Verdeck saß, flatterten ihm die Ohren durch die frische Luft, aber das war immer noch besser, als den Kopf durch das Fenster von Camilles Auto zu strecken. Nobody nahm seine Rolle als Beifahrer sehr ernst. Der kleine Jack Russell war so verliebt in seinen Beiwagen, dass er darin geschlafen hätte, wenn es nicht so kalt gewesen wäre. Wochentags drehte Antoine jeden Abend eine Runde, und das war das höchste der Gefühle für Nobody.

Ab und zu sah Antoine Lalie, aber ihre Treffen waren immer recht kurz, und die Zärtlichkeit blieb nach und nach auf der Strecke. Andererseits bemerkte der Mechaniker, dass seine hübsche Antiquitätenhändlerin ihm immer größere Zuneigung entgegenbrachte. War das eine normale Entwicklung dieser seltsamen Krankheit, die man *Liebe* nannte? Oder womöglich die Konsequenz der immer größeren Abstände zwischen den gemeinsam verbrachten Stunden? Das wäre betrüblich gewesen, denn die Reduzierung ihrer Treffen sollte eigentlich dazu führen, dass Lalies Verliebtheit eher abkühlte. Von Anfang an waren sie darin übereingekommen, dass sie keine feste Beziehung anstrebten. Das hatten sie beide mehrfach betont. Antoine hatte eigentlich erwartet, dass Lalie nach der sonderbaren Begegnung an jenem Abend, als der Film *Blondinen bevorzugt* gezeigt wurde, mit ihm über Rose sprechen und ihm erklären würde, woher sie sie kannte. Doch Lalie sagte nichts, und seine innere Stimme riet ihm, ebenfalls zu schweigen.

Während Antoine die Woche über als Automechaniker arbeitete, seine Spazierfahrten mit Nobody unternahm und sich immer seltener mit Lalie traf, gehörte der Sonntag dem Kino, Camille, den Filmen und Rose.

Rose verpasste niemals eine Vorstellung, und Antoine

versäumte es nie, sie zu begrüßen. Sie führten keine tiefsinnigen Gespräche, anders als in den Filmen, in denen die Leute immer wissen, was sie sagen sollen. Der junge Filmvorführer hatte noch immer nicht mit Rose über jene Zeit in ferner Vergangenheit gesprochen, als sie ... als sie einander gekannt hatten. Stattdessen sprach er über den Wind am Strand, den Preis der Tickets und die Getränke aus dem Automaten. Rose sah hübsch aus in ihrem blauen Samtmantel, und mitunter trug sie auch ein Kleid. In Villerude trugen die Leute Jeans, Fleece- oder Daunenjacken, aber Rose kam von weither, also hatte sie das Recht, Kleider zu tragen.

Im Gegensatz zu dem kleinen Mädchen, das er einst gekannt hatte, zeigte die Rose von heute eher eine beinahe antiquiert anmutende Zurückhaltung, so als schwebten über jedem Wort Geigenklänge. Wenn sie nach der Vorstellung die Tür öffnete, schaute sie stets mit traurigem Blick hinaus, ehe sie davonging. Antoine fühlte sich bei diesem Blick an Michèle Morgan erinnert, die in *Hafen im Nebel* die Nelly spielte. Nelly habe schöne Augen, sagte Gabin in dem Film. Was er aber nicht zu erkennen schien und was Antoine hingegen in Nellys Augen erkannte, war ihr Wunsch, an Bord eines Schiffs zu gehen und zu fliehen. Und diesen Wunsch las Antoine auch in Roses Augen.

Nachdem er drei Wochen lang jeden Sonntag die Filme vorgeführt hatte, zeigte Antoine Eigeninitiative und bat, ausnahmsweise selbst einen Film auswählen zu dürfen. Françoise erlaubte ihm, das Programm zu ändern, weil es sich bei seinem Vorschlag um einen Film handelte, der ihr besonders gut gefiel. Und da der Filmvorführer nicht bezahlt wurde, mussten sie ihm schon ein bisschen entgegenkommen. Antoine hatte Frank Capras Film *Ist das Leben nicht schön?* von 1946 ausgewählt. Die Geschichte eines Engels, der am Weihnachtsabend auf die Erde kommt, um einen verzweifelten Mann davor zu bewahren, Selbstmord zu begehen. Der Engel kann es verhindern, indem er dem Mann zeigt, wie oft schon sich durch sein Handeln etwas zum Guten gewandt hat. Am Ende des Films musste Antoine schluchzen, und er dankte Gott, dass niemand ihn dabei sehen konnte.

Am Ausgang sprachen Antoine und Rose über so gewichtige Dinge wie das derzeit milde Wetter. Dann stieß Rose die wuchtige Holztür auf und sagte leise: »Bis nächste Woche.« Das war etwas ganz Neues. Sicher, eine Höflichkeitsfloskel, und sie hatte es nur beiläufig erwähnt, sodass Antoine es nicht gehört hätte, wenn der Wind vom Land und nicht vom Meer gekommen wäre. Doch er hatte es gehört, und für ihn klang es wie eine Verabredung. Aber nein, es war keine Verabredung, sondern eine Höflichkeitsfloskel. Wenn der Wind vom Land gekommen wäre ...

»Antoine! He, Antoine!«

Das war Camille. Antoine schloss die Tür ab, schaltete die Lichter aus und setzte sich vor dem Balkon auf die Bühne. Nobody folgte ihm. Der junge Mann lächelte zufrieden.

Antoine: »Hat dir meine Überraschung gefallen?«

Camille: »Das soll wohl ein Scherz sein, was? Ich habe geheult wie ein Schlosshund. Das war gemein. Pass auf, ich habe nachgedacht. Du hast recht, der Engel kommt mit einer Mission auf die Erde. Er ist nicht zufällig da. Und dank des Engels begeht James Stewart keinen Selbstmord. Er begreift, dass sein Leben lebenswert ist, und darauf kehrt der Engel ins Paradies zurück. Und da habe ich mir überlegt, dass ich vielleicht dein Schutzengel bin.«

Antoine: »Aber ich habe gar nicht vor, mich umzubringen!«

Camille: »Ich sage ja nicht, dass du dich umbringen willst, sondern nur, dass es vielleicht etwas gibt, was ich für dich tun kann.«

Antoine: »Klar, da gibt es einiges, was du für mich tun könntest. Kannst du Schecks für mich unterschreiben?«

Camille: »Nein.«

Antoine: »Na gut. Ich nehme an, eine Ducati Monster steht auch nicht auf deiner Liste, oder?«

Camille: »Ich glaube, wir missverstehen uns da. Ich dachte eher an etwas Spirituelles. Ein Beispiel: Du sprichst mit mir über deine existentiellen Probleme, ich gebe dir einen Rat, eine Perle meiner Lebensweisheiten, du siehst endlich klar, regelst die Dinge entsprechend, und die Sache ist erledigt.«

Antoine: »Es gibt da ein Problem. Ich versuche nämlich, nicht über das Leben nachzudenken, weil ich dann weniger Probleme habe. Und diese Perlen, entschuldige bitte, wo sollen die her sein? Aus den Muscheln von *Frais-Poisson*?«

Antoine begann zu kichern. Camille hob den Blick zum Himmel und seufzte tief.

Camille: »Also, ich halte das für eine gute Idee ... Du bist schließlich der Einzige, der mich sehen kann, also muss es doch etwas mit dir zu tun haben, oder? Vielleicht hat man uns auf diese Weise zusammengebracht, weil du nach dem Sinn des Lebens suchst ...«

Antoine (kicherte nun nicht mehr): »Was redest du denn da? Ich suche nicht nach dem Sinn des Lebens.«

Camille: »Man sieht doch, dass du danach suchst.«

Antoine: »Nein.«

Camille: »Doch.«

Antoine: »Hör mal, wir können jetzt stundenlang so weiterreden, aber ich sage dir, alles ist gut. Ich sehe mich absolut nicht gefährdet, was mein Leben angeht, also lass mich in Ruhe.«

Camille: »Siehst du, jetzt bist du sauer.«

Antoine seufzte.

Camille: »Also dann, wenn du es so gut weißt, würde mich interessieren, wohin dein Weg führt.«

Antoine: »Hm, mein Weg ... nun also, ich würde mal sagen, mein Weg führt mich von gestern über heute nach morgen.«

Camille: »Das habe ich natürlich nicht wörtlich gemeint. Ich wollte wissen, was dir wichtig ist, wonach du strebst, was dich antreibt, was dir Schwung verleiht und dir auch mal den Kopf zurechtrückt, wenn's sein muss. Ob es da etwas gibt, das von Bedeutung für dich ist.«

Antoine: »Sag mal, so lange bist du doch noch gar nicht tot. Hast du schon vergessen, wie das Leben funktioniert? Man rennt nicht wie der Köter hinter dem Hasen her. Man tastet sich vorsichtig voran. Ich will nicht behaupten, dass es nicht hier und da auch Dinge gibt, die einen mitreißen, aber normalerweise tastet man sich vorsichtig voran.«

Camille seufzte, als hätte er nicht verstanden, was Antoine gerade gesagt hatte.

Camille: »Weißt du, wie ich den Sinn des Lebens gefunden habe? Durch Odette. Ja, ganz genau. Mit ihr an meiner Seite war alles vorgegeben. Wie beim Malen nach Zahlen. So war das Leben mit Odette. Ach, war das schön! Und als sie gestorben ist, musste ich mir etwas anderes suchen. Das war das Kino. Du musst wissen, dass wir uns im Kino kennengelernt haben.«

Antoine hob den Blick. Camille, der auf dem Balkon saß, stützte sich mit den Ellbogen auf der Brüstung ab. Antoine hatte fast den Eindruck, als führte er ein Selbstgespräch.

Camille: »Ach, ich werde niemals den Tag vergessen, an dem ich sie zum ersten Mal sah. Das war zu der Zeit, als in diesem Kino noch alles Mögliche stattfand. Es wurden nicht nur Filme gezeigt, hier fanden auch Theateraufführungen statt, Hochzeiten, Feste, die unterschiedlichsten Veranstaltungen und politische Versammlungen. Einmal wurde hier sogar ein Boxkampf ausgetragen. Es gab eine Bar und alles. Die Bude war immer voll. Ich war zweiundzwanzig Jahre alt und natürlich ein Taugenichts. Und eines Tages wurde *Die barfüßige Gräfin* gezeigt. Du kannst dir vorstellen, dass meine Freunde und ich alle Ava Gardner sehen wollten. Odette saß auch im Kinosaal. Sie war keine Gräfin, und sie hatte auch keine nackten Füße, aber ich habe während des ganzen Films immerzu nur sie angesehen. Sie war fast zehn Jahre älter als ich, und dennoch ... Als der Nachspann begann, hatte sich mein Leben verändert. Ich hatte aufgehört, nach meinem Weg zu suchen, verstehst du? Ich wusste, wohin ich wollte. Von diesem Moment an waren wir keinen einzigen Tag getrennt. Bis zum September vor zehn Jahren.«

Antoine schaute auf seine Hände. Ihm ging so einiges durch den Kopf, doch seine Kehle war wie zugeschnürt, und daher versuchte er, diese Gedanken zu verdrängen.

Camille: »Vielleicht hatte die Ärztin recht, und all die Schmerzen waren wirklich nur in meinem Kopf. Es begann damals im Winter nach der Beerdigung. Vielleicht habe ich auf den Augenblick gewartet, den Augenblick, in dem ich sie wiedersehen werde. Oje, ich muss gleich heulen. Ich hab schon eine Ewigkeit nicht mehr an diese Geschichten gedacht.«

Antoine (in sanftem Ton): »Hey, Camille, mach dir keine Sorgen. Wir finden schon heraus, was es ist, mein Freund. Ich bin sicher, dass du sie wiedersehen wirst. Du hast recht. Sonst hätte alles keinen Sinn.«

Als der junge Mann sah, dass Camille ein großes kariertes Taschentuch aus der Tasche zog, wunderte er sich, und als er hörte, dass Camille sich laut die Nase schnäuzte, zuckte er zusammen. Das Jenseits war entschieden ein sonderbarer Ort. Dann lächelte Camille seinen jungen Freund an.

Camille: »Sag mal, die Kleine, die immer hierherkommt, diese Cellistin ...«

Antoine (kaute an einem Fingernagel): »Hm.«

Camille: »Sie gefällt dir, nicht wahr?«

Antoine: »Weißt du, dass sie früher immer nach Villerude kam? Vor über zwanzig Jahren.«

Camille: »Ach. Ich hätte sie nicht wiedererkannt.«

Antoine (mit einem verträumten Lächeln): »Sie hat sich sehr verändert. Damals hatte sie einen roten Lockenschopf, und wenn ich ihr Sand in die Haare geschüttet habe, wurde sie fuchsteufelswild.«

Camille (mit verschmitzter Miene): »Soso, du kanntest sie also, und jetzt ...«

Antoine (verlegen): »Wir haben ein paar Jahre in den Sommerferien zusammen gespielt. Das war's.«

Camille: »Ich hab doch gesagt, dass sie dir gefällt.«

Antoine: »Hm, ja, na ja ...«

Camille: »Warum sagst du ›hm, ja, na ja‹? Es ist nicht zu übersehen, dass du sie bei jeder Vorstellung anstarrst.«

Antoine: »Ich sage ›hm, ja, na ja‹, weil, weil ... Du hast sie doch gesehen ... eine Musikerin, aus Hongkong, in einem blauen Samtmantel, mit zarter Haut, auf der Durchreise, elegant und kultiviert und ... und ... Nun, eine Frau wie sie träumt von Helden, Typen wie in den Filmen, die sich gewählt ausdrücken und etwas zu bieten haben, nicht von so einem Dummkopf wie mir, der immer noch auf der Suche nach seiner Bestimmung ist.«

Camille (verzog das Gesicht): »Hör zu. Odette hat gesagt, dass ich nichts von der romantischen Liebe verstehe. Daher kann ich dir keine Ratschläge geben. Aber vielleicht ... Ich meine, es wäre doch möglich, dass du dich irrst.«

Antoine: »Es wäre auch möglich, dass ich mir nur einbilde, dass ich mit dir spreche. Und wenn ich etwas genau weiß, dann, dass ich mich in diesem Punkt nicht irre. Glaub mir, es besteht nicht der geringste Zweifel. Was soll's, ich bin todmüde. Ich fahre nach Hause. Komm, Nobody. Aufgesessen!«

Camille: »Na gut, dann gehe ich auch.«

Antoine (geriet in Panik): »Moment mal. Wohin gehst du denn?«

Die beiden Männer schauten sich an.

Camille (hob kurz eine Hand): »Ach ... ich laufe nur ein bisschen hier im Kino herum.«

Antoine: »Hast du mal versucht, rauszugehen?«

Camille: »Ja.«

Antoine: »Und, wie war es?«

Camille: »Keine gute Idee.«

Antoine: »Warum nicht?«

Camille: »Wie soll ich dir das erklären ... Wenn ich im Kino bin, hier zwischen diesen Mauern, und mit dir spreche, bin ich. Ich bin, verstehst du? Von dem Verb sein. Kannst du mir folgen?«

Antoine: »Ja.«

Camille: »Aber wenn ich das Kino verlasse ...«

Antoine: »Dann bist du nicht mehr?«

Camille: »Doch, ich bin schon noch ... aber ich fühle mich dann mit einem Mal total aufgeschmissen. Wie eine verlorene Seele irre ich umher, als würde der Wind mich in alle Himmelsrichtungen treiben. Das ist wirklich grauenvoll, und das meine ich nicht im übertragenen Sinne. Zudem bin ich Odette da draußen nicht näher, sondern eher ferner. Und das gefällt mir gar nicht.«

Antoine musterte ihn mit zusammengekniffenen Augen.

Antoine: »Kurzum, es ist die Hölle, wenn du das *Paradis* verlässt.«

Camille: »Siehst du! Du hast es verstanden.«

Antoine: »Gott ist schon ein lustiger Kerl. Okay, hasta luego, amigo.«

Antoine ging auf die Eingangstür zu.

Camille (schrie ihm hinterher): »Welcher Film steht am Sonntag auf dem Programm?«

Antoine (schrie ebenfalls): »*Außer Atem* von Jean-Luc Godard. Um 16:00 Uhr.«

Als der junge Mann hörte, dass Camille murmelte: »Ach Mist, den kenn ich doch schon«, lächelte er insgeheim und ging davon. Er freute sich schon heute auf das, was der nächste Sonntag für ihn bereithielt.

Doch als Antoine und Nobody am nächsten Samstag am Kino vorbeifuhren, sahen sie, dass etwas anders war als sonst. Eine dicke Eisenkette klemmte zwischen den schmiedeeisernen Verzierungen der Eingangstür. Und auf einem großen weißen Schild daneben stand in dicken Buchstaben:

ABRISSGENEHMIGUNG Nr. 6926580A

11

SAMSTAG, 9. FEBRUAR

Es war eine traurige Sache, und die Freunde des *Paradis* waren fassungslos.

Am Samstagmittag verfügten sie über die folgenden Informationen: Das Bürgermeisteramt hatte das Kino wenige Tage nach Camilles Tod verkauft. Der Bürgermeister, den sie bei seinem Roastbeef mit Steinpilzen gestört hatten, »musste in letzter Zeit einen dicken Stapel Akten durcharbeiten« und »wollte die Freunde des *Paradis* gerade informieren«. Innerhalb dieser Zeit hatte das Amt für Städtebau in Challans, das mit Sicherheit nicht so dicke Stapel Akten durchzuarbeiten hatte, dem Antrag auf eine Abrissgenehmigung in Rekordzeit stattgegeben. Der Besitzer musste nach dem Gesetz eine Frist von zwei Monaten einhalten, ehe mit den Arbeiten begonnen werden durfte. Er hatte sich entschlossen, ein Schild vor dem Kino aufzustellen, um die Öffentlichkeit so schnell wie möglich über den Abriss zu informieren. Die Bulldozer würden im April kommen. Dort, wo jetzt das *Paradis* stand, sollte ein Parkplatz entstehen.

Um 13:00 Uhr wussten sie, dass der Kaufvertrag für das Kino noch nicht unterschrieben war (die Notare trödelten). Der Käufer hatte aber einen Kaufvorvertrag unterschrieben und die notwendige Anzahlung geleistet, wie es das Gesetz vorschrieb. Die Aussprache des Bürgermeisters, der jetzt beim Käse saß, war etwas undeutlich, als er am Telefon versicherte, dass es sich bei dem Käufer um eine seriöse Person handele. Es bestehe nicht der geringste Zweifel an dessen Kaufabsichten. Vor allem, »weil er über die finanziellen Mittel verfügt. Das können Sie mir glauben«.

Um 13:30 Uhr wussten sie dank des Internets, dass die Gemeinde Villerude-sur-Mer gegen das Gesetz verstoßen hatte. Tatsächlich wurde in der Verordnung CF783 vom 6. Juli 1982 Folgendes festgelegt: Wird eine Immobilie zum Verkauf angeboten, muss der Eigentümer (das Bürgermeisteramt von Villerude) den Mieter (den Verein der Freunde des *Paradis*) per Einschreiben mit Rückschein informieren und ihm ein exklusives Vorkaufsrecht zum üblichen Marktpreis einräumen.

Um 13:45 Uhr erfuhr der Bürgermeister, dass die Vorsitzende des Vereins der Freunde des *Paradis* auf Grundlage der oben genannten Verordnung beschlossen hatte, Anzeige zu erstatten.

Um 14:10 Uhr erwiderte der Bürgermeister, dem beinahe die Luft wegblieb, als er von der Verordnung CF783 vom 6. Juli 1982 erfuhr, dass sie sich ihre Anzeige sonst wohin stecken könne. Immerhin bezahlte der Verein keine Miete an das Bürgermeisteramt und besaß nicht einmal einen Mietvertrag für das Kino und wurde daher offiziell nicht als Mieter angesehen. Wenn der Verein dem Bürgermeister mit Anzeigen danken wollte, dass er all die Jahre den Strom, das Wasser, die Steuern und Sonstiges für das Kino bezahlt hatte, würde er sich das merken.

Um 14:30 Uhr wusste der Verein, dass ein Gericht entscheiden könnte, dass sie auch ohne Vertrag de facto als Mieter anerkannt würden. Das war nicht sicher, aber sie konnten es versuchen, und dann würden sie dem Bürgermeister die Verordnung CF783 vom 6. Juli 1982 auf den Tisch legen.

Um 14:32 Uhr stand der Bürgermeister kurz vor einem Nervenzusammenbruch. Er ärgerte sich noch immer, dass man ihn beim Mittagessen gestört hatte. Um die Diskussion ein für alle Mal zu beenden, schrie er ins Telefon: »Wenn Ihr Verein fünf Millionen hat, um das Kino instand zu setzen, tun Sie sich keinen Zwang an und investieren Sie das Geld! Ach, Sie haben keine fünf Millionen? Vielleicht haben Sie siebzigtausend Euro? Das ist der Preis, den der Käufer uns für diese Ruine zahlt. Ich mache den Kauf gerne rückgängig und verkaufe das Kino an Sie. Hauptsache, ich werde diese Ruine los. Und wenn das Kino erhalten bleibt, soll mir das nur recht sein. Sie haben keine siebzigtausend Euro? Tja, wenn Sie keinen müden Cent haben, um Ihr Kino zu kaufen, dann bringt es Ihnen auch nichts, sollte das Gericht entscheiden, dass Sie als Mieter anerkannt werden. Ich warne Sie, denn ab jetzt wird ein Mieter verpflichtet sein, sämtliche Rechnungen selbst zu bezahlen. Sie werden schon sehen, was Sie davon haben!«

Um 14:34 Uhr schließlich erfuhren sie von der Frau des Bürgermeisters, dass der Käufer kein anderer war als

Sylvestre Varant. Sie habe sich heute die Mühe gemacht, ein Familienessen für zwölf Personen zu kochen, und wenn niemand etwas dagegen habe, würden sie gerne wenigstens noch in Ruhe den Kaffee trinken. Das war offenbar der Grund, warum sie so bereitwillig Auskunft gab.

Um 16:15 Uhr berichtete Françoise den Mitgliedern des Vereins der Freunde des *Paradis* und Antoine, die in der Kneipe des Pferdewettbüros alle an einem Tisch saßen, über ihr Gespräch mit Varant, den sie in seinem Büro in der Fischfabrik *FraisPoisson* aufgesucht hatte.

Gesprächsverlauf:

FRANÇOISE
Ich bin die Vorsitzende des Vereins der Freunde des *Paradis*, und ich habe gehört, dass Sie das Kino abreißen lassen wollen. Ich bin gekommen, um mit Ihnen darüber zu sprechen.

VARANT
Ich habe das Grundstück gekauft. Das Kino wird abgerissen. Wie Sie sehen, gibt es da nicht viel zu reden.

FRANÇOISE
Ja, aber wenn man bedenkt, dass der Verkauf des Kinos gegen das Gesetz verstößt, dann könnte es schon länger dauern. In der Verordnung siebenhundertzweiundachtzig, nein, siebenhundert ... warten Sie.

Françoise wühlte in ihrer kleinen Handtasche.

VARANT (kannte die Verordnung)
Die Verordnung CF783 vom 6. Juli 1982.

FRANÇOISE
Genau die.

VARANT
Haben Sie das Geld, um das Grundstück zu kaufen?

FRANÇOISE
Es könnte durchaus sein, dass wir ...

VARANT
»Es könnte durchaus sein, dass wir ...« Solche Sätze werden in Filmen gesprochen, und zwar nicht in denen, die mir gefallen, gute Frau. Hier gibt es nur Ja oder Nein.

FRANÇOISE (klammerte sich an ihre Handtasche)
Wenn Sie bereit wären, uns das Kino noch ein Jahr zu vermieten, würden wir Ihnen eine angemessene Miete vorschlagen. Die Einwohner von Villerude hängen sehr an dem Kino ...

Varant hörte ihr gar nicht mehr zu. Als er die Schublade öffnete, schlug sie gegen sein kräftiges Knie. Er legte Françoise die Pläne und den Grundbucheintrag vor.

VARANT (zeigte mit dem Finger auf den Plan)
Hier, sehen Sie? Das ist das Kino. Das Grundstück rechts daneben gehört mir, und es ist nichts wert. Das Grund-

stück links daneben gehört mir ebenfalls. In der Mitte steht das Kino. Genau zwischen den beiden Grundstücken. Genau dazwischen, verstehen Sie?

FRANÇOISE (zwinkerte mit den Augen)
Ja, das sehe ich.

VARANT
Links und rechts lasse ich Ferienhäuser bauen. Das Kino wird mein Parkplatz. Wenn ich kein Grundstück für Parkplätze habe, kann ich keine Häuser bauen. Das ist dumm, aber so sind die Gesetze für den Städtebau nun einmal. Ich brauche sechsundvierzig Stellplätze für die Autos, sonst gibt es keine Häuser. Wie Sie sehen, müsste Ihr Verein nicht nur das Kino zurückkaufen, sondern auch die angrenzenden Grundstücke. Ist Ihrem Verein das überhaupt klar? Das Kino und die Grundstücke! Und da wir schon mal dabei sind, sage ich Ihnen auch gleich, was Sie noch kaufen müssen: den Glanz in den Augen des Bürgermeisters, als ich ihm in Aussicht gestellt habe, dass ich dreiundzwanzig Wohnungen bauen werde. Dreiundzwanzig Wohnungen mit Familien, die Steuern zahlen. Dreiundzwanzig Familien, die bei den Händlern im Dorf einkaufen. Also? Meinen Sie wirklich, Villerude ist dagegen? An welche Summe hatten Sie denn gedacht bei Ihrer Miete?

FRANÇOISE
Monsieur Varant, Sie sprechen über Juli und August. Und wo bleiben wir dabei?

VARANT
Sie? Ich verstehe nicht.

FRANÇOISE
Wir wohnen das ganze Jahr über hier. Was Sie mir da zeigen, das sind leere Häuser und ein leerer Parkplatz.

VARANT
Es ist für alle eine gute Sache: Wenn Villerude reich ist, sind auch Sie reich. Das ist doch sonnenklar.

FRANÇOISE
So klar ist das überhaupt nicht, und außerdem geht es uns nicht darum, reich zu werden, sondern ins Kino zu gehen. Allerdings habe ich nicht den Eindruck, Monsieur Varant, als würden Sie das verstehen.

VARANT
Laden Sie sich die Filme doch schwarz aus dem Internet herunter, so wie das alle machen.

FRANÇOISE (war mittlerweile ganz rot im Gesicht und packte die Unterlagen in ihre Handtasche)
Monsieur Varant, wir werden ja sehen. Sie werden schon noch merken, dass es nicht so laufen wird, wie Sie wollen. Sie werden schon sehen.

VARANT
Ja, ja, schon klar.

Als Françoise den Mitgliedern des Vereins der Freunde des *Paradis*, die sich in der Kneipe des Pferdewettbüros versammelt hatten, alles erzählt hatte, waren ihre Wangen immer noch gerötet. »Ja, das habe ich zu ihm gesagt: Sie werden schon sehen.«

Die anderen schauten sie schweigend an. Das waren:
Joëlle, 51 Jahre, die Wirtin der Kneipe.
Stéphanie, 21 Jahre, Praktikantin im Tourismusbüro und so stark geschminkt wie die Schauspielerinnen in den Filmen der Nouvelle Vague.
Yéyé, 24 Jahre, im Sommer Surflehrer und im Winter Maler.
Sylvain, 42 Jahre, Elektriker, der wegen seiner Scheidung schlecht drauf war.
Jean-Pierre, 54 Jahre, der Apotheker, den die meisten eher durch seine Frau kannten.
Marie, 49 Jahre, Tierärztin und Ehefrau des Apothekers, eine hübsche, intelligente und vornehme Frau.
Christelle, 46 Jahre, Landwirtin mit Sommersprossen und langen Haaren, die einen Stich ins Rötliche hatten.
Naël, ihr siebzehnjähriger Sohn, Brillenträger und sich seiner Fähigkeit, anderen seine Meinung aufzuschwatzen, nur allzu bewusst.
Gilbert, 72 Jahre, Zahnarzt im Ruhestand.
Antoine, Ehrenmitglied.

Christelle sagte mit Nachdruck: »Gut gemacht, Françoise. Er wird schon sehen, der Varant.«
»Ja, ja«, sagten die Freunde des *Paradis* im Chor.

Doch nach einer kurzen Analyse der Lage standen vier unumstößliche Tatsachen fest, die für das weitere Gespräch eine solide Basis bildeten:

1. Niemand verfügte über siebzigtausend Euro, um das Kino zu kaufen.
2. Sie waren in einer miserablen Lage und hatten ab sofort keinerlei Rechte mehr.
3. Varant würde ihnen das Kino weder vermieten noch überlassen, auch wenn Françoise ihm praktisch gedroht hatte.
4. Niemand mochte Varant.

Alle sprachen gleichzeitig, wiederholten ständig dieselben Dinge und zerbrachen sich die Köpfe, um eine Lösung zu finden, doch ohne Erfolg. Schließlich stellte jemand – in diesem Fall Gilbert – eine intelligente Frage:

»Was machen wir mit der Vorstellung morgen?«

»Ach, die Vorstellung morgen, die habe ich vollkommen vergessen«, sagte Françoise seufzend. »Wie auch immer, die Sache ist ohnehin gelaufen. Das Schloss wurde ausgetauscht. Aber ich erkundige mich trotzdem, ob die Chance besteht, dass unser Verein offiziell als Mieter anerkannt wird. Allerdings dauert das natürlich, und darum fürchte ich ...«

»... dass unsere Lage aussichtslos ist«, beendete Sylvain den Satz.

Alle seufzten laut.

»Wir könnten ein Fundraising organisieren«, schlug Stéphanie vor.

»Ein was?«, fragte Sylvain.

»Ein Fundraising«, mischte Christelle sich ein. »Das ist Englisch und heißt Mittelbeschaffung.«

Gilbert kicherte.

»Mittel beschaffen? Dass ich nicht lache! Wir sind hier nicht in Saint-Tropez. Außer Varant hat hier niemand so viel Geld.«

»Und die junge Frau, die keine Vorstellung versäumt?«, rief Yéyé. »Diese Musikerin aus Peking ...«

»Hongkong«, korrigierte Antoine ihn.

»Ja gut, also, die hat doch bestimmt Geld, oder? Ich hab mal bei Google recherchiert. Die hat schon als Jugendliche eine Menge CDs verkauft. Bestimmt hat die was auf der hohen Kante.«

»Immer wenn ich die Kleine sehe, habe ich das Gefühl, dass da irgendwas nicht stimmt«, sagte Jean-Pierre.

Alle drehten sich zu dem Apotheker um, der sich genötigt sah, dem noch etwas hinzuzufügen:

»Man könnte meinen, sie wartet in Villerude auf irgendetwas. Etwas, das nicht passiert.«

»Ich kannte Monsieur und Madame Millet, ihre Großeltern, das waren reizende Leute. Aber ihre Eltern, die ... hm, wie soll ich sagen ... Das waren Pariser.«

Françoise brauchte nichts weiter zu erklären. Alle hatten es verstanden. Wenn jemand als Pariser bezeichnet wurde, musste er nicht unbedingt aus der Hauptstadt stammen. Es waren einfach anstrengende, eingebildete Leute, die es ständig eilig hatten. Antoine lächelte insgeheim: Genau so hatte er Roses Eltern in Erinnerung.

»Sie sind übrigens nach dem Tod der Großeltern nie

nach Villerude zurückgekehrt«, sagte Françoise, die plötzlich melancholisch wurde.

»Okay, diese Sache mit dem Fundraising, Stéphanie, wie stellst du dir das vor?«, fragte Marie.

Antoine hörte kaum zu, was Stéphanie sagte, und musterte stattdessen Jean-Pierre. Was er gerade über Rose gesagt hatte, stimmte haargenau. Antoine hätte es nicht besser ausdrücken können. Obwohl er hätte schwören können, dass der Apotheker Rose nicht so oft gesehen hatte wie er, hatte dieser genau die richtigen Worte gefunden. Rose lebte in Villerude, als befände sie sich auf dem Bahnsteig eines Bahnhofs. Diese Art, wie ihr Blick ständig in die Ferne glitt und wie sie nach der Uhrzeit fragte, als würde sie auf irgendetwas warten. Antoine hätte Rose sagen können, dass in Villerude niemals etwas geschah.

Von dem Gespräch hatte er nicht viel mitbekommen, da er in den letzten Minuten nur an sie gedacht hatte. Nun kehrte Antoine in die Gegenwart zurück, als Sylvain leise sagte: »Das klappt doch nie.«

Stéphanie, die ein echter Computerfreak war, schlug vor, auf der offiziellen Website des Tourismusbüros eine Seite für das Kino einzurichten und die Öffentlichkeit aufzurufen, den Verein zu unterstützen. Sie nannte es die *Crowdfunding-Seite*. Christelle fragte, ob mit »crowd« nicht »eine große Menschenmenge« gemeint sei.

»Das wüsste ich aber, wenn in Villerude so viele Menschen wohnen würden«, rief Sylvain.

»Wenn jeder zehn Euro spendet, brauchen wir nur siebentausend Personen, das ist nicht viel«, mischte sich der junge Naël ein.

»Was?«, schrie Gilbert. »Ich weiß nicht, was du brauchst, aber siebentausend, das sind mehr als sieben Mal so viele Leute wie in Villerude.«

»Jedes Jahr kommen um die fünfundzwanzigtausend Urlauber hierher«, fuhr Stéphanie fort. »Naël hat recht. In den Zeiten des Internets sind siebentausend Kontakte nicht die Welt. Seit ein paar Jahren erhalten wir per E-Mail Reaktionen auf unseren Newsletter. Mit diesen Adressen könnten wir beginnen, um eine Campagne zur Rettung des Kinos zu starten. Ich will mich jetzt nicht loben, aber seitdem ich unseren Verein bei Facebook angemeldet habe, hatten wir fast dreitausend Likes! Es könnte wirklich klappen.«

»Wir könnten Fotos des Kinos von früher reinstellen«, schlug Yéyé vor. »In den Archiven müssten noch welche zu finden sein.«

»Anstatt die Webcam auf den Strand zu richten, könnten wir sie aufs Kino richten«, fügte Stéphanie hinzu, die vor Begeisterung schon ganz außer Atem war.

»Du hast recht, das mit der Webcam ist eine super Idee«, stimmte Yéyé zu. »Unsere Sonnenuntergänge sind den Leuten doch total egal. Wenn wir das Kino filmen, könnten wir damit unsere Aktion unterstützen.«

»Vielleicht erwischen wir dann sogar die Jugendlichen, die immer diese Graffiti auf die Mauern schmieren«, sagte Gilbert.

Stéphanies Augen strahlten, als sie sich in einem Notizheft mit fantasievollem Cover eifrig Notizen machte. Antoine bewunderte ihren Optimismus, mit dem sie sich in eine verlorene Sache stürzte. Hatte sie keine Angst vor dieser unvermeidlichen Niederlage, die mit Sicherheit hinter ihren Anstrengungen wartete? Spürte sie nicht, dass diese ganze Arbeit, ihre Kreativität und ihr Elan letztendlich für die Katz waren? Natürlich sagte Antoine nicht, dass die Sache verloren war, aber man musste realistisch bleiben. Ein Blick auf die Leute am Tisch und vor allem auf Sylvain bewies Antoine, dass er nicht der Einzige war, der im Stillen skeptisch blieb. Alle sprachen über die Webcam, aber mehr um Stéphanie und auch Yéyé eine Freude zu machen als aus wahrer Überzeugung. Der junge Mann hatte sich offenbar von Stéphanies guter Laune anstecken lassen.

Françoise seufzte.

»Wir werden das *Paradis* filmen. Ach, das hätte Camille gefallen. Ihm hat es immer so viel Spaß gemacht, die Filme vorzuführen.«

Antoine hatte einen Kloß im Hals. In der Kneipe herrschte einen Moment Schweigen. Schließlich sprach Joëlle, die Wirtin, die abschließenden Worte, während sie ein Glas abtrocknete.

»Allein für Camille würde ich es tun, versteht ihr, wenn ich siebzigtausend hätte. Nur für ihn. Er hat sich so sehr für dieses Kino engagiert. Denkt bloß mal an die vielen Filme, die er aufgetrieben hat. Ohne ihn wäre heute niemand hier.«

Sie unterhielten sich noch ein paar Minuten, und Françoise versprach abschließend, sie würde bei Gericht durchsetzen, dass der Verein der Freunde des *Paradis* als Mieter des Kinos anerkannt wurde. Stéphanie versicherte allen, dass sie ihren Chef im Tourismusbüro von ihrem Vorhaben überzeugen würde. Als sie die Kneipe verließen, freuten sich alle, dass sie getan hatten, was sie konnten.

In ihrem tiefsten Innern vermuteten jedoch alle, dass sie es nicht schaffen würden, Varant in die Knie zu zwingen. So war es nun einmal mit den Reichen: Die Armen würden es nie schaffen, sie in die Knie zu zwingen.

Ein paar Tage später stellte Stéphanie die Seite »Rettet das *Paradis* in Villerude-sur-Mer« ins Netz. Sie hatte sich sehr viel Mühe gegeben. Es gab einen großen roten Button, den man doppelklicken musste, um zu spenden. Die einzige Webcam in Villerude filmte das Kino, das sich nicht bewegte. Innerhalb von drei Tagen gab es fünf Besucher auf der Webseite und keine Spende. »Geduld. Uns bleiben noch zwei Monate«, lautete Françoises Kommentar.

Doch das geschah wie gesagt später. Als Antoine die Kneipe verließ, dachte er nur an die unangenehme Aufgabe, die vor ihm lag: Er musste Camille informieren, dass sein Kino abgerissen wurde.

12

SAMSTAG, 9. FEBRUAR

»Oh, Varant, dieser Mistkerl!«

Camille war ganz rot, und weil er ein Geist war, fiel das natürlich besonders stark auf. Dabei sah er auf den ersten Blick aus wie früher, als er noch lebte. Er lief auf seinem Balkon hin und her, und Antoine fragte sich, ob es richtig gewesen war, überhaupt mit ihm darüber zu sprechen.

Camille: »Du wirst sehen, dass Camille nicht lange hier herumirren wird. Das kannst du mir glauben! Du hast recht gehabt, dass ich aus einem bestimmten Grund zurückgekehrt bin. Jetzt wissen wir, warum: um ihm in den Hintern zu treten, diesem Varant! Ich kann es kaum erwarten. Mit Feiglingen und Betrügern mache ich kurzen Prozess! Ich fühle mich schon zehn Jahre jünger! Also – wie gehen wir vor?«

Antoine: »Wobei denn?«

Camille: »Nun ... hm ... wenn ich ihm als Racheengel gegenübertrete und ihn ...«

Antoine: »Ihn was?«

Camille: »Na ja ...«

Antoine: »Du willst ihn ...? Also wirklich, Camille ...«

Camille: »Ich darf dich daran erinnern, dass ich aus dem Reich jenseits der Finsternis komme. Und da scheut man sich nicht, zu drastischen Mitteln zu greifen. Was sein muss, muss sein.«

Antoine: »Nee, nee, Camille, das läuft hier anders. Ich stell mir das eher so vor: Er kommt hierher, du jagst ihm einen mächtigen Schreck ein und haust ihm ein paar deiner Lebensweisheiten um die Ohren. Er gibt das Kino auf, investiert fünf Millionen, um es instand zu setzen, flüchtet aus dem Ort und kehrt nie wieder zurück.«

Camille wirkte plötzlich unentschlossen.

Camille: »Das Problem ist, dass du der Einzige bist, der mich sehen und hören kann.«

Antoine: »Das stimmt. Aber vielleicht kann ja auch er dich sehen, wenn er der Grund ist, warum du zurückgekehrt bist. Es käme auf einen Versuch an.«

Camille klopfte mit den Fingern auf die Brüstung. Die Energie, die ihn gerade noch angetrieben hatte, schien sich verflüchtigt zu haben.

Antoine: »Was ist los? Du machst so ein komisches Gesicht. Hast du jetzt Schiss bekommen?«

Camille: »Nein, nein, natürlich nicht. Ich frage mich nur, ob ... ich meine ... ob ich dazu in der Lage bin.«

Antoine: »Wenn das deine Bestimmung ist, Camille, wüsste ich nicht, warum du nicht dazu in der Lage sein solltest. Das gab es doch noch nie, dass jemand zu etwas bestimmt wäre, das er dann nicht kann.«

Camille: »Da hast du nicht unrecht.«

Antoine schwieg.

Camille: »Trotzdem weiß ich nicht, ob ich dazu in der Lage bin. Vor allem, wenn man bedenkt, dass die Befehle von oben kommen, verstehst du?«

Antoine: »Unterschätz mal nicht deine Wirkung auf andere. Ich versichere dir, wenn du mit deinem geisterhaften Aussehen so vor einem stehst, nachdem du gerade erst beerdigt wurdest ... Also, das macht schon Eindruck.«

Camille: »Na gut. Vielleicht muss ich es noch einmal üben: Wenn es meine Bestimmung ist ... trete ich als Racheengel auf.«

Camille warf sich in die Brust, krempelte die Ärmel hoch, atmete tief ein und streckte die Arme aus wie ein Zauberer, der vor seinem Hut steht. Es sprang aber kein Kaninchen heraus, keine Tür fiel ins Schloss, kein Vorhang bewegte sich, kein Licht ging aus. Nur die Glühbirnen in der Lichterkette knisterten leise. Antoine sagte sich, dass er die Lichterkette im Auge behalten sollte, aber im Augenblick beobachtete er Camille dabei, wie er sich mit aller Kraft konzentrierte.

Camille: »Also gut. Ein bisschen Geduld, ich bin schließlich Anfänger.«

Antoine setzte sich neben Nobody, während Camille seine Arme bewegte, die Nase kräuselte und ganz rot im Gesicht wurde bei seinem Versuch, nicht mehr zu atmen. Ziemlich grotesk, wenn man bedachte, dass er ein Geist war. Seine Bewegungen waren eindrucksvoll, und Antoine dachte, dass er wenigstens keine Schmerzen mehr hatte. Zehn Minuten lang verfolgte er Camilles gymnastische Übungen. Doch schließlich mussten sie sich beide mit den

Tatsachen abfinden: Camille verfügte über keine besonderen Kräfte. Der Racheengel konnte niemanden vernichten. Camille sackte auf seinem Balkon zusammen.

Antoine: »Ich glaube, wenn Varant erst einmal vor dir steht, hast du die richtige Inspiration. Vielleicht musst du die Wut tief in deinem Innern suchen.«

Camille: »Wütend zu werden dürfte nicht schwer sein, vor allem, weil Sylvestre mich nie ausstehen konnte. Und das nur, weil sein Vater mich nicht leiden konnte. Der war zwar nicht so borniert wie sein Sohn, aber er hielt sich für den Größten. Immer wenn wir ihm auf der Promenade begegneten, machte er Odette schöne Augen. Du kannst mir glauben, eines Tages hat Camille nicht lange gefackelt ...«

Ehe er den Satz beenden konnte, zersprang eine Glühbirne in der Lichterkette. Ohne ersichtlichen Grund brach das Glas in kleine, glitzernde Stücke, die auf den Teppichboden des Kinosaals fielen.

Nobody wollte an den Scherben schnüffeln, doch Antoine zog an der Leine, damit er sich nicht verletzte. Antoine und Camille wechselten einen Blick.

Camille: »Meinst du, das war dann doch ... ich?«

Antoine lachte übers ganze Gesicht: »Na denn, packen wir's an. Dem werden wir es zeigen, dem Varant!«

Antoine löschte das Licht. Als er die Eingangshalle durchquerte, überlegte er, wie er Varant dazu bringen konnte, das Kino zu betreten. Die Tür des Kinos, dessen Schloss er mühelos geknackt hatte, stand einen Spalt offen. Er trat hinaus in die Dunkelheit. Das gelbe Licht der Straßenlaternen warf verschnörkelte Muster auf den unebenen Bürgersteig. Plötzlich spürte Antoine, dass sich ihm jemand von hinten näherte. Dann sah er die Umrisse einer Gestalt, die sich durch das hohe Gras näherte, das neben den schmutzigen Mauern des Kinos wuchs. Antoine bekam es mit der Angst zu tun. Seine Schläfen pochten, und er bereitete sich innerlich auf einen Angriff vor.

»Na, mein Schatz? Man könnte fast meinen, du hättest mich vergessen.«

Es war Lalie.

13

SAMSTAG, 9. FEBRUAR

»Kommst du noch auf ein Glas Wein mit zu mir?« Lalie steckte die Hände in die Taschen, als sie die letzten Grasbüschel auf dem unbebauten Gelände durchstreift hatte und bei Antoine angelangt war.

»Das ist nett«, erwiderte er ausweichend. »Aber ich bin total erledigt. Was machst du hier?« Er dachte kurz über die Schalldämmung des Kinos nach. Da es in dem alten Bau überall zog, fragte er sich, ob Lalie vielleicht etwas von seinem Gespräch mit Camille mitbekommen hatte.

»Stell dir vor, ich habe den Samstagabend gesucht. Normalerweise amüsieren sich die Leute am Samstagabend, aber an dem Tag, als der Spaß verteilt wurde, hat in Villerude anscheinend niemand ›hier‹ geschrien. Komm doch mit zu mir. Ich hab neuen Trödel, den musst du dir ansehen.«

Sie bettelte natürlich nicht, denn das war nicht ihre Art, aber Antoine entging nicht, dass ihr sehr viel daran lag.

»Komm schon, das bist du mir schuldig. Zwei Minuten

hast du doch bestimmt Zeit«, beharrte Lalie und ging auf das Motorrad zu.

Ein paar Minuten später begutachtete Antoine in Lalies Schuppen alle möglichen Dinge, die in neuen Kartons lagen. Ein Telefon, eine Pendeluhr, Lampen, einen vergleichsweise neuen Toaster, eine Singer-Nähmaschine aus den Fünfzigern und eine alte Taschenuhr mit einer kurzen Kette. Lalie hatte eine Elektroheizung eingeschaltet, die den Schuppen ein wenig erwärmte. Sie hatte auch eine Flasche Weißwein mitgebracht und goss beiden ein Glas ein.

»Ach, übrigens ... ich schulde dir fünf Euro. Ich habe eine deiner Maschinen verkauft, die du als Kind gebaut hast.«

»*Verkauft?*«, fragte Antoine erstaunt und riss wie ein Kind die Augen auf. »Na, du verkaufst ja echt alles. Ich frage mich, wer damit etwas anfangen kann.«

»Nostalgiker gibt es immer.«

Lalie wandte ihren Blick nicht ab und beobachtete Antoine ganz genau. Sie lauerte auf die kleinste Reaktion, um zu sehen, ob er ihr etwas verheimlichte oder vielleicht nicht ganz ehrlich war. Aber nein, alles, was sie erkannte, war ein flüchtiges, unschuldiges Glück. Natürlich fragte er sie, wer es gekauft hatte.

»Eine Touristin auf der Durchreise«, sagte Lalie. »Sie ist hübsch, nicht wahr?«

»Wer?«

»Die Uhr. Eine sogenannte *Skelettuhr*. Sie heißt so, weil man das Uhrwerk sehen kann. Doch selbst wenn sie noch funktionieren würde, bekäme ich nicht mehr als dreißig

Euro dafür. Schau dir lieber die Nähmaschine an, die könnte ich für vierhundert verkaufen. Meinst du, du könntest einen Blick darauf werfen?«

»Hm«, kam es von Antoine.

Lalie ging mit ihrem Glas auf ihn zu und schmiegte sich an ihn, aber er betrachtete noch immer die Skelettuhr.

»Was hast du denn im Augenblick so Dringendes zu tun, dass du mich nicht mehr anrufst?«, fragte sie ihn.

Antoine murmelte etwas in seinen Bart.

»Ich habe gehört, dass du deinen Job als Filmvorführer sehr ernst nimmst«, fuhr Lalie fort. »Wirklich ehrenwert, wenn man bedenkt, dass du kein Geld dafür bekommst. Vielleicht gibt es ja noch einen Grund, warum du so gerne dorthin gehst?«

Lalie lächelte und strich Antoine über den Arm, während er in die Kartons schaute, die überall herumstanden.

»Komm, du weißt, ich bin nicht eifersüchtig. Ich habe keine großen Erwartungen. Und ich dachte eigentlich, dass du auch jemand bist, der nicht so viel erwartet. Aber da habe ich mich wohl geirrt. Vielleicht erwartest du doch viel. Wenn nicht gar zu viel, wer weiß.«

»Was redest du denn da, Lalie? Also, ist das alles, was ich mir ansehen soll?«

»Nee, da hinten stehen noch mehr Kartons.«

Antoine löste sich von ihr und schaute in einen anderen Karton.

Ein Gedanke ging Lalie nicht aus dem Kopf. Sie verzog verärgert das Gesicht und versuchte es zu verbergen, indem sie sich hinunterbeugte, um ihr Glas abzustellen.

»Ich warne dich. Hier herrscht das reinste Chaos. Ich

hatte noch keine Zeit, die Sachen zu sortieren. Es ist alles voller Staub, und die Hälfte davon landet sowieso im Müll.«

Mit leerem Blick starrte Lalie auf den ganzen Krempel, der sich in ihrem Laden angesammelt hatte.

»Das sind Dinge, die plötzlich gealtert sind, verstehst du. Früher standen sie mitten im Leben. Sie waren nützlich und stolz, und dann sind sie gealtert und fanden sich auf dem Speicher wieder. Dort haben sie gewartet, bis ich gekommen bin und sie ›Antiquitäten‹ genannt habe, um ihnen ihre Jugend zurückzugeben. Ach, weißt du, manchmal würde ich am liebsten alles hinschmeißen ...«

»Und was ist das da?«, unterbrach Antoine sie.

Lalie blickte gelangweilt in den Karton.

»Fotoalben. Manche Leute interessieren sich dafür. Keine Ahnung, warum. Für die drei Alben nehme ich zwanzig Euro.«

»Für Nostalgiker ...«

»Nein, diese Fotos, das ist etwas für Romantiker. Leute, die Probleme haben, ihre eigene Geschichte zu schreiben und sich darum die der anderen anschauen.«

Antoine schlug ein Fotoalbum auf und zeigte auf eine Seite.

»Weißt du, wer das ist?«

»Hm«, murmelte Lalie und goss sich Wein nach.

»Das ist Camille!«, rief Antoine.

»Klar, die Kartons sind alle von ihm. Ein Großneffe aus Paris ist gekommen. Er wollte den ganzen Kram loswerden und hat mir alles gegeben. Es wird schwierig werden, den Ramsch zu verhökern.«

Antoine betrachtete die Bilder. Der junge Camille lächelte ihn von einem Farbfoto an. Er stand neben einer strahlenden, sportlichen Frau. Das war natürlich Odette. Die glücklichen Tage der beiden lagen nun in den kalten Kartons in diesem Schuppen, in dem es nach Staub und Weißwein roch. Antoine wusste, dass man die glücklichen Tage zur rechten Zeit genießen musste. Lalie sagte es ihm, ohne dafür Worte zu verwenden, indem sie sich hinter dem Trödel in den Kartons verbarg. Er brauchte ihr nur die Hand zu reichen, und schon wären auch sie Inhalt eines solchen Albums. »Lalie und Antoine« würde auf dem Cover stehen.

Antoine genügte es zu sehen, wie Camille Odette anschaute – Camille mit seinem strahlenden Lächeln eines einfachen Mannes –, um zu wissen, dass man dieses Glück nicht an jeder Ecke fand. Zwischen alten Aktenordnern entdeckte er zufällig alte, verrostete Filmrollen. Er wühlte unten in dem Karton und fand drei Filmdosen. In kleiner Schrift stand auf einem vergilbten Aufkleber mit Tinte geschrieben: 1957. Da musste Camille vierundzwanzig Jahre alt gewesen sein.

»Die Filme werfe ich weg, aber die Dosen behalte ich«, sagte Lalie.

»Ich kaufe sie dir ab.« Antoine wühlte in seiner Hosentasche und zog einen Zwanzig-Euro-Schein heraus. Lalie nahm ihn mit spitzen Fingern entgegen.

»Wenn du Spaß daran hast ... Was willst du denn damit?«

»Das ist meine Sache.«

Lalie ging lächelnd auf ihn zu und legte ihre Hände auf seine Taille.

»Ich kenne Nostalgiker und Romantiker, aber bei dir

ist das anders. Du bist ein empfindsamer Mensch, ja, wirklich, sehr empfindsam. Es ist schon verrückt, was du alles anstellst, damit man es nicht bemerkt.«

Sie wollte ihn küssen, doch Antoine kam ihr zuvor und gab ihr einen flüchtigen Kuss auf den Mundwinkel. Dann wandte er sich von ihr ab.

»Ich bin nicht empfindsam. Ich finde diese alten Fotos nur einfach rührend.«

»Ach ja?«, erwiderte Lalie bissig und mit geröteten Wangen. »Sie sind wie die alten Filme, hm? So rührend! Alles dreht sich um die romantische Liebe. Aber bei den alten Filmen ist es wie bei den alten Fotos: Sie lügen wie gedruckt. Wie auch immer, ich sehe schon, mit dir werde ich heute Abend keinen Spaß haben. Ich packe alles zusammen, und du fährst nach Hause.«

»Sei mir nicht böse, Lalie. Ich hab dir ja schon gesagt, dass ich fix und fertig bin.«

»Du kennst mich doch. Ich bin dir nicht böse. Ich nehme es so, wie es kommt. Was sollte ich auch sonst machen?«

Sie warf ihm einen Seitenblick zu, als wollte sie dem noch etwas hinzufügen. Ihr Verstand riet ihr, es nicht zu tun, aber das Bedürfnis war zu stark.

»Hast wohl die Nase voll von alten, kaputten Sachen und brauchst jetzt was Neues.«

Antoine spürte, dass eine Auseinandersetzung drohte. Er hätte niemals gedacht, dass es nötig wäre, sich offiziell von Lalie zu trennen, weil sie keine enge Beziehung hatten. Jetzt wurde ihm bewusst, dass die Trennung nahte, und er wusste nicht, wie sich verhalten sollte.

»Lalie ...«

»Sachen, die glänzen und noch eingepackt sind ... Made in China, ist es das?«

Lalies Worte trafen Antoine. War es möglich, dass Lalie etwas ahnte, was nicht einmal er selbst sich vorzustellen wagte? Er sagte sich, dass sie diesen Ausdruck ›Made in China‹ rein zufällig gewählt hatte und er nichts mit Hongkong zu tun hatte, geschweige denn mit Rose.

»Lalie, hör auf. Das ist lächerlich.«

Lalie schaute mit einem traurigen Lächeln in ihr Glas.

»Du hast recht, das ist lächerlich. Es ist lächerlich, sich an unbedeutende Dinge zu klammern und gemeinsam verbrachten Augenblicken eine Bedeutung beizumessen. Es gibt offenbar gemeinsame Augenblicke, die etwas bedeuten, und andere, die nichts bedeuten, und doch sind es dieselben. Ob es nun die große Liebe ist oder ob man nur ein bisschen verliebt ist, so schmiegt man sich dennoch nachts aneinander. Worin also besteht der Unterschied? Blumen, Champagner oder was? Besteht der Unterschied einfach darin, dass man vierzig Euro beim Floristen ausgibt? Du musst es mir sagen, denn ich weiß es nicht. Ich würde gerne wissen, was ich ernst nehmen kann und was nicht. Wo bleibt die Liebe bei alledem? Denn auf den ersten Blick ähnelt sich das alles sehr. Es sind nur Worte, die man hinzufügt. Das, was zwischen uns war, das war also keine Liebe. Was war es dann? Keine große Sache ...«

Antoine presste die Lippen aufeinander, und das Herz wurde ihm schwer.

»Lalie, du weißt, was wir gesagt haben, als es mit uns begann. Wir haben gesagt, dass die Sache zwischen uns nichts Ernstes ist ...«

»Ich will nicht, dass du die Sache ernst nimmst, sondern mich!«, schrie Lalie.

Als sie zu weinen begann, ging er auf sie zu. Ihr Brustkorb hob und senkte sich unkontrolliert. Antoine wusste, dass er kein Recht mehr hatte zu lügen, denn das hatte keiner verdient und schon gar nicht Lalie. Er wollte ihre Wange streicheln, doch sie ließ es nicht zu und wandte den Blick ab, um die Tränen zu verbergen.

»Ich wollte dich niemals verletzen, Lalie. Wenn ich gewusst hätte, dass du eines Tages leiden würdest ...«

»Was hättest du dann gemacht? Besser aufgepasst?«

Lalie verstummte. Sie zitterte am ganzen Körper und fühlte sich entsetzlich einsam in diesem Haus, das ihr auf einmal so groß erschien. Und da Antoine nichts sagte und Lalie das unbestimmte Gefühl hatte, dass sie sich weniger einsam vorkommen würde, wenn sie die Stille mit Worten füllte, sprudelte es plötzlich nur so aus ihr heraus.

»Dass es wehtun könnte, ist es das, wovor du so große Angst hast, ja?«, schrie sie. »Das macht dir so große Angst, dass du dich gar nicht erst darauf einlässt. Niemals! Du tust nur so, was? Du tust so, als wärst du Automechaniker, als wärst du mit mir zusammen, als würdest du in Villerude wohnen. Dabei wartest du eigentlich auf etwas ganz anderes. Merkst du denn gar nicht, dass du dich auf nichts einlässt? Es ist wirklich unglaublich! Dein Leben zieht an dir vorüber, und du merkst es nicht einmal! Und wenn alles vorbei ist, brauchst du nicht einmal etwas zu bedauern, weil du das Ganze ohnehin nicht ernst genommen hast.«

Lalie verstummte abrupt. Sie hatte gehört, was sie gesagt hatte, ebenso wie Antoine. *Wenn alles vorbei ist ...* Es war also vorbei. Das war nicht das, was sie hatte sagen wollen, und Antoine wusste es. Es hätte nicht ausgesprochen werden dürfen, damit es im Bereich der Unmöglichkeit verblieb. Jetzt war es raus, und niemand konnte es zurücknehmen. *Es ist vorbei.* Es war möglich. Und jetzt war es Realität. Und Lalies Wahrheit drang in Antoines geheime Welt ein, in den Ort, den niemand betreten durfte.

Antoine nahm seinen ganzen Mut zusammen und sah Lalie in die Augen.

»Es tut mir leid, Lalie«, murmelte er mit trockener Kehle.

Antoine überlegte, ob er noch etwas mitnehmen musste, ein Kleidungsstück oder irgendetwas. Aber außer Nobody, der neben ihm auf dem Boden saß, und Camilles Erinnerungen unter seinem Arm gab es nichts, was er mitnehmen musste. Er schaute auf die Skelettuhr und sagte sich, auch wenn er sie reparieren konnte, die Zeit würde sich nicht zurückdrehen lassen. Also ging er davon, mit tief in die Hosentaschen gesteckten Händen.

Ein paar Stunden später, als die Nacht schon fortgeschritten war, klingelte Varants Telefon.

14

SONNTAG, 10. FEBRUAR

»11:30 Uhr. Schön, dann bis gleich, Madame Trévise. Und noch einmal vielen Dank, dass Sie es an einem Sonntag einrichten können.«

Rose legte ihr Handy behutsam auf die Couch. Es war 10:52 Uhr.

Ihr Blick wanderte durch den Raum und blieb dann auf dem kleinen Spielzeug haften, *Titis Zaubermaschine*, die sie auf den Kaminsims gestellt hatte. Einen Moment lang dachte Rose an damals, an jene Zeit der Unschuld, und hatte einen Strand bei herrlichem Sonnenschein vor Augen. Dann schaute sie in den Kamin. Die Holzscheite verbrannten. Sie musste Holz nachlegen, Holz, das sich in Rauch auflösen würde. Ebenso wie ihr Cello.

Seit ein paar Wochen stellte sie alle Wörter in Bezug zu dem Instrument, das dort in der Ecke stand und an dem Geschirrschrank lehnte. Es schien sie zu beobachten und zu sagen: »Zwischen uns beiden ist es also vorbei?«

Rose hatte sich innerlich darauf eingestellt, dass in einem solchen Augenblick Erinnerungen wach werden würden. Sie dachte an das Glück, das das Cello ihr und anderen Musikern gebracht hatte. An die unterschiedlichen Töne, die dieses dreihundert Jahre alte Streichinstrument aus Holz erzeugte, an die zahlreichen Besitzer, die Geschichte, den Stolz, den diesen Herrn aus Mailand vermutlich erfüllt hatte, diesen Testore, und an sein außergewöhnliches Talent, das für andere Wesen auf Erden ein Glücksfall war. Wie sehr hatte es Rose Millet inspiriert, dieses göttliche Instrument, und wie sehr zu dem Talent beigetragen, das man ihr zusprach. Aber sie dachte vor allem an die unendliche Leere, die sich nun in ihrem Leben ausbreitete, an die Tage, die endlich ihr gehörten, die Verpflichtungen, die sie gefesselt hatten und von denen sie sich nunmehr befreit hatte. Es war mehr als das Gefühl, endlich frei zu sein. Es war wie eine Erlösung. Nach zwanzig Jahren!

Wie so oft, wenn sie nachdenken wollte, stellte sie sich ans Fenster. Sie konnte das Meer nicht sehen, aber sie wusste, dass nur die Häuser auf der Promenade sie vom Wasser trennten. Und wieder rief das Cello nach ihr.

Trotz aller guten Vorsätze, die sie sich immer wieder vor Augen führte, nahm eine bittere Wahrheit in ihrem Kopf Gestalt an: Es war das letzte Mal, dass sie es in ihrem Haus sah, ihr Cello, ihren treuen Begleiter. Roses Kehle war wie zugeschnürt, Tränen stiegen ihr in die Augen. Hatte sie wirklich alle Möglichkeiten ausgeschöpft? Hätte sie vielleicht eher Lotto spielen oder härter arbeiten sollen, um dann ...? Rose hatte nicht die Kraft, diese Gedanken bis zu Ende zu denken. Es war zu spät. Rose Millet hatte für lange Zeit alles gegeben. Jetzt musste sie aufhören zu jammern, ehe sie wie eine Stoffpuppe zusammenbrach.

Rose stellte das Instrument behutsam in den Cellokasten. Ein letztes Mal strich sie über die feine Patina, und eine Träne fiel darauf, ohne dass sie es bemerkte. Die kleine Träne rann über das Holz und sickerte in das Innenfutter des Koffers. Rose schniefte und strich sich mit dem Handrücken über ihre laufende Nase. Sie hätte ihrem Cello gerne Lebwohl gesagt, aber sie kam sich albern vor. Ein letztes Mal glitt ihr Blick über das Instrument, und plötzlich spürte sie ein vertrautes Beben, einen Hauch von Energie tief in ihrem Innern, die mit ihr sprach. Sie nahm das Instrument aus dem Kasten, setzte sich hin und stellte es zwischen ihre Beine. Dann griff sie nach dem Bogen. Ja, das war jene leise Stimme in ihrem Kopf, die bis in ihre Fingerspitzen drang, das war die Freude am Spiel. Nur um auf Wiedersehen zu sagen, ein letztes Mal, ihrem treuen Begleiter, um der alten Zeiten willen.

Während ein Lächeln ihr Gesicht erhellte und ihr ein Seufzer entfuhr, setzte sie den Bogen auf die Saiten, als ein lauter, schriller Ton das Holz erbeben ließ. Es war die Klingel des Hauses.

Rose lief eilig zur Tür und öffnete. Vor ihr standen Lalie und, einen Schritt dahinter, Sylvestre Varant mit einem Aktenkoffer in der Hand.

»Ich hoffe, wir stören Sie nicht. Wir sind etwas zu früh. Darf ich vorstellen: Sylvestre Varant. Rose Millet.«

Die Musikerin musterte den Mann mit der Hornbrille. Sie reichten sich gegenseitig die Hand, und Rose bat die beiden ins Haus. Als sie die Tür schloss, stellte sie fest, dass sie vergessen hatte zu atmen.

15

SONNTAG, 10. FEBRUAR

Als Antoine an diesem Sonntagmorgen aufstand, fühlte er sich wie erschlagen. Der Grund dafür waren Lalies Worte, die ganz unerwartet ausgesprochen worden waren, die ein wenig sonderbare Trennung. Wie war es möglich, dass er nicht bemerkt hatte, welche Bedeutung Lalie ihren gemeinsamen Stunden beigemessen hatte? Obwohl sie es war, die gesagt hatte, dass man alles so nehmen müsse, wie es kommt. Er hätte es ahnen müssen, als sie ihn bei der Beerdigung begleitet hatte. Sie hatte sich in ihn verliebt, und das war seine Schuld. Er hätte eher gehen müssen, aber ...

Nobody sprang auf den freien Stuhl neben seinem und schnüffelte an seinem Frühstück. Er war heute ziemlich aufgedreht und wollte raus.

»Lass gut sein, Nobody, wir gehen ja gleich.«

Antoine zog sich an. Sobald die Erinnerungen an den Vorabend verblasst waren, bestand die Aussicht, dass er Klarheit gewann, sagte er sich. Endlich war die Wahrheit raus. Und vor allem war da noch Rose. Antoine schaute unentwegt auf den Wecker. Er ging nämlich davon aus, dass sie niemanden im Ort kannte und nicht wusste, dass das Kino geschlossen war. Und er würde dort sein und auf sie warten. Schließlich hatte sie zu ihm gesagt: »Bis nächste Woche.«

Der Tag verging wie in Zeitlupe, bis es endlich so weit war, loszufahren. Antoine stellte sein Motorrad vor dem Kino ab und wartete. Unbewusst betete er, dass Rose kommen würde. Doch der Himmel hatte anderes zu tun. Er war damit beschäftigt, einen Wind aufkommen zu lassen, der den Staub durch die Straßen wirbelte und an den Tauen der Boote im Jachthafen zog. Die hohen Kiefern bogen sich schon in der Brise. Die Wolken zogen aufs Meer hinaus, und die Sonne schien.

Als Antoine reglos vor dem alten Kino stand, straffte er die Schultern und tat so, als wäre er vollkommen entspannt. Er hoffte, dass sein Wunsch in Erfüllung ging, und schaute auf die Uhr. Rose war noch nie zu spät gekommen. Es war schon kurz nach vier. Sie würde nicht kommen. Jemand musste ihr Bescheid gesagt haben. Antoine seufzte und ging zögernd auf sein Motorrad zu. Plötzlich hörte er leise Schritte am Ende der Straße. Es war Rose. Sie ging sehr schnell und war außer Atem.

Rose sah ihn schon von Weitem und lächelte ihm entgegen. Als Antoine dort stand und auf sie wartete, spürte er, wie verletzbar er in diesem Augenblick war. Er begann zu pfeifen und in den Taschen zu wühlen. Rose hatte gerötete Wangen, zerzaustes Haar und müde Gesichtszüge. Sie war ungeschminkt und sah ganz natürlich aus, und er fand sie noch hübscher als sonst. So oft hatte Antoine Rose noch gar nicht gesehen, seitdem sie nach Villerude zurückgekehrt war, doch ihr Anblick war ihm bereits vertraut.

»Es ist wie verhext«, sagte Rose. »Mein Auto ist nicht angesprungen. Das ist mir noch nie passiert ... Darum musste ich zu Fuß gehen. Ich habe mich beeilt. Der Film hat doch noch nicht angefangen?«

Als sie ins Kino schaute und sah, dass kein Licht brannte, erlosch ihr Lächeln.

»Wir hatten Ihre Telefonnummer nicht, sonst hätten wir Ihnen Bescheid gesagt, dass die Vorstellung ausfällt«, log Antoine.

»Ach.«

»Das Kino wird abgerissen. Wir haben es gestern erfahren.«

Rose sah ihn mit großen Augen an.

»Abgerissen? Warum denn das?«

»Das Kino ist sehr alt, und niemand will es haben. Ein Bauunternehmer wird an dieser Stelle einen Parkplatz bauen.«

Rose dachte darüber nach.

»Kann man denn nichts dagegen tun?«, fragte sie dann.

»Der Verein der Freunde des *Paradis*, der die Vorführungen organisiert, will versuchen, es zurückzukaufen. Sie haben im Internet einen Spendenaufruf gestartet. Aber ich glaube kaum, dass das etwas bringen wird ...«

»Aber das geht doch nicht! Man muss doch ...«

Sie verstummte, weil etwas gegen ihr Bein geprallt war. Es war Nobody, der aufgeregt herumsprang.

»Platz, Nobody!«, befahl Antoine.

»Wie heißt der Hund?«, fragte Rose lachend.

»Nobody. Kennen Sie den Western *Mein Name ist No-*

body? Das ist der Hund von Camille, dem Filmvorführer, der gestorben ist ... Ich habe ihn übernommen.«

»Guten Tag, Monsieur Nobody.«

Sie beugte sich zu dem Hund hinunter und streichelte ihn. Die beiden schienen wie füreinander geschaffen zu sein. Sie verstanden sich auf Anhieb. Antoine war beinahe eifersüchtig. Rose richtete sich wieder auf und lächelte Nobody an. Und dann standen sie alle drei vor dem Kino und wussten nicht, was sie machen sollten. Vor allem Antoine nicht, der zwar den Beginn des Treffens einstudiert hatte, nicht aber das Ende.

»Hätten Sie vielleicht Lust, ein Glas ...«, fragte er unbeholfen.

In diesem Augenblick ertönte eine laute Hupe, und sie zuckten beide zusammen. Als er sich umdrehte, sah Antoine einen grünen Traktor, auf dem der Apotheker Jean-Pierre mit seiner Frau Marie saß, die wie immer sehr hübsch aussah. Der Traktor zog einen Segelwagen.

»Na, ist das ein Wetter?«, rief Jean-Pierre mit strahlenden Augen. »Es ist gerade Ebbe, ideale Bedingungen also zum Strandsegeln.«

»Haben Sie Lust mitzukommen?«, fragte seine Frau.

Antoine und Rose wechselten einen Blick.

»Haben Sie das schon mal gemacht?«, fragte Antoine.

Rose schüttelte den Kopf, und Nobody wedelte mit dem Schwanz.

»Mademoiselle«, mischte Jean-Pierre sich ein. »Sie können Villerude auf keinen Fall verlassen, ohne nicht wenigstens einmal das Strandsegeln ausprobiert zu haben.«

Rose schaute auf ihre eleganten Schuhe.

»Ich kann Ihnen Gummistiefel leihen«, sagte Marie.
Rose lächelte, und kurz darauf waren sie alle am Strand.

Was dann folgte, ähnelte ein wenig dem Film *Ein Mann und eine Frau* von Claude Lelouch aus dem Jahre 1966 oder *Thomas Crown ist nicht zu fassen* von Norman Jewison von 1968. Da war nur der Wind, der Sand, das Meer, eine ungewöhnliche Vertrautheit, Schweigen, und eine Freundschaft, die unter den wohlwollenden Blicken Fremder entstand. Antoine wäre niemals auf die Idee gekommen, sich in seiner Freizeit mit Jean-Pierre zu treffen. Dessen Leben war die Apotheke, und erst seit Kurzem engagierte er sich auch fürs Kino. Gemeinsam mit ihm etwas zu unternehmen, das war etwas ganz Neues. Natürlich war es wunderbar, die Rose von heute zu entdecken, diese unbefangene, neugierige, begeisterte, höfliche, freundliche junge Frau mit dem strahlenden Lächeln und der hübschen Figur. Unbewusst zog Antoine einen Vergleich zwischen seinen Erinnerungen an das kleine Mädchen von damals und der Frau neben ihm. Die beiden Bilder stimmten perfekt überein. Dieser Strand, den Antoine so gut kannte, verwandelte sich in ein Land der Verheißung.

Doch das Beste kam noch. Als Antoine sich auf dem Segelwagen neben Rose setzte und der Wind sie zum Horizont trieb, hier an diesem langen Strand, der sich bis zur Bretagne erstreckte, war es so, als würden sie fliegen. Roses unter dem Helm herausragende lange Haare schwangen in alle Richtungen, und die widerspenstigen Strähnen wirbelten im Rhythmus ihres Lachens durch die Luft. Antoine bemühte sich, den Kurs zu halten und gut auf seine kostbare Fracht achtzugeben. Er wendete auf dem nassen Sand, freundete sich mit dem Wind an und flirtete mit dem frischen Schaum der Gischt, den die Wellen am Ufer zurückließen. Antoine konzentrierte sich so sehr auf das Manövrieren, dass Rose lachen musste. Sie beobachtete ihn, wie er sich zwischendurch verkrampfte, und in engen Kurven klammerte sie sich mehrmals an ihn. Antoine, der stets in Sorge war, wenn es darum ging, das Richtige zu sagen, schwieg, und der Augenblick sprach für sich. Sie riefen »oh« und »ah« und »Achtung« und »oh, là, là«, und diese Ausrufe waren schöner als Poesie. Plötzlich waren es die Autoskooter ihrer Kindheit, die gegen den Wind ankämpften.

Wie lange segelten sie am Strand entlang und fuhren hinter Nobody her, der ebenfalls einen Mordsspaß hatte? Auch Jean-Pierre und Marie segelten am Strand entlang, und dann waren Rose und Antoine wieder an der Reihe. Wie viele Minuten waren vergangen? Man hätte sich fragen können, ob sie wirklich vergangen waren, denn niemand zählte sie. In welch grenzenlose und zugleich köstliche Verlegenheit stürzte Antoine das Erlebnis, mit jener aus der Fremde zurückgekehrten Frau jene Fahrt zu unternehmen, die normalerweise engen Freunden oder Verliebten vorbehalten war?

Die Stunden mussten dennoch vergangen sein, denn allmählich ging die Sonne unter. Wie selbstverständlich lenkte der Wind Roses und Antoines Schritte zu dem kleinen Pizzawagen mit der Neonbeleuchtung, der sonntags immer an der Promenade stand. An den Windschutzwänden hatte der Pizzabäcker kleine Laternen aufgehängt. Rose und Antoine lachten, und trotz des fantastischen Erlebnisses sprachen sie noch immer über Belanglosigkeiten – den Nachmittag am Strand, den Alltag, der sie am nächsten Morgen erwartete, und über die Pizza, die sie am liebsten aßen. Die Worte standen im Schatten dieser beiden Gestalten, die vielsagendere Sätze verdient hätten. Wie albern waren sie, sich noch immer zu siezen, wie Ehekandidaten aus früheren Zeiten, oder eher noch wie Kinder, die spielten, erwachsen zu sein. Das Licht spiegelte sich in Roses Augen, und sie spürte sicherlich, dass das Ende des Tages nahte.

»Wirklich traurig, dass das Kino abgerissen wird«, sagte sie. »Es ist verrückt, aber ich dachte immer, dass es bis in alle Ewigkeit hier stehen würde. Villerude ohne das *Paradis*, das ist nicht mehr Villerude.«

»Ich wohne seit über dreißig Jahren hier, und erst in den letzten Wochen ist mir klar geworden, wie schön es ist«, sagte Antoine.

Dann schaute er Rose in die Augen und fragte: »Hätten Sie Lust auf eine kleine Führung durch das Kino?«

»Ich dachte, es ist geschlossen.«

»Ich kann es öffnen«, sagte Antoine mit strahlenden Augen.

Rose lächelte ebenfalls, und das war schon ein großer Sieg.

16

SONNTAG, 10. FEBRUAR

Mühelos knackte Antoine erneut das Schloss. Als sie das Kino betraten, hörte er sofort Camille von seinem Balkon aus rufen: »Antoine, bist du es?«

Der junge Mann sagte sich, dass es sicherlich zu viel verlangt wäre von den Geistern der Dunkelheit, ihn in Ruhe zu lassen. Nobody kläffte. Antoine bat Rose herein und schloss die Tür nicht hinter ihnen ab, damit sie keine Angst bekam.

Camille: »Antoine? Antoine?«

Antoine (in lautem Ton, damit Camille ihn auch verstand): »Das also ist das *Paradis*, Rose. Warten Sie, ich schalte das Licht ein.«

Camille: »Ah, ich verstehe.«

Antoine hörte es nicht. Er interessierte sich nur für Rose, die neben dem Getränkeautomaten stand. Was ihm vorhin noch so kompliziert erschien, war nun ganz einfach. Sie schlug Antoine vor, etwas zu trinken. Es war verrückt.

Er sagte »ja, ja«, ging auf den Getränkeautomaten zu

und versuchte, ein paar Münzen aus der Tasche seiner engen Jeans zu fischen.

Camille: »Antoine, ich muss dir etwas erzählen.«

Aber der alte Geist sprach ins Leere hinein, denn die beiden jungen Leute waren anderweitig beschäftigt. Rose zog ihr kleines Portemonnaie aus der Tasche. Antoine sagte »nein, nein« und Rose »doch, doch« und Antoine »nein, warten Sie, ich habe das passende Kleingeld«, und Rose sagte »nein, nein, ist schon okay«. Schließlich lauschten sie dem Klirren der Münzen, woraufhin eine Dose in das Ausgabefach fiel. Sie beugten sich beide gleichzeitig hinunter, um sie herauszunehmen, was eine ziemlich unbeholfene und zugleich berauschende Intimität zwischen ihnen schuf. Rose kicherte, und dann vergaßen sie die Episode, als sie ihr Getränk tranken, das viel zu kalt war für diese Jahreszeit.

Mit strahlenden Augen bedeutete Antoine Rose, zur Bühne zu gehen, weil er ihr etwas zeigen wollte. Rose schaute ihn verwundert an, kam seiner Bitte nach und durchquerte das Kino, das an den mit Samt bespannten Wänden von alten Wandleuchten erhellt wurde. Inzwischen lief Antoine zu den Sicherungskästen neben den Türen und starrte auf die Schalter in dem großen Kasten und auf die Hebel in dem kleinen. Mittlerweile kannte er sich aus. Nicht alle Lichter waren schön. Er musste genau überlegen, wie er sie am besten zusammenstellte. Einige waren magisch, und andere erfüllten nur ihren Zweck. Antoine führte sich ein Puzzle vor Augen, ein Puzzle aus Licht, und stellte Rose in die Mitte. Er wollte, dass das Kino einem alten Theater mit nostalgischem Flair ähnelte. Er beobachtete Rose, die durch den Hauptgang zwischen den Sitzen hindurch auf die Bühne zuging. Ihre grazile Gestalt inspirierte ihn.

Antoine: »Rose, drehen Sie sich um!«

Mit einem anmutigen Lächeln folgte sie der Aufforderung, und als sie den Balkon sah, entschlüpfte ihr ein erstauntes »Oh!«. Antoine hatte noch gar keine Zeit gehabt, die Hebel in dem kleinen Sicherungskasten herunterzudrücken. Er erstarrte. War es möglich, dass sie ...?

Antoine: »Was ist?«

Rose deutete mit dem Finger auf den Balkon. »Haben Sie das gesehen?«

Antoine lief auf Rose zu und schenkte Camille nun endlich seine Aufmerksamkeit.

Camille: »Antoine, ich muss dir etwas sagen.«

Antoine wusste genau, was Camille sah. Inzwischen hatte er sich mit dem Gedanken abgefunden, dass jener Mann, der seit einem Monat tot war, leibhaftig und in Bestform vor ihm stand. Aber was sah Rose?

Rose: »Dort, sehen Sie nur ...«

Sie zeigte erneut auf den Balkon. Ein Lichtstrahl fiel von der Decke und zeichnete die Form einer kleinen Treppe nach, die nach oben führte. Antoine konnte sich nicht erinnern, das Licht in diesem Bereich des Kinos eingeschaltet zu haben. Wahrscheinlich hatte er versehentlich die Kuppel beleuchtet. Das passierte eben, wenn man auf sämtlichen Schaltern und Hebeln herumdrückte. Vor allem aber war das verrostete Metallgitter, das den Zugang zur Kuppel versperrte, verschwunden.

Camille: »Ja, ich wollte dir sagen, dass ich alles so vorgefunden habe. Das Licht brannte schon ... Und das da ist von ganz allein heruntergefallen, als ich mich genähert habe.«

Antoine lief ein kalter Schauer über den Rücken. Dass Camille nur ein Produkt seiner Fantasie war, ging noch an. Aber dass er Lampen einschaltete *und* Dinge verschwinden ließ? Allmählich verstand er gar nichts mehr.

Camille: »Ah, dieses verdammte Kino birgt Geheimnisse. Sicher, die Besucher sehen es ja auch immer nur im Dunkeln.«

Antoine zu Rose: »Dieses Kino birgt Geheimnisse. Die Besucher halten sich immer nur im Dunkeln hier auf, und deshalb sehen sie sie nicht.«

Camille: »Formulier ruhig alles um. Tu dir keinen Zwang an.«

Rose: »So habe ich das noch nie gesehen. Aber es stimmt ...«

Während Rose sich genauer im Kinosaal umsah und weitere Details entdeckte, die sie entzückten, lief Antoine zu Camille.

Antoine (in leisem Ton): »Es ist verrückt, aber ich weiß nicht, was ich sagen soll. Sag mir, was ich sagen soll.«

Camille: »Da kann ich dir nicht helfen. Ich bin nicht Cyrano von Bergerac.«

Antoine: »Dir wird doch wohl etwas einfallen! Was nutzt es denn, vierzig Jahre verheiratet gewesen zu sein, wenn du nicht weißt, wie man mit Frauen spricht?«

Camille: »Genau da liegt der Hase im Pfeffer. Je länger man verheiratet ist, desto mehr vergisst man ...«

Antoine: »Hör zu, Camille, wenn du deine Odette

nach zehn Jahren wiedersehen würdest, was würdest du ihr dann sagen?«

Camille starrte auf seine Hände.

Camille: »Ich wüsste nicht, was ich ihr sagen sollte.«

Der Geist betrachtete den Mann, und der Mann betrachtete den Geist, und beiden war bewusst, dass sie aus demselben Holz geschnitzt waren. Weder die Zeit noch der Tod änderten etwas daran.

Camille: »Weißt du, ich denke oft daran, Antoine. Hm, nur selbst wenn ich meine Odette wiedersehen werde, wer sagt mir, dass sie mich noch liebt?«

Diese Worte versetzten Antoine einen Stich ins Herz. Er ging auf Rose zu. Sie stand dort vor ihm, in dem leeren Kino, ohne dass ein Film auf dem Programm stand – wenn das kein besonderer Abend war! Antoine bemerkte, dass sie zitterte, und dann hörte er neben sich eine Stimme. Camilles Stimme. Camille hatte seinen Balkon verlassen und befand sich nun genau neben seinem Ohr.

Camille: »Sag ihr die Wahrheit.«

Die Wahrheit macht schüchternen Verliebten so viel Angst, dass Antoine erstarrte.

Camille: »Sie friert. Als Erstes könntest du ihr deine Jacke anbieten.«

Antoine (räusperte sich): » Rose, Sie frieren doch. Wollen Sie meine Jacke haben?«

Rose: »Nein, nein, ich ...«

Aber Antoine hatte die Jacke bereits ausgezogen und sie der jungen Frau über die Schultern gelegt.

Camille: »Sag ihr, sag ihr ... dass dieses Kino ein magischer Ort ist.«

Antoine: »Dieses Kino ist ein magischer Ort, wissen Sie.«

Rose (mit dem Lächeln einer Frau, die diese Masche gut kennt): »Ach ja?«

Camille: »Sag ihr, dass das Kino verlorene Dinge wiederbelebt.«

Antoine: »Ich glaube, dass dieses Kino verlorene Dinge wiederbelebt.«

Rose: »Wie bitte?«

Antoine: »Dinge, die man verloren glaubte. Es belebt sie wieder.«

Antoine verzog das Gesicht, denn er war sich nicht sicher, dass es das Richtige war, was er da sagte. Doch Roses Gesicht erhellte sich auf wundersame Weise. Sie öffnete leicht den Mund und musterte ihn, als hätten seine Worte eine sensible, klangvolle Saite in ihrem Innern berührt. Antoine konnte nicht umhin, Rose wie eine neue Spezies zu betrachten, wie jene Fische, die auf dem Grund des Ozeans die Farbe wechseln. Ja, Roses Teint hatte sich verändert.

Camille: »Ah, das hat ihr gefallen, der Kleinen, hast du gesehen?«

Rose: »Warum haben Sie das gesagt?«

Antoine suchte Camilles Stimme in seinem Kopf, auf dem Balkon und in allen Geräuschen des Lebens, doch er war verschwunden. »Die Wahrheit sagen«, rief er sich in Erinnerung.

Antoine: »Man hat es mir zugeflüstert.«

Rose: »Seltsam, das dachte ich mir schon.«

Antoine wollte sich gerade entschuldigen, als Rose wieder zum Sprechen ansetzte.

Rose: »Seitdem ich nach Villerude gekommen bin, gehe ich in dieses Kino. Ich habe mich gefragt, warum ich es tue. Warum es mir solche Freude bereitet, mir diese Filme anzusehen, in diesem Kino zu sein und nicht in einem anderen. Nun ja, die Filme hätte ich mir genauso gut auf DVD kaufen können, aber dieses Kino ist etwas ganz Besonderes. Ich habe an die Dinge gedacht, die ich unterwegs verloren habe, und mich gefragt, ob ich sie vielleicht hier wiederfinde. Es ist verrückt, was ich sage. Sie müssen mich für verrückt halten, aber es stimmt. Wenn ich daran denke, dass es abgerissen wird ...«

Rose schaute Antoine an, ehe sie den Blick durch das Kino wandern ließ. Sie seufzte und fuhr fort.

Rose: »Danke, Antoine, für diesen Kinobesuch. Das war ein schöner Abschied.«

In diesem Augenblick leuchtete ein anderes Licht auf. Sie drehten sich beide zu dem Balkon um.

Antoine (stammelnd): »Der Sicherungskasten ist so alt, dass die Glühbirnen knistern und von alleine an- und ausgehen. Sie brauchen keine Angst zu haben.«

Er drehte sich wieder um und atmete tief ein. Seine Schläfen pochten, und er begann zu schwitzen.

Antoine (in leisem Ton): »Rose, ich wollte Sie etwas fragen. Erinnern Sie sich noch an die Zeit, als Sie in Ihrer Kindheit nach Villerude kamen?«

Rose: »Ja, klar.«

Antoine: »Und ... an mich erinnern Sie sich nicht? Wir haben hier gespielt ... ich meine, wir haben zusammen gespielt, als wir noch richtig kleine Kinder waren.«

Rose schaute Antoine an, und dieser wagte es nicht, dem noch etwas hinzuzufügen.

Rose (riss die Augen auf): »Titi?«

Antoine (kichernd): »Ja. Heute nennt mich allerdings niemand mehr so. Aber ja, das bin ich.«

Rose legte eine Hand auf ihren Mund, und ihre Augen strahlten. Antoine fühlte sich jedoch, als hätte noch gestern Vanilleeis auf seiner Hand geklebt, in der er einen zerknitterten Zettel voller Sand hielt. Auch Roses Blick, diese großen, runden Augen, erinnerten ihn an damals.

Rose: »Das ist ja unglaublich, Titi ... Wie lange ist das her?«

Antoine (nicht sehr ehrlich): »Oh, das weiß ich nicht. Ich habe die Jahre nicht gezählt.«

Rose errötete, und Antoine fand den Mut, sie anzulächeln.

Rose (begann zu lachen): »Tut mir leid, dass ich dich nicht erkannt habe, aber ... Ich duze dich jetzt einfach, ja?«

Antoine: »Ja, gern. Wir haben uns natürlich verändert. Also mach dir nichts draus.«

Rose: »Weißt du, ich musste an dich denken, als ich vor ein paar Tagen deine kleine Maschine in einem Trödelladen gesehen habe.«

Antoine: »Ich weiß übrigens, dass jemand das Ding gekauft hat. Stell dir vor!«

Er verstummte, als er sah, dass Rose noch stärker errötete.

Antoine: »Jetzt sag nicht, das warst du.«

Rose öffnete den Mund, doch sie kam nicht dazu, darauf zu antworten. In diesem Augenblick schien ein Lichtstrahl von der Kuppel über ihnen auf sie hinab.

Camille: »Das war doch wohl nicht ich, oder?«

Rose: »Können wir zu der Kuppel hinaufgehen?«

Antoine war ganz benommen. Es bestand tatsächlich die Möglichkeit – Rose hatte es indirekt zugegeben –, dass sie seine Zaubermaschine aus Metall, jenes Relikt aus ihrer gemeinsamen Kindheit, gekauft hatte. Zwanzig Jahre war sie dem Staub ausgesetzt gewesen, und nun hatte Rose sie mit zu sich nach Hause genommen! Dann musste sie diese Zeit wohl in guter Erinnerung behalten haben, oder nicht?

Als Camille noch einmal sagte: »Das war doch wohl nicht ich, oder?«, folgte Antoine mit den Augen Rose, die bereits auf die Tür zuging. Das kleine Schild mit der Aufschrift »Durchgang verboten« unten an der Treppe schaukelte knarrend hin und her. Sie nahm es vorsichtig ab. Antoine überholte sie und bestand darauf voranzugehen. Langsam stieg er die verstaubte Treppe hinauf. Er starrte auf den Treppenabsatz und fragte sich, ob Camille Rose oben erscheinen würde. Die Stufen knarrten. Antoine drehte sich um und schaute Rose geradewegs in die Augen. Sogleich wandte er den Blick wieder ab in dem Gefühl, bei etwas Wunderbarem und zugleich Verbotenem auf frischer Tat ertappt worden zu sein. Die Lichterkette auf dem Balkon schien so hell, dass die Bühne und der Rest des Kinosaals beinahe in Dunkelheit getaucht wurden. Man hätte meinen können, nichts von alldem, was anderswo geschah, hätte irgendeine Bedeutung, und der Balkon schwebte über dem Saal.

In ihrem blauen Samtmantel bahnte Rose sich einen Weg zwischen den kaputten Sachen hindurch. Als Antoine die wunderschöne Frau mit dem hellen Teint betrachtete, dachte er an den Moment, da all das aufhören würde zu sein, das Kino, Rose und alles andere. Doch er rief sich in Erinnerung, dass dieser magische Augenblick noch immer währte und dass er ihn in vollen Zügen genießen musste, damit er sich später würde daran erinnern können.

Antoine sah Camille in seiner Ecke. Er war auf einen der wackeligen Sitze gesunken. Wie ein müder Zauberer schwenkte er die Arme und versuchte ein ums andere Mal, irgendwelche Zaubertricks zu vollführen. Es funktionierte jedoch nicht, nichts passierte.

Camille: »Ich weiß wirklich nicht, wie ich das gemacht haben soll.«

Antoine achtete nicht auf ihn. Er schaute auf die schmale Wendeltreppe, die ziemlich wackelig wirkte und von Rost übersät war. Über ihr befand sich die Kuppel mit ihren funkelnden Lichtern.

Camille: »Wenn du schon mal da bist, steig ruhig zur Kuppel hinauf.«

Antoine: »Jetzt warte doch mal, siehst du nicht, dass ...?«
Rose: »Wie bitte?«
Antoine zu Rose: »Hier geht es zur Kuppel.«

Antoine legte eine Hand auf das Geländer der Wendeltreppe und rüttelte ein wenig daran. Es war stabil. Als sein Kopf in den Lichtschimmer geriet, riss er die Augen auf. Hier oben war es sehr hell. Eine Lichterkette schmückte die gläserne Kuppel. Auf der kleinen Plattform stand allerlei Zeug herum, unter anderem auch eine Schreibmaschine. Was machte sie dort? Außerdem standen da drei zusammengeschweißte Kinositze aus Leder, die vermutlich auf den Balkon gehörten und die aus irgendeinem Grunde hier gelandet waren.

Antoine half Rose, die steile, schmale Treppe hinaufzusteigen, und sie lächelte. Es war seltsam, hier zu sein, in dieser kleinen Kuppel, die kaum Platz bot.

In dem Augenblick, als Rose in Entzückung geriet, ging die Lichterkette plötzlich aus. Sie begann zu lachen.

Antoine (in verlegenem Ton): »Das war wieder der Sicherungskasten. Ich gehe mal nachsehen.«

Camille: »He, Antoine! Ich glaub, jetzt weiß ich's.«

Rose: »Nein, nein, schau mal!«

Antoine, dieser Dummkopf, hatte gar nicht bemerkt, was es hier zu sehen gab. Von der Kuppel aus konnte man das Meer und den Mond sehen, die Lichter auf der Île de Noirmoutier am Horizont und Villerude, das an diesem Abend sein Festgewand angelegt hatte.

Rose: »Du hattest recht, dieses Kino hat etwas Magisches.«

Sie setzte sich auf den Sitz auf der rechten Seite und Antoine auf den auf der linken, sodass der Platz in der Mitte frei blieb. Nobody betrachtete es als Einladung und sprang sofort darauf. Dann schauten sie alle drei auf das Meer und die Wellen, die im Mondschein schimmerten. Man hätte meinen können, dieses Panorama wäre eigens für diese Nacht gezeichnet worden, mit den Sternen, diesen hellen Lichtern, die nur für sie brannten, und mit dem silbernen Schleier, der das wogende Meer überzog. Die unzähligen gelben Punkte jenseits der Dünen waren die Lichter einer größeren Stadt, in der das Glück winkte. Natürlich war das ein Trugbild. Im Osten waren nur die Lichter der Fischfabrik zu sehen.

Noch nie in seinem Leben hatte Antoine einen solch

romantischen Augenblick erlebt. Er kam sich vor wie der Hauptdarsteller in einem Liebesfilm und fragte sich, wie er sich verhalten sollte. Ob er dem Ganzen gewachsen war. Aus den Augenwinkeln sah Antoine, dass Camille in der Nähe der alten Schreibmaschine saß.

Camille: »Sieh mich nicht so an, Antoine. Du weißt doch, schöne Worte machen ist nicht so mein Ding. Ich hab dich gewarnt.«

Antoine zögerte, ehe er Rose fragte: »Spielst du noch Cello?«

Rose sagte so leise »ja«, dass das Wort beinahe verloren ging. Antoine bemerkte gar nicht, wie leise sie es ausgesprochen hatte, denn er hörte nur auf seine ängstliche Seele.

Antoine: »Dürfte ich dir eines Tages beim Spielen zuhören?«

Camille: »Frag sie, ob sie für dich spielt, Antoine, für dich.«

Antoine: »Ich meine, würdest du einmal für mich spielen?«

Rose senkte den Kopf. »Nein, ich glaube nicht.«

Antoine schwieg. Eine Saite in seinem Innern war gerissen, und plötzlich schämte er sich. Er warf dem Geist einen vorwurfsvollen Blick zu, aber Camille wirkte ganz gelassen.

Ein paar Minuten lang gab es nur das Meer, die Wellen und diese wunderschöne Aussicht.

Antoine: »Es tut mir leid. Ich wollte dir nicht zu nahe treten.«

Rose glaubte wieder einmal, dass die Menschen nicht sie, sondern ihr Cello liebten.

Rose: »Nein, nein. Das ist schließlich mein Beruf. Es ist normal, dass du mich fragst.«

Antoine (hastig): »Aber ich verstehe das. Du spielst nicht auf Bestellung. Ich nehme an, man braucht Inspiration.«

Camille: »Jetzt lass sie doch mal reden, Junge.«

Rose (schaute auf ihre Hände): »Inspiration. Ach, ja, Inspiration ... Das ist nichts Besonderes ...«

Antoine (unterbrach sie wieder): »Ich weiß es nicht. Dazu kann ich nichts sagen.«

Camille: »Verdammt, nun halt doch mal die Klappe und lass sie reden.«

In der Kuppel herrschte wieder Schweigen. Man hörte nur ein Knistern, den Luftzug, der hier oben immer wehte, die Nachtvögel und das Rauschen des Meeres.

Rose: »Doch, ich bin sicher, dass du etwas dazu sagen kannst. Ich glaube, Inspiration ist das Gefühl, sich mit dem, was man tut, zu identifizieren. Die Römer in der Antike glaubten, jeder habe ein besonderes Talent, das sie als eine Art göttliche Eingebung ansahen, die uns immer wieder etwas zuflüstert. Inspiration, das ist im Grunde dieser magische Augenblick, in dem man mit sich und seinem Talent im Einklang ist.« Etwas leiser fügte sie hinzu: »Wenn das Talent verschwindet, ist man verloren.«

Antoine wollte etwas Sinnvolles und Geistreiches sagen, doch er musste immer an seine Maschinen und an seinen Platz hier auf Erden denken.

Antoine: »Ich verstehe nichts von Musik. Für mich ist das Geräusch der Maschinen wie Musik. Du siehst also, dass ich kein Ohr dafür habe ... Nun, nicht die Geräusche aller Maschinen sind wie Musik, sondern nur die der Maschinen, die richtig funktionieren.«

Rose schien nicht zu verstehen, was er meinte.

Antoine: »Ich meine, wenn etwas nicht richtig funktioniert und an irgendeiner Stelle etwas defekt ist, hört man Missklänge, verstehst du? Wenn hingegen alles rund läuft ... Ich weiß nicht, wie ich es erklären soll, aber dann ist alles im Einklang. Das trifft nicht nur auf Maschinen zu, sondern auch auf Puzzles. Die machen zwar keine Geräusche, aber ...«

Rose: »Alles ist in Harmonie ...«

Antoine: »Ja, genau.«

Rose lachte leise.

Antoine: »Du lachst über meine musikalischen Puzzles, nicht wahr?«

Rose: »Nein, nein. Ich dachte gerade an die Zeit, als wir klein waren. Die waren schon lustig, deine Maschinen. Was wir alles damit spielen konnten ... Ich frage mich, ob ... ob wir uns auch ohne deine Maschinen, deine Zaubermaschinen, die du gebaut hast, für Superhelden gehalten hätten. Jedenfalls besaßen wir im Gegensatz zu den anderen Kindern etwas ganz Besonderes und konnten darum diese tolle Sachen machen, die die anderen niemals verstehen würden.«

Rose warf Antoine einen Blick zu, doch er schaute mit melancholischer Miene in die Dunkelheit.

Rose: »Und doch bin ich sicher, dass auch die anderen Kinder sich heldenhafte Abenteuer ausgedacht haben, selbst mit Kochtopf und Besen.«

Antoine: »Du hast es zu etwas gebracht ...«

Rose seufzte, und ihr Gesicht verdunkelte sich. Ohne dass sie es bemerkten, erfasste sie die gleiche Melancholie wie soeben Antoine. Ein paar Minuten herrschte Schweigen.

Rose: »Jedenfalls bin ich sehr glücklich, die Geheimnisse dieses Kinos entdecken zu dürfen, ehe es zu spät ist. Was machst du dann? Wirst du in einem anderen Kino arbeiten?«

Nun plauderten sie stundenlang über alle möglichen Themen, über Antoines Arbeit, Roses Leben in Hongkong; Filme, die sie gesehen hatten; Musik, die ihnen gefiel; Geschichten aus dem Dorf und Erinnerungen an Reisen. Auch über Anekdoten aus ihrer Kindheit.

Camille schlief in einer Ecke und begann zu schnarchen, was der romantischen Stimmung nicht gerade zuträglich war. Aber was zählte, war, dass Rose und Antoine sich unterhielten und zahlreiche Gemeinsamkeiten fanden. Irgendwo hatten sicherlich schon die Mitternachtsglocken geläutet, fern von Villerude und seinem schweigenden Kirchturm.

Als Rose sich auf ihrem Sitz aufrichtete, sah Antoine im Licht, dass sie mit den Zähnen klapperte. Er erinnerte sich, dass er irgendwo auf dem Balkon ein großes, zusammengefaltetes Stück Stoff gesehen hatte. Er bat Rose, kurz zu warten, und stieg die Treppe hinunter. Der Stoff lag noch da. Er war aus Samt, und die karminrote Farbe erinnerte an eine alte Rosensorte. Es war ein Vorhang, der früher einmal vor der Bühne hing. Jemand hatte die gute Idee gehabt, ihn mit einer Plane zu bedecken. Antoine zog sie herunter und stellte fest, dass der Vorhang schwer und warm war wie ein schlafendes Tier und ein wenig muffig roch.

Doch er war sauber. Antoine brauchte seine ganze Kraft, um ihn die Wendeltreppe hinaufzutragen. Er breitete den Vorhang aus und legte ihn über Roses Knie.

Rose: »Danke, Antoine. Was für eine wunderschöne Aussicht. Ich kann gar nicht genug davon bekommen.«

Während der prächtige Vorhang sie umhüllte wie ein Königspaar, unterhielten sie sich noch mehrere Stunden lang. Rose gähnte ein ums andere Mal, machte jedoch keine Anstalten aufzubrechen. Sie entspannten sich zusehends. Ihr Ton wurde immer lockerer und ihr Gespräch immer vertrauter. Schließlich war die Atmosphäre so behaglich wie der samtweiche Stoff des Vorhangs.

Irgendwann gegen vier oder fünf Uhr morgens sah es so aus, als hätten sie mit ihren Gesprächsthemen ein Mal die Erde umrundet. Es herrschte wieder Schweigen. Sie waren müde, und ihre Augen brannten. Der Himmel über dem Meer war pechschwarz. Von der Morgendämmerung gab es noch keine Spur. Wenn man genau hinhörte, konnte man das Rauschen des Meeres hören. Sie schwiegen eine ganze Weile, doch Antoine hatte keine Angst mehr vor der Stille. Sie gefiel ihm sogar gut, denn durch das Schweigen und die Nähe zueinander war alles möglich. Die Hoffnung auf die Dinge, die kommen würden, erfüllte jede Sekunde dieses magischen Augenblicks.

»Antoine, jetzt ist der richtige Moment. Sag es ihr, Junge.« Das war Camille. Antoine hatte ihn fast vergessen, und er zögerte.

Camille: »Ich weiß, du meinst, du hättest sie nicht verdient und wärst ein Dummkopf und all dieser Quatsch. Aber sie ist mit dir hier. Das ist der Beweis, Antoine, und nur das zählt. Weißt du, wie Jean Gabin die Morgan gekriegt hat? Sie war da, die schöne Frau, und hat auf etwas gewartet. Nicht auf ihn, aber er ist gekommen und hat ihr gesagt, was er auf dem Herzen hatte ... ›Du hast schöne Augen, weißt du.‹ Schlicht und einfach, Antoine.«

Aber Antoine dachte immerzu an das zerknitterte Stück Papier und den bitteren Geschmack, den es hinterlassen hatte und mit dem er leben musste.

Camille: »Wenn du nicht daran glaubst, Junge, und dich von deiner Angst auffressen lässt, sehe ich schwarz für dich. Aber vielleicht kann ich dir einen guten Rat geben. Nichts spricht dagegen, dass man sich schützt. Und man muss sich auch nicht gleich umbringen, wenn mal etwas nicht nach Plan läuft. Aber wenn man sich ständig zurückzieht aus Angst, verletzt zu werden, bringt man sich auch um die schönen Dinge des Lebens. Und das bereut man dann sein ganzes Leben.«

Antoine spürte in seinem Inneren ein Sprudeln, das den lodernden Flammen und den aufgewirbelten Staubmassen beim Start einer Rakete kurz vor dem Abheben glich. Und als er überlegte, ob er sein Herz vielleicht öffnen sollte – vielleicht, denn sicher war er sich nicht –, brach Rose die Stille.

Rose: »Hat dir schon mal jemand aus der Hand gelesen?«

Antoine (verwundert): »Nein. Was für eine Idee!«

Sie zeigte ihm ihre rechte Hand.

Rose: »Alle Menschen haben eine Lebenslinie, die den Daumen wie eine Klammer umschließt. Dann gibt es die Herzlinie, die am Rand der Hand beginnt und unterhalb des Zeigefingers endet. In der Mitte verläuft die Kopflinie, die ein wenig zerfurcht ist, siehst du?«

Ehe Antoine etwas sehen konnte, hatte sie die Hand schon wieder weggezogen.

Rose: »In meiner Hand sind die Linien nicht so deutlich ausgeprägt, weil ich immer in derselben Haltung den Bogen halten muss. Deshalb kann man mir nicht aus der Hand lesen.«

Antoine lachte, doch dann begriff er, dass sie es gar nicht scherzhaft meinte.

Antoine: »Ich weiß nicht, ob da überhaupt irgendwo etwas geschrieben steht.«

Rose: »Du schaust dir gerade die linke Hand an, aber du musst die rechte Hand anschauen.«

Er zog seine Hand unter dem Vorhang hervor. Rose zögerte nicht, sie in ihre zu nehmen. Antoine sah, dass ihr Blick auf der Stelle verharrte, an der ein Finger fehlte.

Antoine: »Eine Maschine, die falsch gesungen hat ...«

Sie drehte seine Hand mit festem und dennoch behutsamem Griff um. In der kleinen Kuppel war es sehr dunkel, und Antoine fragte sich, was Rose sehen konnte.

Rose: »Du hast eine tiefe, lange Kopflinie, die sich über die ganze Handfläche erstreckt. Ich glaube, dank dieser Linie kannst du Dinge reparieren. Du siehst, was nicht funktioniert, und hast die Fähigkeit, klar zu denken, und gehst alles mit Bedacht an. Deine Kopflinie hat auch etwas sehr Schönes. Sieh mal. Es sind zwei getrennte Linien, und das bedeutet, dass du ein lebensfroher Mensch bist.«

Sie betrachtete seine Hand so intensiv, als würde sie etwas sehen, das sie nicht verstand.

Rose: »Die Herzlinie. Du verschenkst schnell dein Herz, aber danach kneifst du vor der Verantwortung.«

Antoine dachte an Lalie, verdrängte das Bild jedoch sofort.

Rose zeichnete mit dem Zeigefinger die Linie nach. »Die Lebenslinie. Schauen wir uns mal deine Lebenslinie an. Oh ...«

Antoine: »Was ist? Sterbe ich morgen?«

Rose: »Nein, nein, vor dir liegt ein langes Leben. Deine Linien verlaufen alle schräg nach oben, und das bedeutet Vitalität, Energie und Lebensfreude. Das sind alles positive Kräfte. Auf deiner Wiege hat ein Engel gesessen. Du hast die schönste Lebenslinie, die man sich vorstellen kann.«

Rose verstummte, während sie noch immer Antoines Lebenslinie mit dem Finger nachzeichnete, und plötzlich spürte er ihre zärtliche Berührung mitten in seiner Hand.

Und ohne etwas zu sagen, schloss er seine Hand zärtlich um ihre Finger.

Camille, der in seiner Ecke saß, beobachtete all das mit verzücktem Lächeln. Er sah, dass Rose ihre Hand nicht von der Antoines löste. Sie hob den Kopf, und Antoine bemerkte erst jetzt, dass sie ihm so nahe war, dass sich ihre Wärme auf ihn übertrug. Sie sahen einander tief in die Augen. Antoine hatte das Gefühl, dass ihn eine große Hand, die Sterne, der Mond und alle Handlinien dazu drängten, sich vollkommen auf dieses romantische Rendezvous einzulassen. Keiner von beiden bewegte sich, doch die winzige Möglichkeit eines Kusses schwebte zwischen ihnen. Es brauchte sich nur einer von beiden zu nähern oder zurückzuweichen, und schon hätte die Weltgeschichte neu geschrieben werden müssen. Plötzlich sah Antoine wie in Zeitlupe, dass Rose abrupt zurückwich. Erst dann nahm er ein lautes Geräusch wahr, das das Kino erbeben ließ. Antoines Herz begann vor Angst heftig zu schlagen. Doch sein Herzschlag füllte kaum die Leere, die er nun auf seinen Lippen spürte.

Rose (leise): »Hier ist jemand.«

Antoine (stand auf): »Pst.«

Er dachte an Camille, den er schon eine Weile nicht mehr gesehen hatte. Was hatte er getan? Konnte er jetzt doch Dinge bewegen?

17

MONTAG, 11. FEBRUAR

Jemand hatte die Tür geöffnet. Schritte folgten, und unter den Schuhsohlen knirschten die Sandkörner, die der Wind auf den Mosaikboden der Eingangshalle geweht hatte.

Einer inneren Eingebung folgend, verharrte Antoine reglos, und Rose tat es ihm gleich.

Sie hörten ein Kichern. Antoine erkannte eine der Stimmen. Sie gehörte Lalie. Die andere Stimme erkannte er erst nach ein paar Sätzen. Doch als er ihr ein Gesicht zuordnen konnte, machte er sich automatisch kleiner: Es war Varant.

Antoine legte einen Finger auf die Lippen, um Rose zu bedeuten, sich ganz still zu verhalten.

Die Stimmen drangen wellenartig nach oben. Lalie sagte, dass sie sich beeilen müssten, weil sie um acht Uhr einen Termin habe und irgendwo Kristallgläser abholen müsse.

»Wo willst du denn um diese Uhrzeit Kristallgläser abholen?«

»Eine Oma, die am Dienstag gestorben ist, und die Erben haben es eilig.«

»Ach ja, Erben haben es immer eilig«, erwiderte Varant belustigt.

»Hm, ich frage mich, warum. Vielleicht, um nicht mehr an den Tod zu denken.«

»Du bist echt hoffnungslos romantisch. Nein, Erben sind wie die Aasgeier. Die anderen könnten ihnen ja was wegschnappen.«

»Man ist doch nicht gleich ein Aasgeier, nur weil man eine Gelegenheit beim Schopfe ergreift ...«

»So, jetzt aber genug philosophiert. Komm, wir schauen uns das Zeug mal an.«

Rose und Antoine hörten Schritte und das Knarren der Tür zum Kinosaal. Lalie sagte »ja, ja« und nannte Preise, fünfzig Euro, zwanzig Euro. Varant entgegnete, dies hier sei mehr wert, mindestens fünfhundert Euro, und das da mindestens tausend Euro. Sie gingen weiter und riefen »und das da«, »dieses hier« und »das dort drüben« und verhandelten darüber. Antoine verstand nicht, was man in einem leeren Kino kaufen konnte. Varant schlug Lalie vor, die Sachen gleich mitzunehmen, aber er wollte Bargeld sehen. Antoine überlegte, ob sie vielleicht über die Preise von Dingen sprachen, die sie mit ins Kino gebracht hatten, etwas Illegales. Allmählich wurde Varant ungeduldig.

»Jetzt komm schon, wir wollen hier keine Wurzeln schlagen. Dreitausend Kröten für alles, Leuchter, Wandleuchten, Lichterketten, also die gesamte Kinobeleuchtung, unter der Bedingung, dass du noch diese Woche alles hier rausholst. Dreitausend Kröten, das ist ein Hammerpreis. Ich habe noch einen Bekannten an der Hand, der würde mir wahrscheinlich zehntausend dafür geben.«

»Wozu diese Eile? Dein Bekannter kann bestimmt nicht noch diese Woche alles hier rausholen. Und mit dem Einspruchsrecht von zwei Monaten kannst du das Kino ohnehin nicht vor April abreißen lassen.«

»Das Einspruchsrecht interessiert mich einen Scheiß. Die Alte vom Verein der Kinofreunde ist auch schon bei mir im Büro aufgekreuzt, und was die mir erzählt hat, hörte sich nicht gut an. Der Verein will mir an den Karren fahren, und dann noch dieser Spendenaufruf im Internet, das kann ich jetzt gar nicht gebrauchen. Ich habe sofort einen Typen angerufen, der das mit dem Einspruchsrecht nicht so eng sieht. Seine Bulldozer kommen am ersten März.«

»Du lässt dir von der Alten Angst einjagen?«, spottete Lalie.

»Red keinen Scheiß. Ich hab einfach keinen Bock zuzusehen, wie das ganze Dorf, die Kreisverwaltung und möglichst noch das Denkmalschutzamt hier aufmarschieren, um diese Ruine zu retten.«

Unvermittelt wechselte er das Thema.

»Ich habe gehört, dass sie einen neuen Filmvorführer haben, der etwas mehr auf Zack ist als dieser Opa vorher ... einen Mechaniker. Das ist doch nicht etwa dein Mechaniker?«

»Ach, mach dir keine Gedanken«, sagte Lalie. »Dieser Mechaniker wird nichts unternehmen. Er hat sich noch nie für irgendetwas oder irgendjemanden stark gemacht. Also wird er bestimmt nicht ausgerechnet jetzt damit beginnen und sich dir in den Weg stellen. Das ist ein armes Würstchen, ein harmloser Träumer. So ein Typ, der keine Versprechen macht, weil er Angst hat, dass er sie dann halten muss. Im Augenblick macht er bei den Kinofreunden mit, aber das ist bestimmt nicht von Dauer.«

»Ein Weichei, was?«, sagte Varant lachend. »Du hättest mich fragen sollen. Das hätte ich dir gleich sagen können. Als ich den gesehen habe, wusste ich sofort Bescheid. Von solchen Typen kann man nicht viel erwarten.«

Antoine biss die Zähne aufeinander. Er wagte es nicht, Rose anzusehen. Lalie sagte nichts dazu.

»Das ist bei mir ja ganz anders, stimmt's, Lalie? Wir beide hatten eine schöne Zeit.«

Antoine ballte die Hände so fest zur Faust, dass sie zu schmerzen begannen. Varant ging auf Lalie zu. Es hörte sich an, als würde er beim Sprechen an ihrem Hals knabbern.

»Wir hatten doch eine schöne Zeit, nicht wahr?«

»Eine schöne Zeit, als dein Tresor voll war, stimmt, aber als er leer war, da gab's dann nicht mehr viel zu lachen.«

Lalie sagte »Hör auf, Sylvestre«, doch ihr Kichern und ihr leises Lachen bewiesen, dass sie es nicht ernst meinte, und Sylvestre hörte auch nicht auf. Er lachte ebenfalls, und Lalie quiekte so laut, als würde er sie beißen.

»Du hast Glück, meine Schöne, jetzt ist der Tresor voll. Bis obenhin. So voll war er noch nie.«

Vermutlich küssten sie sich nun, denn Antoine hörte, dass sie zu stöhnen begannen.

»Ach, du hast also jemanden gefunden ...? Das ging aber schnell. Jemanden von der Liste?«

»Hm, eine Million.«

»Nicht schlecht«, sagte Lalie nüchtern.

»Komm mit und schau dir meinen Tresor an, Lalie, meine Liebe. Da liegt eine Million drin, hübsch gebündelt. In meinem Büro ist es auch nicht so kalt wie hier ... Wobei du ja ganz schön heiß bist. Oh Mann, so was von verdammt heiß!«

Sie kicherten, und ihre Kleidung raschelte.

»Willst du mir deinen Tresor immer noch nicht geben? Leer natürlich. Als Belohnung sozusagen. Du kannst dir doch einen neuen mit Digitalschloss kaufen ... Dein altes Ding da ...«

»Mein altes Ding kann man nicht knacken, weil niemand mehr weiß, wie man die alten Tresore öffnet.«

Offenbar küssten sie sich wieder, ehe Varant fortfuhr.

»Ein Tresor von Bourrely-Raynaud-Laugier aus Marseille. Das Teil ist über hundert Jahre alt. Wie viel kriegt man dafür?«

»Jetzt gib mal nicht so an. Ich zahl dir zweihundert.«

»Du spinnst wohl. Der ist mindestens tausend wert.«

Vielleicht hielt Varant Lalie nun noch fester umklammert, denn sie stieß einen leisen Schrei aus. Es folgte wieder das Rascheln von Kleidung, und gleich darauf hörte man Geräusche, die darauf schließen ließen, dass sie sich leidenschaftlich küssten und ihre Körper sich dabei aneinander rieben.

Antoine hatte schon seit ein paar Minuten nicht mehr geschluckt und daher eine trockene Kehle. Dieser poetische Ort war nun kalt und schmutzig und alt und jämmerlich. Er warf Rose einen Blick zu, als wollte er sich entschuldigen. Rose versuchte ihre Verlegenheit hinter einem schiefen Lächeln zu verbergen.

»Okay, dreihundert«, sagte Lalie seufzend. Varant erwiderte nichts. Sie hörten, dass ein Reißverschluss geöffnet wurde und dann »vierhundert?«, worauf wieder ihr Keuchen zu hören war. Und als Lalie sagte »fünfhundert, das ist mein letztes Angebot«, sagte sie es wie eine Marionette, die im Zeichen hemmungsloser Lust wild hin und her geschüttelt wird.

Varant und Lalie liebten sich in dem verfallenen Kino. Plötzlich zerriss ein lautes Geräusch den stillen Morgen. Gleich darauf blitzte ein Licht auf, dann folgte Dunkelheit.

»Was soll der Scheiß?«, brummte Varant, und in seiner Stimme schwang Beunruhigung mit.

»Ein paar Glühbirnen sind kaputtgegangen«, erwiderte Lalie, die sich vermutlich hastig anzog.

Keine Sekunde später stieß sie einen schrillen Schrei aus.

»Was ist denn?«, fragte Varant.

»Ich weiß nicht. Da war irgendwas in meinem Rücken.«

»Ein Luftzug, Lalie.«

»Ich weiß, wie sich ein Luftzug anfühlt, vielen Dank. Nein, das war kein Luftzug! Das war etwas anderes.«

»Komm, wir gehen in mein Büro.«

»Nein, ich fahre nach Hause«, fuhr Lalie ihn an. »Hier ist es wirklich unheimlich.«

»Wird Zeit, dass der Bau abgerissen wird. Ich sag dir, dieses Kino bringt mir nichts als Unglück.«

Als die Tür ins Schloss fiel, hallte Camilles Lachen durch den Saal. Antoine war nicht zum Lachen zumute.

Rose wagte es nicht, ihn anzusehen. Nachdem sie den roten Vorhang von ihren Beinen geschoben hatte, stand sie auf. Sie sagte, dass es besser sei, wenn sie gehen würde – vielen Dank für den Abend, Antoine, bis bald. Antoine wusste nicht, in welche Richtung sie davongegangen war, so schnell war sie verschwunden. Es war, als hätte sie sich in Luft aufgelöst.

Camille sagte etwas, aber Antoine hörte nicht zu. Er ging nach Hause, und dann sah ihn eine ganze Weile niemand mehr.

Und das alles, weil er vor zwanzig Jahren »Ich liebe dich« auf jenen Zettel geschrieben hatte, der noch heute in seiner Hand brannte, sodass die Handlinien kaum zu erkennen waren.

18

DONNERSTAG, AM MORGEN DES 14. FEBRUAR –
VOR ETWA ZWANZIG JAHREN

Titi war elf Jahre alt, und er stand vor der Tür der Millets, im Schatten des großen Hauses am Ende der Avenue des Pins. Während der ganzen Ferien hatte er an diesen Augenblick gedacht. Rose und Titi hatten jeden Nachmittag gemeinsam verbracht, und Titi spürte immer öfter den dringenden Wunsch, es ihr zu sagen. Doch er hatte es noch nicht geschafft, und in wenigen Tagen würde Rose nach Paris zurückkehren. Er hatte keine Zeit mehr zu verlieren – jetzt oder nie, sagte sich der Junge. Also nahm Titi seinen ganzen Mut zusammen, und anstatt ihr zu sagen, was ihm auf der Seele brannte, schrieb er es auf einen Zettel.

»Ich liebe dich.«

Als Antoine jetzt wie erschlagen in seinem zerwühlten Bett lag und keinen Schlaf fand, dachte er daran zurück. Er konnte sich nicht daran erinnern, was Titi eigentlich damit bezweckt hatte. Welches Ziel er mit diesen pathetischen Worten verfolgt hatte und welche Träume sie realisieren sollten, das war ihm auch zwanzig Jahre später nicht klar. Antoine nahm an, dass für ihn im Grunde die schöne Geste und das helle Leuchten der Wahrheit die größte Bedeutung hatten.

Mit seinem Zettel in der Hand stand Titi vor der Tür. Roses Mutter öffnete ihm. Er spürte die kühle Luft in dem dunklen Flur. Obwohl die große Frau sehr freundlich war, schüchterte sie ihn ein wenig ein, weil für sie nichts gut genug zu sein schien. Sonderbarerweise kam es ihm so vor, als würde die Zeit in diesem Augenblick in mehrere Teile zerfallen, und bei dem Puzzle fehlten Stücke. An den Moment danach erinnerte er sich besser, und auf den kam es an: Die Tür des Hauses war geschlossen, und Titi stand vor Rose im Garten und gab ihr den Zettel, den er in seiner klammen Hand hielt. Die großen Augen des hübschen Mädchens, das er so sehr liebte und das die Worte las. Sie errötete, drückte ihm den Zettel in die Hand und sagte etwas, das er nicht verstand. Er hatte es nicht verstanden! Gerade diesen einen Satz, unter so vielen anderen, die er verstanden hatte und die nicht einmal wichtig waren. Und dann war Rose verschwunden.

Mit der Zeit redete Antoine sich ein, dass sie gesagt hatte, sie müsse noch Cello üben, aber vielleicht auch, dass er zu weit gegangen sei. Was spielte das schon für eine Rolle! Was ihm auch zwanzig Jahre später noch immer im Kopf kreiste, war, was sie nicht gesagt hatte: »Ich dich auch« oder vielleicht: »Warte auf mich« oder irgendetwas, das einen glücklichen Ausgang verhieß.

Stattdessen verschwand Rose einfach. Und Titi sah sie auch an den folgenden Tagen nicht wieder, denn er schämte sich viel zu sehr, und außerdem goss es in Strömen. Sie verließ Villerude, ohne dass sie sich noch einmal sahen.

Rose kehrte nie mehr nach Villerude zurück.

Und Antoine, dieser Dummkopf, trug seit zwanzig Jahren diese unschuldige Liebe in seinem Herzen, die sie nicht nur nicht hatte haben wollen, sondern die sie ihm einfach wieder in die Hand gedrückt hatte. Er hatte den Zettel noch am selben Tag zerrissen und ihn zu Hause in der Toilette hinuntergespült. Doch der ungeheure Schock über diese Zurückweisung, die unerträgliche Einsamkeit des Liebenden, der keine Hoffnung mehr hat, all das brannte sich in das Gedächtnis des Jungen. Natürlich hatte er seitdem gelebt, ein ganz normales, unspektakuläres Leben, aber er hatte sich geschworen, dass ihn nie wieder jemand mit einem »Ich liebe dich« in der Hand zurückweisen würde.

Sie hatten diese Nacht in der Kuppel verbracht, und je näher der Morgen rückte, desto stärker wurde sein Gefühl, die Buchstaben hätten sich einer nach dem anderen von ganz allein in seine Hand gebrannt. Rose hatte ihm aus der Hand gelesen, hatte vielleicht auch das gelesen, was darüber geschrieben stand. Und Antoine hatte auf eine zweite Chance gehofft. Um stattdessen eine zweite Katastrophe zu erleben.

Camille mochte im Kino herumgeistern, aber er, Antoine, geisterte seit der schicksalhaften Nacht in seinem eigenen Leben herum. Er verließ das Haus nicht mehr. Er ging nicht mehr ins Kino, denn er wollte mit niemandem sprechen, schon gar nicht mit Camille. Also blieb Antoine zu Hause und löste Puzzles im Internet. Er löste so viele schwierige Puzzles, auf denen nur welkes Laub und verschneite Landschaften dargestellt waren, dass er an die Spitze der Internetgemeinschaft der Puzzlespieler rückte. Anschließend begann er die Teile wieder von neuem zusammenzusetzen. Er vertiefte sich so intensiv in das Puzzeln, dass die einzelnen Teile in seinem Kopf alles neu ordneten, den Lauf der Dinge änderten und die Vergangenheit aufrührten. Dabei strebten die Puzzleteile immer an, sich zu einem Bild zusammenzusetzen. Es ließ sich aber nicht alles zusammenfügen. Diese Nacht in der Kuppel, diese magischste Nacht aller Nächte, sie passte nicht zum Rest. Für dieses Puzzleteil gab es keinen Platz. Für Lalies Worte hingegen schon. Sie fügten sich in das Puzzle ein. Sie hatten dieselbe Form wie das, was er sich schon immer gesagt hatte: Er war zu nichts nutze. Und Rose, sie passte nirgendwo in sein Puzzle, und das, obwohl sie doch das eigentliche Motiv des Gesamtbilds war.

Antoine ging zu vorgerückter Stunde ins Bett, wenn die Morgendämmerung schon anbrach, und zum Frühstück aß er irgendwelche Reste, die er im Kühlschrank fand. Er dachte an das Kino, das abgerissen werden sollte, an Camille, den er im Stich gelassen hatte, und an Lalie, die er nicht einmal verabscheute. Rings um ihn herum brach alles zusammen, und er konnte nicht behaupten, dass ihn keine Schuld daran traf. In seinem Haus roch es muffig und in seinem Kopf ebenfalls. Zum Glück hatte er Nobody, der regelmäßig rausmusste. Wenn Antoine ihm die Tür zum Garten öffnete, drang wenigstens ein wenig kühle

Luft in das kleine Haus. Trotz allem hatte Antoine sich aufgerafft, eine SMS an den Verein der Freunde des *Paradis* zu schicken, um sie zu informieren, dass die Bulldozer am ersten März kamen. Als Dumont ihn anrief und sagte, er brauche seine Hilfe, erwiderte Antoine, dass er nicht kommen könne. Dumont hatte ihn gefragt, ob es ihm gut gehe, und Antoine hatte erwidert, er sei »in Topform«. Dann hatte er sich wieder aufs Bett geworfen und das Telefon ausgestöpselt.

Mittlerweile hatte er so viele Puzzles gelöst, dass er nicht mehr einschlafen konnte. Darum lud er Filme aus dem Internet herunter. Antoine fehlte die Geduld, sich neue Filme anzusehen. Aber er entdeckte für sich die alten. Und die sprachen mit ihm.

Diese uralten Filme hatten keinen Platz mehr in der Realität. Antoine mochte diese Filme gerade deshalb, weil sie so wenig mit der heutigen Realität zu tun hatten. Jetzt verstand er, warum Rose gesagt hatte, sie wolle dem Alltag entfliehen. Dabei ging es nicht nur um den Besuch des Kinos. Jene Epoche in Schwarz-Weiß, jene Zeit, die sie nicht kannten, war wie eine andere Welt, in der alles einfacher, offener, gemütlicher war. Ehrlicher. Eine Welt ohne Boshaftigkeit, in der das Alltägliche etwas Besonderes war, voller Sinn, voller Poesie.

Antoine konzentrierte sich bewusst auf die Filme zwischen den Zwanziger- und Sechzigerjahren – vierzig Jahre Filmgeschichte. Die Filme nach den Sechzigerjahren, in denen das Psychologische in den Vordergrund rückte, gefielen ihm nicht so gut. Das Leben wurde komplizierter, und Antoines Leben verschmolz mit dem der Geschichten.

Er wollte sich verlieren. Er wollte nicht, dass das Leben von heute in sein Haus eindrang, weil es einfach grässlich war. Antoine dachte an die Kuppel, an jenes wunderbar außergewöhnliche Erlebnis und an den Hauch einer Berührung von Roses Lippen. Man hatte sie ihm genommen, und das war grausam, aber richtig. Er musste sich damit abfinden.

Innerhalb von drei Tagen und drei Nächten schaute sich Antoine vom Bett aus neununddreißig Filme an, worauf in seinem Kopf ein unglaubliches Durcheinander herrschte. Die Epochen des *Paradis* zogen in seinen Träumen an ihm vorüber. Alfred Hitchcock ging durch eine Tür hinaus und trat durch eine andere bei John Huston, Billy Wilder und François Truffaut ein. Antoine tauchte in die Kunst der alten Filme ein, in die Atmosphäre und das alltägliche Leben vergangener Zeiten. Denn sein Interesse an Filmen beschränkte sich auf die Zeit vor seiner Geburt. Antoine floh in jene herrliche Zeit, als es ihn noch nicht gab.

Der Film, der ihn am meisten beeindruckte, war *Casablanca*. Er hatte ihn sich natürlich absichtlich angesehen. Weil Ilsa zurückkommt. Ilsa, die von Ingrid Bergman gespielt wurde, kehrt zu Rick (Humphrey Bogart) zurück – ebenso wie Rose zurückgekehrt war –, viele Jahre später, nachdem sie ihn zurückgewiesen hatte. Sie lieben sich erneut, und das ist schön, und es hätte jedem gefallen, wenn sie bis ans Ende ihrer Tage zusammengelebt hätten. Das Schicksal entscheidet jedoch anders. Ilsa geht schließlich mit Victor László fort, und sie lässt Rick auf dem Rollfeld eines Flughafens zurück. Man hätte sagen können, so ist das Leben, aber nein, so ist Hollywood. Ob Rick Blaine oder Victor László, spielt keine Rolle. Sie sind Helden, und Rick vielleicht in noch stärkerem Maße, weil er Ilsa das Leben rettet, indem er sie gehen lässt.

Und er, Antoine, wo stand er? Er hatte Rose geliebt. Sie war weggegangen und wieder zurückgekehrt, und er war derselbe geblieben. Er war wahrlich kein Held und vermutlich auch kein besserer Mensch geworden. Vielleicht hielt Rose ihn für einen Versager. So wie Varant es gesagt hatte. Bestimmt war das so. Antoine hielt sich ja selbst für einen.

Nachdem er sich so viele Filme angesehen hatte, taten Antoine die Augen weh, und man kann sagen, dass er die Zukunft vor sich sah. Das Kino würde abgerissen werden und verschwinden. Auch Camille war nicht mehr da. Vielleicht war es feige, wenn Antoine einfach von der Bildfläche verschwand. Niemand würde sich Sorgen machen, und er würde sich hüten, irgendwelche Erklärungen abzugeben. Wer würde sie sich überhaupt anhören? Niemand wartete auf ihn außer Camille. Ihm musste er Lebwohl sagen. Antoine hob seine schmutzigen Klamotten auf, die überall verstreut herumlagen. Als er seine Stiefel suchte, fand er die Sachen wieder, die er von Lalie mitgenommen hatte. Der Gedanke an Lalie grub ein Loch in seinen hungrigen Magen. Er vergaß sie jedoch schnell wieder, als er feststellte, dass es sich bei den Filmen um private Filmaufnahmen von Camille handelte. Antoine zögerte ein paar Sekunden und steckte sie dann in seine Umhängetasche. Mit Nobody im Beiwagen stieg er auf sein Motorrad und fuhr zum Kino.

19

DONNERSTAG, 14. FEBRUAR

Antoine stieß die wuchtige Tür des Kinos auf. Nobody trödelte, und sein Herrchen war durch die Herausforderung, die ihn erwartete, so abgelenkt, dass er die Tür schloss und den Hund vergaß. Als Antoine vor dem Balkon ankam, brachte er es nicht mehr übers Herz, sich zu verabschieden.

Camille: »Du siehst furchtbar aus.«

Antoine erwiderte nichts.

Camille: »Hast du Rose wiedergesehen?«

Antoine: »Nein.«

Camille: »Weißt du, dass heute Valentinstag ist?«

Antoine: »Hör auf mit dem Quatsch.«

Camille: »Oje, du bist aber nicht gut drauf, mein Freund. Jetzt sag nicht, du hast das alles ernst genommen, was die Antiquitätenhändlerin gesagt hat.«

Antoine: »Wie hättest du denn reagiert? Hättest du Beifall geklatscht?«

In der Ferne bellte ein Hund, aber sie achteten nicht darauf.

Camille: »Weißt du, ich persönlich nehme die Dinge schon seit längerer Zeit nicht mehr so ernst. Was ist los? Lalie liebt dich noch immer, aber du liebst sie nicht. So wie ich es verstanden habe, hast du sie verlassen. Sie ärgert sich über sich selbst, weil sie sich etwas anderes vorgestellt hat, und sie ist dir böse, weil sie meint, du hättest ihr Hoffnungen auf eine engere Beziehung gemacht ...«

Antoine: »Es reicht. Dafür, dass du nichts von Liebe verstehst, redest du ganz schön viel darüber. Ich hab hier was mitgebracht, das wird dir gefallen. Hast du noch den Projektor für diese Filme hier?«

Camille stand auf, als er die geneigte, sorgfältige Schrift auf dem Aufkleber auf der Filmdose sah. Sein Blick wanderte von Antoine zu der Dose und zurück zu Antoine. »Ja«, sagte er dann leise. »Er steht im Vorführraum.«

Wenige Minuten später beugte Antoine sich über den Projektor. Er brauchte sich die Bedienungsanleitung nicht durchzulesen. Ein paar Erklärungen von Camille reichten aus, den Rest erledigte sein gutes Gehör. Das Gerät brauchte nur mit ihm zu sprechen und ihm seine Musik vorzuspielen, und schon wusste er Bescheid. Für Antoine war der Mechanismus so etwas wie ein mehrdimensionales Puzzle, und er rückte die Teile an den richtigen Platz, bis sie sangen. Schließlich erhellten Camilles Privataufnahmen das Kino, und die Geschichte von Camille und Odette nahm auf der hundert Jahre alten Leinwand Gestalt an.

Sie waren glücklich gewesen, Odette und Camille. Es musste die Zeit kurz nach ihrer Hochzeit gewesen sein. Camille bekam man nicht zu sehen, da er den Film drehte, sondern nur Odette, den heimlichen Star ihres gemeinsamen Lebens. Der Super-8-Film war ohne Ton, aber man sah, dass sie viel miteinander sprachen und lachten. Es waren Erinnerungen an alltägliche Erlebnisse aus jener Zeit, als das Paar noch frisch verliebt war und bevor Bequemlichkeit und Gewohnheit Einzug in die Beziehung gehalten hatten. Odette kicherte. Bestimmt schimpfte sie, weil Camille sie filmte, obwohl sie nicht frisiert war, doch das war nicht schlimm. Sie war ihm nicht böse. Ähnelten sich alle glücklichen Ehen? Vermutlich nicht. Dennoch fragte Antoine sich, wie es gewesen wäre, wenn er eine solche Geschichte mit Rose hätte erleben können, wenn der Traum wahr geworden wäre und wenn das Kino nicht abgerissen werden würde. Was wäre geschehen, wenn das Echo von Lalies Worten einfach verhallt wäre, nachdem sie sich durch diesen Zufall, der gar keiner war, wiedergesehen hatten? Kurzum, wenn alle Teile eines glücklichen Puzzles sich richtig zusammengefügt hätten, hätte Antoine Rose gefilmt. Dann hätte auch sie sich als großartige Heldin ihres alltäglichen Lebens auf der großen Leinwand seines zufriedenen Herzens wiedergefunden. Doch das Kino würde es bald nicht mehr geben, und Antoine wusste, dass Lalies Worte mit ihrer unauslöschlichen Verleumdung ihre Spuren hinterlassen hatten bei seinem Treffen mit Rose. Es gab nur eine einzige Lösung. Er musste eine unglaubliche, spektakuläre Heldentat vollbringen, und in seinem tiefsten Innern wusste er, dass er dazu fähig war. Dann würde Lalies Groll an ihm abprallen, und es wäre denkbar, dass er das Herz der zauberhaften Rose gewann. Eine coole, edle und männliche Heldentat à la Humphrey Bogart. Aber was konnte er tun? Er konnte ihr wohl kaum den Mond und die Sterne vom Himmel holen. Die glücklichen Sommer von Odette und Camille liefen vor seinen Augen ab, ein Winter und ein paar Frühjahre. Als Antoine einen Blick auf den Projektor warf, sah er, dass der Film gleich zu Ende war.

Camille saß auf seinem Balkon, sodass er ihn nicht sehen konnte. Antoine schaute sich alle Filme an. Als er die letzte Filmrolle einlegte, wurde ihm bewusst, dass dies der letzte Film war, der in diesem Kino laufen würde. Als der Film zu Ende war, schlug das Ende der Filmrolle gegen den Projektor. Klack, klack. Antoine saß reglos da. Es war vorbei. Jetzt musste er die Filme wieder in die Dosen legen, zur Bühne hinuntergehen und sich von Camille verabschieden.

Antoine fand den alten Filmvorführer auf dem Balkon. Er stützte sich mit den Ellbogen auf der Brüstung ab und schaute in die Ferne. Langsam senkte er den Kopf und sah Antoine lächelnd an. Die kleinen Fältchen rings um seine Augen hatten ihn schon oft lächeln sehen. Und doch war dieses Lächeln anders, als hätte die Hoffnung sich durch all die Jahre hindurch einen Weg gebahnt und als gäbe es ein Versprechen für eine wie auch immer geartete Zukunft. Oder war das der Friede, der den Geistern in Aussicht gestellt wurde, diese Resignation ohne Groll, die den Sterblichen fehlt?

Mit den Filmen in der Hand stand Antoine dort auf der Bühne und wusste nicht, was er sagen sollte.

Antoine: »Ich gehe fort, Camille.«

Er versuchte, einen gelassenen Ton anzuschlagen, doch seine Stimme drohte zu versagen.

Camille: »Hm.«

Antoine: »Wohin soll ich die Filme legen?«

Camille bewegte langsam den Kopf, und sein Blick verlor sich in der Ferne. Antoine legte die Filmrollen leise auf den Holzboden der Bühne. Er dachte an seinen Freund dort oben auf dem Balkon, der bald auf einem Parkplatz herumgeistern würde, wo er Wind und Wetter ausgesetzt war. Sie wussten noch immer nicht, warum er zurückgekehrt war. Vielleicht war das alles auch nur ein Hirngespinst, eine Illusion oder Antoines Fantasie, die ihm einen Streich spielte. Als er Camille dort stehen sah, den Blick ins Leere gerichtet, kaum anwesend und mit diesem geisterhaften Aussehen, fragte Antoine sich, ob er die ganze Episode nicht nur träumte.

Antoine: »Ich hab sie hier hingelegt ... Hier, siehst du? Tja, also dann ...«

Es fiel ihm schwer, sich von Camille zu verabschieden. Es war dumm, sich davor zu drücken, denn vermutlich bildete er sich diesen Abschied nur ein. Gerade jetzt war es wichtig, etwas Schönes, Sinnvolles zu sagen, um sich später daran erinnern zu können. Aber die verdammten Gefühle, die ihm die Kehle zuschnürten, drohten ihm die Worte zu entreißen, und Camilles Anwesenheit nahm so viel Platz ein ... Daher sagte er nur:

»Alles Gute, Camille. Danke für deine Gesellschaft. Das war sehr schön.«

Wie ein kleiner Junge verzog er das Gesicht, winkte kurz und ging auf die Tür zu.

Camille: »Du wirst doch wohl nicht gehen, ohne mir die Hand zu geben, Antoine.«

Antoine kehrte zurück, und jetzt schaute Camille ihn fast so an wie früher.

Camille: »Komm hoch auf den Balkon.«

Antoine versteifte sich. Einen Geist zu sehen, das war eine Sache. Ihm die Hand zu schütteln, eine ganz andere. Dennoch ging er auf die Treppe zu, die zum Balkon führte. Er entfernte die Kette und stieg die ausgetretenen, verstaubten Stufen hinauf, die bei jedem Schritt knarrten. Antoine begann zu frieren – vermutlich wegen des Luftzugs oben in der Kuppel. Als er auf dem Treppenabsatz stand, sah er diesen abgelegenen Bereich des seltsamen Kinos wieder. Doch alles war anders als an dem Abend, den er mit Rose hier verbracht hatte. Von Romantik keine Spur. Das Kino war viel düsterer und viel schmutziger. Es war dem Untergang geweiht, sagte Antoine sich, und auch Camille war verloren.

Als er den Balkon erreichte, sah er niemanden.

Antoine: »Camille? Camille, bist du da, mein Alter?«

Er legte die Hände auf die Brüstung und wartete, dass irgendetwas geschah. Doch es geschah nichts. Er schaute in die Ecken, in die Dunkelheit, in die empfindlichen, knisternden Glühbirnen, die den Kinosaal in ein gedämpftes Licht tauchten. Antoine wartete eine ganze Weile, bestimmt zehn Minuten. Nach und nach vertrieb die Leere auf dem Balkon alles, was ihm durch den Kopf ging, um alleinig dort zu herrschen und die Fahne der Einsamkeit zu hissen. Ebenso wie Rose und Lalie und viele andere in seinem Leben war Camille verschwunden.

Antoine tat genau das, was man in einem solchen Fall tun musste: Er setzte einen Schritt vor den anderen. Eine gute Idee, doch beim zweiten Schritt hielt er abrupt inne. In einer Ecke des Balkons glitzerte etwas. Antoine trat näher heran. Es war eine vergessene Filmrolle. RIFIFI.

Rififi ...

Antoine zuckte zusammen. Er hatte das Gefühl, Camilles Stimme gehört zu haben, aber hier war niemand, und als er noch einmal darüber nachdachte, war er sich nicht mehr sicher.

Rififi. Er kannte diesen Film von Jules Dassin von 1955. Vor ein paar Wochen war er im Fernsehen gezeigt worden. In dem Film ging es um einen Einbruch.

Rififi. Ein Einbruch.

Die Wörter setzten sich in Antoines Kopf fest, und plötzlich sah er, wie ein Puzzle sich zusammenfügte. Als aus den einzelnen Teilen ein Bild entstand, stieg Genugtuung in ihm auf, und er spürte jenen Schauer der Zufriedenheit, den er so gut kannte und der viel intensiver war als sonst.

Er schrie: »Camille!«

Niemand antwortete ihm.

Antoine: »Camille, ich hab's! Jetzt weiß ich, warum du da bist. Und ich weiß, warum ich da bin. Camille, komm schon, antworte mir. Wo steckst du denn?«

Hoch oben auf dem Balkon schwenkte Antoine lachend die Arme und hielt eine Rede wie ein einsamer Held, der zu den Göttern sprach. Im Kino herrschte Stille, nur das leise Rauschen des Luftzugs war zu hören.

Antoine: »Als ich als Kind mit Rose gespielt habe, wollte ich ein Held sein. Ein mutiger Superheld, der es gegen alles und jeden aufnimmt, um die Welt zu retten. Doch der Mut, Camille, wie sollte man den schon beweisen in einem kleinen Nest wie unserem? Wie will man in *Villerude* die Welt retten? Hier nach Villerude ist die Welt noch nie gekommen ... Wie auch immer, ich weiß jetzt, dass ich all die Jahre nur auf die richtige Gelegenheit gewartet habe. Zwischendurch habe ich meine Zaubermaschinen gebaut, schließlich haben die Helden in den Filmen doch auch immer solche fantastischen Konstruktionen. Aber nichts geschah. Und plötzlich taucht Rose hier auf, und zum ersten Mal seit langer Zeit habe ich diese Ideen, die mich nicht mehr loslassen, habe Lust, etwas zu tun, was gut für die Menschen ist, verstehst du? Es geht darum, meine Versprechen zu halten, die ich ihr als Kind gegeben habe, und auch die, die ich mir selbst gegeben habe. Jetzt erinnere ich mich wieder. Die Möglichkeit bot sich uns schon die ganze Zeit, Camille, und hat uns zugezwinkert. Die Bedrohung des *Paradis*, Varants Geld, das er sich unrechtmäßig angeeignet hat und das nun in seinem Tresor liegt, das machtlose Dorf und du, Camille. Aus diesem Grunde bist du zurückgekommen! Du bist zurückgekommen, damit wir beide ein starkes Team bilden, verstehst du? Es ist so, wie Rose gesagt hat, mein Talent flüstert mir Dinge zu, und du bist meine Inspiration, mein Schutzengel, mein Freund. Du bist da, um mir Mut zu spenden und aus mir den zu machen, der ich immer sein wollte.«

Antoine atmete tief ein, schaute sich wieder in dem Kino um, in dem sich nichts regte, und fuhr fort.

»Ich knacke Varants Tresor, Camille! Ich nehme das Geld, das er gestohlen hat, und kaufe damit das Kino zurück. Dann braucht er auch kein schlechtes Gewissen mehr zu haben, der Sylvestre. Wir retten dieses schöne alte *Paradis*, du und ich, und die Leute werden sehen, dass wir keine Weicheier sind. Und sobald ich es geschafft habe, wird alles so sein, wie es sein soll, und Rose wird Lalies Worte vergessen und du ... du kannst diesen Ort verlassen und zu deiner Odette gehen. Sie ist übrigens schön, deine Odette. Es hört sich vielleicht komisch an, aber ich bin mir sicher, dass sie jenseits der Leinwand auf dich wartet. Hörst du, Camille? Ich weiß nicht, wo du dich versteckst, aber ich weiß, dass du da bist. Hör mir gut zu, Camille, du wirst stolz auf mich sein! Ich lasse dich nicht im Stich.«

Als Antoine über den Balkon lief und den Kinosaal und die Eingangshalle durchquerte, ließen seine entschlossenen Schritte das verfallene Gebäude erbeben.

»Ein so unbedeutender Mensch unter den Milliarden Menschen auf der Erde, und doch scheint er mit seinem Elan die ganze Welt zu erobern«, dachte Camille, der im Schatten des roten Vorhangs saß. Er war ungewöhnlich kurzatmig und hörte Antoine von Weitem rufen: »Nobody! Nobody!« Camille lächelte müde. Die Glühbirnen in der Lichterkette gingen nach und nach an und verströmten ein schummeriges Licht. Und in den Augen des alten Geistes spiegelte sich der prächtige Widerschein von Odettes Liebe.

20

DONNERSTAG, 14. FEBRUAR

Rose schloss die Tür ihres großen Hauses zu und ging zum Strand. Sie war blass und hatte dunkle Schatten unter den Augen. Ihren viel zu leichten blauen Samtmantel hatte sie gegen eine alte Lammfelljacke getauscht, die sie in einer Truhe in einem der Zimmer oben gefunden hatte. Ihre langen Haare waren leicht zerzaust, doch das tat ihrer Schönheit keinen Abbruch. Man hätte meinen können, sie hätte ihre Hongkonger Haut abgestreift und wäre in die von Villerude geschlüpft.

Sie lief den Strand entlang und achtete gar nicht darauf, in welche Richtung, sie wollte sich einfach nur bewegen. Der Wind verfing sich in ihren Haaren, und der Schaum, den die Wellen zurückließen, blieb an ihren Stiefeletten haften. Wenn Rose damals am Strand spazieren gegangen war, hatte sie einfach vor sich hin geträumt. Sie war um die kleinen Algenhaufen herumgelaufen, die auf dem weißen Sand wie dunkle Farbtupfer wirkten, und den vom Meer angespülten Glasflaschen ausgewichen, in denen sich die kalte Sonne spiegelte. Heute lief sie am Meer entlang, um ihre eigene Geschichte zu verstehen.

Mit einem Mal wurden die Erinnerungen an die gemeinsamen Ferien mit Titi wach, und Rose wunderte sich, wie lebendig sie waren. Die Nostalgie, die sie in Hongkong gequält hatte, war nicht mehr als eine ferne, vage Utopie gewesen. Jetzt erfreute sie sich mit allen Sinnen an dem, was die Erinnerung ihr in Fülle bot. Bei jedem Schritt musste sie sich erneut klarmachen, dass sie Rose war, eine erwachsene Frau, und nicht mehr das kleine Mädchen, das an diesem Strand entlanggelaufen war. Die klebrigen Finger von den Krapfen, das Trampolinspringen im Mickymaus-Club, der Holzschlitten, auf dem sie die mit Kiefernnadeln übersäten Dünen hinunterfuhren, und die langen Kindergespräche, als sie davon träumten, Superhelden zu sein. All das hatte sie mit Titi, dem kleinen Jungen, erlebt. Titi. Aus Titi war Antoine geworden, und Rose fragte sich, ob sie vielleicht seinetwegen zurückgekommen war. Aber da war noch etwas, ein Gedanke, der einer sanften Welle gleich immer wieder in ihr aufbrandete.

Rose setzte ihren Spaziergang am Strand fort, über den der Wind wehte, und atmete tief ein. Zum tausendsten Mal rief sie sich die Sekunden in Erinnerung, ehe Lalie Trévise und Sylvestre Varant das Kino betreten hatten. Zwischen Antoine und ihr herrschte eine berauschende Stille. Sie hielten beide den Atem an und schauten sich tief in die Augen. Oh, Rose kannte die Männer und ihr arrogantes Lächeln, in dem zugleich Unsicherheit mitschwang und das dem Augenblick vorausging, in dem sie – mehr oder weniger erfolgreich – versuchten, sie zu küssen. Dieser Augenblick, wenn alles noch in der Schwebe war, markierte den Beginn einer Zeit, in der sich jeder in der schwierigen Kunst der Liebe übte. Er bildete den Auftakt zu einem kleinen Glück, einem ebenso herrlichen wie flüchtigen Rausch. Später folgten Worte, die die Stimmung trübten, schlechte Angewohnheiten, Einsamkeit und immer wieder Trennungen. Wie viele Nächte hatte Rose damit verbracht, Bilanz ihrer Liebesbeziehungen zu ziehen? Es gab Männer, die sie geliebt hatte, aber vor allem gab es immer den anderen, den Begleiter in guten wie in schlechten Zeiten: ihr Cello. Die Männer fühlten sich von diesem edlen Konkurrenten angezogen, und oft gingen Beziehungen auch seinetwegen in die Brüche. So war es seit ihrer frühen Jugend.

Aber bei Antoine war es anders. In dem Moment, als er sie angeschaut hatte, hatte sie noch etwas anderes gesehen als den nahenden Kuss. In dieser wunderschönen, sternenklaren Nacht wurde die Schrift eines Kindes auf einem zerknitterten Stück Papier auf die Kuppel des *Paradis* projiziert. Die Worte »Ich liebe dich«, die Titi für sie geschrieben hatte. Ob er sich noch daran erinnerte? Rose erinnerte sich auch an die erste Schrecksekunde und ihre Scham, die sie angesichts dieser ersten Liebeserklärung empfunden hatte. Bis zu diesem Moment hatte sie nämlich geglaubt, die Liebe sei den Erwachsenen vorbehalten. Es kam ihr so vor, als hätte sie die Tür in eine Welt der Küsse und der Leidenschaft einen Spaltbreit geöffnet. Das kleine Mädchen, das sie noch war, wusste nicht, wie es damit umgehen sollte. Darum hatte es ihm den Zettel zurückgegeben, war weggelaufen und hatte vorgegeben, Cello üben zu müssen. Es war verrückt, dass sich ihre Wege anschließend trennten, ohne dass Rose die Gelegenheit gehabt hätte, noch irgendetwas zu sagen. Es war nicht ihre Schuld, dass sie sich niemals wiedersahen, sondern die des Schicksals. Mit dem Tod ihrer Großeltern nach langer Krankheit brach für Rose eine Welt zusammen – und ihre glücklichen Sommertage in Villerude waren für immer beendet.

Zwanzig Jahre später erkannte Rose in Antoines Augen diese wunderbare und zugleich erschreckende Wahrheit: Er hatte niemals aufgehört, sie zu lieben. Sie. Rose. Ohne ihr Cello. Einfach nur sie. Und ihr wiederum gefiel Antoines Natürlichkeit, eine ungewohnte Sanftheit, die sie als wohltuend empfand. Was genau sie an diesem Mann besonders anzog, hätte sie nicht zu sagen vermocht. Ihr fiel nichts Bestimmtes ein, was ihn für sie unwiderstehlich machte. Weder in seinem Äußeren noch in seinem Charakter fand sie jenes hervorstechende Merkmal, von dem sie immer geglaubt hatte, es sei in einer Liebesbeziehung zwingend erforderlich. Rose hatte vielmehr das Gefühl, dass es zwischen Antoine und ihr viele Gemeinsamkeiten gab. All die Augenblicke, die sie mit ihm verbracht hatte, sagten ihr, dass sie im Wesentlichen gut zusammenpassten. Oder war das nur ein Traum? Kannte sie Antoine überhaupt gut genug, um zu wissen, was ihn ausmachte?

Rose schloss die Augen, seufzte tief und steckte die Fäuste in die Jackentaschen, als wollte sie diese romantischen Fantasien, die sie beschäftigten, in die Schranken weisen. Wenn sie nicht an Antoine dachte, rief sie sich die letzten Tage in Erinnerung, die auf die Nacht in der Kuppel gefolgt waren. Sie dachte an das, was sie getan hatte, um einen Strich unter ihr bisheriges Leben zu ziehen. Diese Gedanken bestürmten sie bei jeder Gelegenheit wie eine Ohrfeige. Energisch durch den Sand stapfend setzte Rose ihren Spaziergang mit unbekanntem Ziel fort. Überall war es besser als hier.

In diesem Moment sah sie Nobodys Kopf hinter einer kleinen Düne auftauchen. Der Hund kam auf sie zu gerannt.

»Was machst du denn hier, Nobody?«

Die junge Frau schaute dem Hund entgegen, nahm einen kleinen Stock und warf ihn in hohem Bogen durch die Luft. Der Hund rannte sofort los und brachte ihr den Stock zurück. Rose stand jedoch nicht der Sinn danach, ihren Spaziergang abzubrechen. Sie wollte sich bewegen und so weit gehen, wie ihre müden Beine sie trugen nach den fünf Tagen, in denen sie ihr gesamtes Leben auf den Kopf gestellt hatte.

»Fünf Tage, fünf Tage.«

Sie bemerkte, dass sie laut gesprochen hatte. Es war seltsam, die eigene Stimme im Wind des Strandes zu hören, aber es tat ihr gut. Sie war mindestens einen Kilometer von Villerude entfernt. Welch ein Luxus, diese Weite. Innerhalb eines Quadratkilometers gab es nur das Meer, die Dünen, die Kiefern, den Wind und vielleicht einen kleinen Weg. In Hongkong lebten auf einem Quadratkilometer einhundertdreißigtausend Menschen, die einander nicht kannten. Rose hatte das Gefühl, als hätte sie diese in den letzten fünf Tagen einen nach dem anderen aus ihrem Leben vertrieben.

»Nur fünf Tage. Länger hat es nicht gedauert, einen Strich unter mein bisheriges Leben zu ziehen. Kannst du dir das vorstellen, kleiner Hund?«

Nobody schien es zu gefallen, dass Rose mit ihm sprach. Er lief neben ihr her und kam sich wichtig vor. Je weiter Rose sich vom Dorf entfernte, das bereits aus ihrem Blick verschwunden war, desto langsamer ging sie. Trotz der Kälte war ihr warm. Sie gelangte an einen Strandabschnitt, an dem die Menschen keine Spuren hinterlassen hatten. Sie sah kein Schild, keinen Weg und kein Schiff. Der Nebel verhüllte die Brücke nach Noirmoutier. Kurz nach der Entstehung der Erde hätte die Landschaft nicht anders ausgesehen. Rose setzte sich an den Rand einer kleinen Düne. Nobody ließ sich neben ihr nieder. Sie schauten aufs Meer, das sich zurückzog und die Vögel mit sich nahm, die auf den Wellen saßen.

»Innerhalb von fünf Tagen habe ich alle Brücken hinter mir abgebrochen, meine Konzerte abgesagt, meine Wohnung gekündigt, mich von meinem Agenten, meinem ganzen Team und von meinem Freund getrennt ... Na ja, John zumindest hat es kommen sehen. Jetzt habe ich nur noch zu meinem Anwalt Kontakt. Er wird mein kleines Vermögen an Menschen überall in der Welt verteilen, um alle zu beschwichtigen, die ich im Stich gelassen habe. Ich dachte, es würde Jahre dauern, um mich von alldem zu befreien, oder jedenfalls ein paar Monate. Stattdessen hat es nur fünf Tage gedauert. Fünf Tage.«

Rose atmete tief ein und schaute auf die Wolken, die

am Horizont mit dem Meer verschmolzen. Die Wellen schimmerten mal blau, mal grün, mal weiß.

»Also dann, Nobody, ich bin ein freier Mensch. Und was machen wir jetzt?«

Sie lachte.

»Weißt du, es ist verrückt. Ich hatte solche Angst davor, Ordnung in dieses Chaos zu bringen, dass ich gar nicht überlegt habe, was ich anschließend tun werde. Nachdem ich nun innerhalb von fünf Tagen alles geregelt habe und das ganze Leben vor mir liegt, könnte man fast meinen, ich hätte Angst vor dem, was jetzt auf mich zukommt.«

Rose verzog das Gesicht und betrachtete den Hund.

»Und was machst du mit deiner Freiheit? Du müsstest doch einiges davon verstehen, immerhin bist du damit geboren. Ist schon eine ziemlich große Belastung, nicht wahr, mein kleiner Freund? Aber vielleicht ist es dir ja auch vollkommen gleichgültig, welchen Weg du gehst, wie sinnvoll du deine Tage verbringst, welches Schicksal dich erwartet und dieser ganze Kram.«

Nobody stand auf und fixierte einen Punkt hinter Rose. Sie lächelte und streckte den Arm aus, um einen Stock aufzuheben, der hinter ihr im Gras lag.

»Ich verstehe. Du brauchst nur einen Strand, einen Stock, ein paar Spatzen und ab und zu ein Gespräch, um glücklich zu sein. Du bist wirklich weise, Nobody. Na los, hol den Stock!«

Sie warf den Stock in die Richtung des Wassers, und Nobody flitzte sofort los. Er holte den Stock und nutzte die Gelegenheit, um ein paar Vögel aufzuscheuchen.

»Tja, und ich bin zwar ein Mensch, aber überhaupt

nicht weise«, sagte Rose zu sich, als sie den Hund beobachtete.

»Die Menschen sind schon seltsame Wesen. Ihr größter Traum ist die Freiheit, und kaum sind sie frei, wissen sie nichts mit ihrer Freiheit anzufangen. Die Freiheit kommt nicht mit Gebrauchsanleitung zu uns. Ich habe Ratschläge und Anweisungen befolgt und Zeichen gedeutet und mir gesagt, dass Bach der Sinn meines Lebens ist. Doch nein, kleine Rose, du hast dich geirrt.«

Sie spürte in den Fingern das Holz ihres Cellos und das Beben der Saiten in ihrem Kopf widerhallen. Plötzlich hatte sie einen Kloß im Hals. Tränen stiegen ihr in die Augen, aber sie schluckte sie herunter, ehe sie ihr Ziel erreichten.

Nobody kam auf sie zu gelaufen. Der kleine Hund war vollkommen außer Atem. Er genoss die Weite und die frische Luft in vollen Zügen.

»Es ist verrückt, dass ich über mein Schicksal jammere. Ich lebe!«, rief sie so laut, dass Nobody sie mit großen Augen betrachtete.

»Ich lebe, Nobody. Ich habe meine Vergangenheit über Bord geworfen, aber ich lebe, und das ist doch schön, nicht wahr? Ich fühle mich fast wie neugeboren, und jetzt weiß ich gar nicht, was ich mit meinem neuen Leben anfangen soll. Aber warum erzähle ich dir das überhaupt? Das ist doch alles völliger Unsinn.«

Nobody legte den Stock vor Roses Füße.

»Hörst du, Nobody? Rose wird verrückt.«

Sie umfasste den kleinen Kopf des Jack-Russell-Terriers und tollte mit ihm herum.

»Und dein Antoine, hat er mich vergessen? Die Nacht

im Kino, die Sterne, die schönen Erinnerungen, der Vorhang und alles, und dann ... nichts mehr? Außerdem ist heute Valentinstag.«

Sie verstummte. Nein, sie sollte nicht laut über Antoine sprechen. Rose wollte diese Möglichkeit in ihrem Innern bewahren, denn es tat ihr gut, daran zu glauben. Wenn Antoine all die Jahre jeden Sommer in Villerude auf sie gewartet hatte, dann ... dann war es Schicksal. Und damit wir vom Schicksal das Beste bekommen, müssen wir ihm ebenfalls das Beste geben: unser Vertrauen. Rose schaute auf ihre Handlinien.

»Weißt du was, kleiner Hund?«, fuhr sie fort. »Ich lasse mich vom Leben treiben, wohin es mich führt. Ich habe beschlossen, dem Leben zu vertrauen. Das ist etwas ganz Neues für mich. Meine schönsten Jahre habe ich damit verbracht, meinen Weg zu verfolgen, ohne je nach links oder rechts zu schauen. Ich musste immer alles geben, um das zu erreichen, was ich erreicht habe. Und das ist der Grund, warum ich seit Monaten vollkommen ausgebrannt bin. Ab jetzt folge ich dem Wind. Ich habe Lust, in die Bretagne zu gehen, später nach Afrika und vielleicht auch noch woandershin. Wir werden sehen. Und weißt du was? Wenn es so vorgesehen ist, dass ich deinen Antoine wiedersehe, wird das Leben schon dafür sorgen. Ja, ich glaube, ich sollte dem Leben einfach mal vertrauen.«

Nobody legte seinen Kopf auf die Vorderpfoten und bellte leise, um seine Freundschaft zu bekunden. Rose streichelte ihn.

»Im Leben hat alles seinen Sinn. Es hat dich zu mir geführt, du bist jetzt da und hörst dir geduldig mein Gejammer an, ohne mich mit deinem kleinen Hundeherzen zu beurteilen. Das tut mir gut. Fünf Tage lang habe ich unzähligen Menschen meine Situation erklärt und mich entschuldigt, aber eigentlich hat niemand mich verstanden.«

Rose drohte die Stimme zu versagen, und wieder stiegen ihr Tränen in die Augen.

»Sein Talent und seine Möglichkeiten wegzuwerfen, nur weil die Freude fehlt, das ist fast ein Verbrechen. So verhalten sich verwöhnte Kinder, aber keine erwachsenen Menschen. Es ist eine Schande, sagen alle leise. Es gibt Menschen, die arbeiten in Bergwerken oder haben andere furchtbare Jobs, und ich werfe etwas weg, das die Götter mir gegeben haben. Was sie aber nicht verstehen, ist, dass die Götter den Musikern kein Cello und keine Gitarre und keine Trompete geben, sondern die Musik. Es sind Klänge, die in den Menschen widerhallen, in all ihren geheimnisvollen und schönen Facetten und in dem Licht, das in ihrem Innern schlummert und das sie verbergen, um so zu sein wie alle Menschen. Plötzlich hören sie eine leise Musik, und das Licht beginnt zu leuchten, und dadurch verwandelt sich ein Augenblick, ein Tag, ja, womöglich ein ganzes Leben. Und diese Musik wurde mir vor langer Zeit wieder von meinen Göttern genommen. Still und heimlich, ohne mir zu sagen, warum. Und seitdem strenge ich mich an, gegen alle inneren Widerstände auf diesem Holz und auf diesen Saiten zu spielen. Ja, ich mache es gut, wie eine artige Marionette. Doch es fehlt an Anmut, und das weiß ich so genau, weil mir die fantastische Möglichkeit gegeben war, sie zu berühren. Ich weiß, dass ich diese Anmut nicht mehr habe. Und darum habe ich aufgehört.«

Rose wischte eine Träne weg, die über ihre geröteten Wangen lief.

»Aber das versteht niemand«, sagte sie mit brüchiger Stimme.

Sie lauschte den leisen Klängen des Strandes. Nobody begann zu kläffen. Langsam erhellte ein strahlendes Lächeln Roses Gesicht, und sie lachte unter Tränen.

»Niemand versteht es. Das ist schon komisch. Aber du verstehst es, Nobody, nicht wahr? Nobody versteht es.«

Der Hund und die junge Frau schauten einander an. Es war ganz einfach. Sie verstanden sich, und darüber waren sie sehr froh.

21

FREITAG, 15. FEBRUAR

Antoine verlieh seinen Plänen den letzten Schliff. Seitdem Nobody am Vortag von seinem Ausflug zurückgekehrt war, war er viel unruhiger als sonst. Ständig wollte er raus, und sobald sie das Haus verließen, zog er Antoine in Richtung Strand. Doch Antoine hatte jetzt wichtigere Dinge zu tun, und darum musste Nobody sich damit begnügen, ein wenig im Garten herumzutollen.

Tag und Nacht arbeitete Antoine, als würde ihn eine neue Energie antreiben und ihn eine große Hand des Schicksals dorthin führen, wohin er gehen musste. Es war sonderbar, denn zum ersten Mal in seinem Leben hatte Antoine das Gefühl, mit dem Strom zu schwimmen und nicht gegen ihn. Und dabei tat er gerade alles, um zum Einbrecher zu werden.

Den Plan von Varants Fischfabrik trug er immer bei sich. Dort stand der Tresor, und dort würde er sich dem größten Kampf seines Lebens stellen. Daher musste er sich mit den örtlichen Gegebenheiten vertraut machen.

Die Fischfabrik *FraisPoisson* in Villerude war eine bedeutende Produktionsstätte. Es standen drei Parkplätze zur Verfügung, einer für die Arbeiter, einer für die Lastwagen und einer – der ein bisschen versteckt lag – für die Angestellten in den Büros. Es gab eine Rangierzone für die Kühlwagen und für die Lastwagen, die das Verpackungsmaterial anlieferten. Die chemischen und organischen Abfälle wurden in jeweils dafür vorgesehenen Bereichen gesammelt. Die Fabrik verfügte über eine Anlage für die Vorbehandlung des Abwassers und über Treibstofftanks. In einem Gebäude befanden sich die Frischwasserbecken. Besonders interessant war natürlich das Fabrikgebäude an sich. Auf dem Plan wurde es als großes Rechteck dargestellt, das in mehrere Bereiche unterteilt war. An der Westseite lagen die Büros und an der Ostseite die Lager für das Verpackungsmaterial. Im Norden waren die Umkleidekabinen, die sanitären Anlagen sowie die Aufenthaltsräume. Im Süden befanden sich die Kühlräume und die Verladerampen für die Lastwagen. In der Mitte standen die Verarbeitungsanlagen. Dazu gehörten die Maschinen, in denen die Fische ausgenommen, filetiert, zerlegt, verpackt und auf Paletten gestapelt wurden. Zwischen den drei Maschinen, in denen die Fische ausgenommen und ihnen die Köpfe abgeschnitten wurden, und den Umkleidekabinen der Männer war ein kleiner Abstellraum, der immer abgeschlossen war. Dort stand Varants Tresor.

Die Fabrik verfügte über mehrere Eingänge. Der Personaleingang lag auf der Nordseite des Gebäudes, und ein Stück weiter gelangte man durch eine kleine Eingangshalle nach rechts zu den Umkleidekabinen der Männer und nach links zu denen der Frauen. Eine Eingangstür führte direkt zu den Büros, und dann gab es natürlich die Verladerampen. Und neben der Verpackungsabteilung befand sich ein Notausgang.

Nach zehn Tagen wusste Antoine alles über den Verarbeitungsprozess der Meerestiere. Er lernte die tausend verschiedenen Möglichkeiten kennen, um jene dreiundzwanzig Tonnen Fisch, die Tag für Tag zappelnd in der Fabrik in Villerude angeliefert wurden, so zu verarbeiten, dass sie diesen Ort tiefgefroren in Pappkartons wieder verließen. Allein bei der Vorstellung wurde ihm schwindelig.

Es war eine Fischverarbeitungsfabrik und keine Bank und kein Kasino in Las Vegas. Es gab keine Schleuse und keine Eingänge, an denen digitale Fingerabdrücke überprüft wurden. Keine Laserstrahlen, die Alarm auslösten. Niemand war bewaffnet. Die Überwachungskameras dienten eher dem Zweck der lückenlosen Rückverfolgbarkeit der einzelnen Wege als der Sicherheit. Sie waren nicht auf dem gesamten Gelände installiert und zum Glück auch nicht in dem Bereich, für den Antoine sich interessierte. Im Vergleich zu uneinnehmbaren Festungen, die in Filmen um spektakuläre Einbrüche eine wesentliche Rolle spielten, war die Fischfabrik mehr oder weniger frei zugänglich.

Aber der Einbrecher war ja auch nicht George Clooney oder Brad Pitt, sondern Antoine Bédouin. In der Fabrik war rund um die Uhr jemand anwesend. Der kleine Raum, in dem der Tresor stand, war verschlossen und der Tresor natürlich ebenfalls. Und das allein stellte für den jungen Mann aus dem Dorf schon eine gewisse Herausforderung dar.

Als Antoine eines Nachmittags wieder am Schreibtisch

über seinen Plänen saß, Pfeile einzeichnete und sich Notizen machte, schaute er gedankenverloren aus dem Fenster. Nobody sprang im Garten herum und rannte unsichtbaren Dingen hinterher. Als Antoines Blick die Straße hinunterwanderte, sah er in der Ferne den Bürgermeister. Antoine dachte an Camilles Worte und stand auf. Er öffnete das Gartentor und rief dem Hund zu:

»Pass schön auf, Nobody, schön aufgepasst!«

Er deutete mit dem Finger auf das kleine Gartentor, das zur Straße ging, und auf den Bürgermeister, der langsam näher kam.

Nobody schaute Antoine an, ohne eine Miene zu verziehen. Antoine sagte sich, dass er vielleicht nur auf Camilles Befehle hörte. Doch noch im selben Augenblick raste der kleine Hund pfeilschnell auf das niedrige Tor zu und sprang darüber hinweg. Er fletschte die Zähne und knurrte laut. Man hätte meinen können, ein Schäferhund bewachte das Grundstück. Der Bürgermeister bekam einen mächtigen Schreck und ließ seinen Aktenkoffer fallen. Die Papiere fielen heraus und verteilten sich überall auf dem Bürgersteig. Nobody knurrte noch immer, und Antoine rief den Hund zurück.

»Aus, Nobody, aus!«

Sofort wurde Nobody wieder zum braven kleinen Hund und kam auf Antoine zu gelaufen. Der Bürgermeister, der ganz rot im Gesicht war, hob schimpfend seine Papiere auf.

»Was ist denn in den Hund gefahren? Der ist wohl verrückt geworden! So habe ich ihn ja noch nie erlebt ...«

»Verzeihen Sie, Herr Bürgermeister. Es tut mir furchtbar leid«, sagte Antoine, dem das Ganze gar nicht leidtat. »Seitdem Camille gestorben ist ...«

»Schon gut, schon gut, aber trotzdem ...«

Schimpfend suchte der Bürgermeister das Weite, den Aktenkoffer und die Papiere, die er hastig vom Boden aufgehoben hatte, an seine Brust gepresst. Antoine kehrte ins Haus zurück, und Nobody folgte ihm in die Küche. Dort nahm Antoine ein Stück Leber aus dem Kühlschrank und stellte es ihm hin. Der kleine Hund war außer sich vor Freude.

»Ja, komm her, mein kleiner Nobody, das ist für dich. Ja, das ist was Feines. Gut gemacht, mein Kleiner. Da hast du schön aufgepasst.«

Nobody fletschte die Zähne.

»Nein, aus, Nobody, aus jetzt. Ach, mein Kleiner, wer hätte das gedacht.«

Er streichelte den Kopf des Hundes, während dieser die Leber verschlang.

»So was aber auch. Du und ich ... Mensch, wer hätte das gedacht. Wir beide, wir werden das Ding schon schaukeln, Nobody.«

Antoines Augen strahlten, als er sich mit neuem Schwung wieder seinem Plan zuwandte.

22

MONTAG, 18. FEBRUAR

An diesem Abend betrat Antoine die Kneipe des Pferdewettbüros.

Joëlle, die Wirtin, begrüßte ihn. Er bestellte ein Bier und tat so, als wollte er einfach ein wenig über das Wetter plaudern, über die neuesten Ereignisse und die Politik.

Als Antoine aufgeregte Stimmen hinter sich hörte, drehte er sich um. Es waren Yéyé und Stéphanie. Die junge Frau schien niedergeschlagen zu sein, und ihr Freund versuchte sie zu trösten. Antoine begriff schnell, was passiert war. Die Internetaktion, das Crowdfunding, das sie gestartet hatte, um das Kino zu retten, funktionierte nicht. Stéphanie hatte so viel Energie in die Sache gesteckt, als hinge ihr Leben davon ab. Während sie ihren trüben Gedanken nachhing, strich Yéyé ihr über den Rücken.

»Ich habe sogar Kontakt zu Journalisten hergestellt, aber niemand interessiert sich dafür. Es ist allen egal.«

»Da war doch dieser Artikel im *Courier Vendéen*. Den hab ich gelesen.«

»Ja, super, drei Zeilen. Toller Artikel!«, eiferte Stéphanie sich. »Man muss schon gute Augen haben, damit der einem überhaupt auffällt. Glaub mir, mit drei Zeilen kann man keine Massen mobilisieren.«

»Hab ich dir erzählt, dass ich in dem großen Supermarkt in Challans ein Plakat aufgehängt habe? Die haben mir gesagt, dass sich einige Leute dafür interessiert haben.«

Stéphanie brummte etwas, was Antoine nicht verstand. Offenbar hegte sie wenig Hoffnung, dass ihnen ein Plakat im Supermarkt in Challans helfen könnte.

»Achttausend Euro Spenden, das ist doch nicht schlecht«, sagte Yéyé. »Überleg doch mal! Achttausend Euro! Mit achttausend Euro kann man schon eine Menge machen.«

»Hm, das ist natürlich nicht schlecht, aber es reicht eben nicht. Das ist nicht mal die Hälfte. Und selbst wenn es die Hälfte wäre, was dann? Solange wir die siebzigtausend nicht haben, ist es so, als hätten wir nichts.«

»Hör zu. Noch ist die Sache nicht gelaufen. Uns bleiben noch fast zwei Wochen.«

»Und was soll das bringen?«, jammerte Stéphanie. »Wir haben innerhalb von zehn Tagen achttausend Euro gesammelt, und mit ein bisschen Glück kommen vielleicht noch einmal zehntausend zusammen. Aber das wird uns eben auch nicht helfen.«

»Achtzehntausend, das ist trotzdem ein schönes Sümmchen. Ich könnte damit schon eine Menge anfangen«, sagte Yéyé und pfiff beeindruckt.

»Ach, das ist so ärgerlich«, murmelte Stéphanie. »Vor allem, weil sie Françoise wahrscheinlich recht geben und den Verein als Mieter anerkennen. Uns fehlt also nur noch das Geld.«

»Geld regiert die Welt. Das habe ich schon immer gesagt«, meinte Yéyé.

Der junge Mann schaute Stéphanie mit einem Blick an, als wollte er sagen, dass er alles tun würde, um ihr zu helfen, wenn er nur wüsste, wie. Einen Augenblick schwiegen die beiden. Yéyé hatte eine Hand auf Stéphanies Schulter gelegt. Die junge Frau rührte in ihrer Tasse und schien am Boden zerstört. Antoine fragte sich, ob ihre fast schon theatralisch anmutende Niedergeschlagenheit nicht eine Taktik war, um Yéyé zu ermuntern, seinen schützenden Arm auf ihre zarten Schultern zu legen. Dennoch tat sie ihm leid. Stéphanie hatte sich mit Herz und Seele in dieses Abenteuer gestürzt, und nun wurde sie mit einer solchen Niederlage belohnt. Bestimmt hatte sie das Gefühl, die ganze Welt hätte sich gegen sie verschworen. Und das war ein Gefühl, das auch Antoine nur allzu gut kannte.

Joëlle, die hinter der Theke stand, ergriff das Wort.

»Es ist wirklich jammerschade. Wenn ich Geld hätte, würde ich es spenden, um das Kino zu retten. Trotzdem unfassbar, dass es gerade den Reichsten gelingt, immer noch mehr Reichtum anzuhäufen.«

Die Wirtin nahm ein Geschirrtuch und trocknete Gläser ab. Antoine wusste, dass es weniger um das Polieren der Gläser ging als darum, innere Anspannung abzubauen. Die einen kneteten Papierkügelchen, Joëlle trocknete Gläser ab.

»Dieser Varant«, fuhr sie an Antoine gewandt leise fort, »den konnte ich noch nie leiden. Ich wüsste auch gar nicht, ob der überhaupt schon mal hier war. Also, wenn der jetzt hier auftauchen würde, wüsste ich nicht, ob ich ihn überhaupt bedienen würde.«

Joëlle zog den Kopf zurück, nicht aber den Körper, sodass es so aussah, als hätte sie keinen Hals.

»Es geht nicht nur um *FraisPoisson* und das, was sich dort abspielt, Antoine. Glaub mir, dort passiert so einiges«, sagte sie mit wissender Miene. »Das weiß ja jeder, dass bei den Geschäftsleuten nicht immer alles mit rechten Dingen zugeht. Aber seit einiger Zeit ist es dort noch schlimmer geworden.«

Antoine hob die Augenbrauen, um zu signalisieren, dass er gerne mehr erfahren würde, als Yéyé hinter ihm auftauchte und rief:

»Ich hab eine Idee. Wer nicht wagt, der nicht gewinnt. Gib mir mal ein Rubbellos, Joëlle.«

Joëlle richtete sich auf, schenkte Yéyé ihr schönstes Lächeln und fragte ihn:

»Was für eins hättest du denn gern? Also, ich habe hier Astro, Tacotac, Diamond River, Vegas, Kumulos, Black Jack ...«

»Ich brauche siebzigtausend Euro.«

»Solche Lose habe ich nicht. Den größten Gewinn gibt es bei Vegas. Vierzigtausend Euro.«

Yéyé hob den Blick zum Himmel und rechnete schnell nach.

»Okay, das nehme ich. Dann fehlt zwar noch etwas, aber egal.«

»Das macht drei Euro.«

Yéyé wühlte in seiner Hosentasche und legte schließlich drei Euro auf die Theke. Mit dem Rubbellos kehrte er zu Stéphanie zurück, die ihn anschaute wie einen Helden. Antoine näherte sich den beiden, und Joëlle reckte den Hals. Yéyé begann zu rubbeln.

Antoines Herz klopfte laut. Was würde geschehen, wenn Yéyé tatsächlich gewann? Die ganze Anspannung der letzten Tage würde sich in Luft auflösen. Er brauchte nicht kriminell zu werden, könnte Filmvorführer bleiben und würde Rose am Sonntag wiedersehen. Das Leben verliefe wieder in geregelten Bahnen. Der Einbruch fiele ins Wasser. Andererseits bekäme Antoine dann nicht die Gelegenheit, Rose zu beweisen, wie mutig er im Grunde war und welche Eigenschaften er sich angeeignet hatte, während sie fern von ihm aufwuchs und allmählich erwachsen wurde. Camille würde bis in alle Ewigkeit in einem Zwischenreich herumirren, nichts könnte Lalies Worte auslöschen, und Rose würde niemals erfahren, was für ein Mensch er war. Und er ebenfalls nicht. Wie in Zeitlupe sah Antoine, wie Yéyé die gummierte goldene Schicht von einer noch unbekannten Zahl rubbelte. Er spürte Hoffnung in sich aufkeimen und fragte sich, ob er sich mehr über den Hauptgewinn oder über eine Niete freuen würde.

»Pah«, stieß Yéyé hervor. »Nichts. Drei Euro in den Sand gesetzt.«

Stéphanie lehnte sich auf ihrem Stuhl zurück, doch Antoine sah an dem Blick, den sie Yéyé zuwarf, dass für den jungen Mann nicht alles verloren war.

Der Mechaniker, der tatsächlich die Luft angehalten hatte, atmete wieder normal. In letzter Sekunde war ihm bewusst geworden, dass der Einbruch sein Schicksal war. Hatte der Zufall es nicht erneut bewiesen? Er kehrte an die

Theke zurück. Nichts würde ihn mehr aufhalten. Jetzt musste er den Mut aufbringen, mit Joëlle zu sprechen.

Ein paar Gäste hatten die Kneipe betreten, und die Wirtin war beschäftigt. Antoine musste eine ganze Weile warten, ehe er unter vier Augen mit ihr sprechen konnte.

»Joëlle, du musst mir einen Gefallen tun.«

Er gab ihr ein Zeichen, woraufhin sie sich über die Theke beugte.

»Du kennst doch Girard von *FraisPoisson*?«

Sie nickte, ganz Verschwörerin.

»Kommt er am Achtundzwanzigsten abends hierher?«

»Der Achtundzwanzigste? Das ist ein Donnerstag. Ja, da wird er hier sein.«

»Okay. Ich nicht, aber ich geb trotzdem einen aus. Geschenk des Hauses. Gieß ihm einen Doppelten ein.«

Joëlle schaute ihn an, ohne mit der Wimper zu zucken. Dann senkte sie den Blick und sah, dass Antoine ihr zwei Zwanzig-Euro-Scheine reichte. Sie nahm sie so schnell an sich, dass Antoine keine Zeit blieb, sich Sorgen zu machen. Joëlle war eine entschlossene Frau, die nicht groß Fragen stellte. Und das wusste Antoine zu schätzen.

»Girard, am Abend des Achtundzwanzigsten. Geht das klar?«

»Geht klar.«

Anschließend verließ Antoine die Kneipe wie ein Cowboy den Saloon und stieg auf sein Motorrad.

Er hatte sich nach den Arbeitern erkundigt. In dem kleinen Zeitfenster zwischen drei und halb vier morgens hielt sich in der Fischfabrik nur eine Person auf. Die Vorschriften und die Maschinen erforderten, dass immer zwei

Personen anwesend waren. Zwischen drei und halb vier war das jedoch nicht der Fall. Der Arbeiter, der um drei Uhr morgens anfing, war zudem auch noch Girard. Girard, ein Stammgast in der Kneipe des Pferdewettbüros, trank gerne. Die Besuche in seiner Stammkneipe waren ihm wichtig, wohingegen er es mit seinen Arbeitszeiten nicht so genau nahm. Wenn er zu tief ins Glas geschaut hatte, kam er zu spät in die Fischfabrik. Filipeau und Lasset, die um drei Uhr Feierabend hatten, weigerten sich, länger zu bleiben, um auf einen Trinker zu warten. In den Nächten, in denen Girard es so richtig hatte krachen lassen, war also ein paar Minuten lang niemand in der Fabrik. Und das war die Gelegenheit, die den Dieb machte.

Als Antoine nach Hause zurückkehrte, schwirrte ihm der Kopf von den Gesprächen in der Kneipe. Er dachte wieder an Rose und verspürte erneut diese Leere im Magen, als er sich die Nacht in der Kuppel in Erinnerung rief. Doch was Antoine letztendlich den Schlaf raubte, war etwas anderes: der Tresor. Antoine wusste, mit welch einem Ungetüm er es zu tun haben würde. Ein Tresor aus Marseille. Ein Bourrely-Raynaud-Laugier aus dem beginnenden zwanzigsten Jahrhundert, ein wahres Prachtstück, das man nicht knacken konnte. Keine Laserstrahlen, nur verschnörkelte Schlüssel, die im Schloss herumgedreht wurden.

Der angehende Einbrecher recherchierte im Internet, um Leute zu finden, die einen solchen Tresor besaßen. Auf seine Anfrage meldete sich niemand. Nach ein paar Tagen überkamen Antoine Zweifel. Er spielte mit dem Gedanken, den Zahnarzt des Vereins der Freunde des *Paradis* zu fragen. Dieser hatte ihm eines Tages von einem Kollegen erzählt, der den Bohrer beherrschte wie kein zweiter und der den ganzen Tag nichts anderes tat als Löcher zu fräsen. Vielleicht brauchte Antoine einen Komplizen.

Doch dann meldete sich doch noch jemand. Ein Mann aus Paris. Ein Künstler, der Antoine Fotos des Tresors schickte, der in seiner Werkstatt stand.

23

FREITAG, 22. FEBRUAR

Mit Nobody im Beiwagen stieg Antoine auf sein Motorrad. Sie brauchten den ganzen Tag, um sich dann auch noch in den Vororten von Paris zu verfahren. Es begann zu regnen, und nach kurzer Zeit waren sie beide nass bis auf die Knochen. Schließlich bogen sie in eine kleine Straße in der Nähe von Montmartre ein. Antoine schob sein Motorrad in eine Toreinfahrt und gelangte auf einen kleinen Hof. Die Concierge schob mit ihrem kurzen, dicken Finger die kleine Spitzengardine zur Seite und sah einen Mann in Lederkleidung. Sie öffnete die Tür und fragte ihn in nicht besonders freundlichem Ton, zu wem er wolle. Zum Glück war Antoine so clever, den Helm abzunehmen und zu lächeln. Und Nobody war so clever, der Concierge zu zeigen, dass er ein braver Hund war, woraufhin diese sich entspannte.

»Monsieur Cheval, das ist die Tür da hinten im Hof. Die Klingel ist neben dem kleinen Schild.«

Antoine bedankte sich bei der Concierge und ging auf die Tür zu. Das farbenprächtige Schild war von Hand mit einer wunderschönen Zierschrift beschrieben, wie auf den Schildern aus alten Zeiten:

Joseph Cheval
Maler

Darunter stand in kleiner Schrift von Kinderhand geschrieben:

Cassandre Cheval

Antoine brauchte nicht zu klingeln, denn Joseph Cheval stand bereits vor ihm. Die sechsjährige Cassandre klammerte sich an sein Bein. Joseph war Mitte oder Ende dreißig, und er lächelte freundlich. Ein ruhiger Mann mit einer unvermutet hohen Stimme und einem fast kahlen Kopf. Seine runde Brille erinnerte an die der Hippies in den Siebzigern. Er machte einen sympathischen Eindruck, wirkte aber ein wenig kleinbürgerlich. Man hätte ihn für einen jungen Physiklehrer eines privaten Gymnasiums in der Provinz halten können, aber auf gar keinen Fall für einen Künstler. Das kleine Mädchen trug Indianerfedern im langen Haar und lächelte Nobody an.

Joseph führte Antoine einen Flur entlang durch eine Tür, die zu einem zweiten Hof führte. Hier gab es eine Menge zu sehen, und Antoine schaute sich alles genau an. Er hatte fast das Gefühl, auf einem Karussell-Friedhof zu stehen. Auf dem Hof standen Sitze, Pferde und ein kleiner Planwagen, die aus alten, kunstvoll gestalteten Karussells ausgebaut worden waren, wie sie heutzutage fast nur noch auf Nostalgiejahrmärkten zum Einsatz kamen. Antoine sah auch Teile eines Zirkuszeltes, ein Kassenhäuschen und einen Stapel Holz. Andere Dinge waren mit Planen abgedeckt. Joseph – er hatte Antoine angeboten, ihn Joseph zu nennen – erklärte ihm, dass er Maler für Jahrmarktsschilder sei, Spezialist für alte, verschnörkelte Schriften, wie sie früher benutzt wurden, prächtige, kunstvolle Buchstaben. Er malte auch Bilder, die mitunter Karussells zierten. In seiner Freizeit fertigte er Figurinen von Tänzerinnen für Spieldosen an, die er von Hand bemalte. Staunend erfuhr Antoine, dass es in Europa nur noch wenige Künstler gab, die dieses Handwerk beherrschten. Joseph hatte jene Kunst von seinem Vater übernommen, und der wiederum von seinem Vater. Wenn man bedachte, dass vor zwei Jahrhunderten sämtliche Schilder der Händler auf diese Weise angefertigt wurden und dass es Maler wie ihn damals wie Sand am Meer gab!

Während Cassandre mit Nobody draußen spielte, öffnete Joseph die Tür zu einer Werkstatt und bat Antoine herein. Er stellte alte Farbtöpfe beiseite, die auf einem großen Möbelstück standen, das mit einem schmutzigen Wachstuch bedeckt war. Als er alles weggeräumt hatte, zog er die Plane zur Seite.

»Da ist Ihr Tresor«, sagte Joseph und wischte ihn mit einem Lappen ab.

Antoine ging zögernd auf das Ungetüm zu. Der braune Tresor war fast so groß wie er. Er bestand natürlich aus Metall, und in der Mitte befand sich eine Rosette. Die beiden Schlüssel steckten im Schloss. Auf Antoine wirkte er ungleich eleganter als moderne Tresore.

Joseph nahm die Schlüssel, drehte sie im Schloss, zuerst den einen, dann den anderen, und zeigte Antoine, dass die Tür nun verschlossen war. Anschließend öffnete er sie wieder.

»Er gehörte einem Großonkel und wurde in Marseille hergestellt.«

»Ein ziemliches Ungetüm.«

»Wenn Sie ihn mitnehmen, mache ich Ihnen einen guten Preis. Verschenken möchte ich ihn nicht, denn er ist schon sehr schön.«

Antoine wandte Joseph den Blick zu.

»Ich sage Ihnen die Wahrheit. Ich will den Tresor nicht kaufen. Wenn Sie damit einverstanden sind, würde ich ihn gerne ein paar Tage mieten.«

Joseph wollte widersprechen, doch Antoine hob eine Hand und fuhr fort.

»Keine Sorge, ich habe nicht vor, etwas darin zu lagern. Ich will ihn mir nur genauer anschauen.«

Joseph musterte Antoine eine Weile, und dann erhellte ein Lächeln sein Gesicht.

»Dieser Tresor spricht mit Ihnen, nicht wahr?«

»Stimmt«, gab Antoine zu. »Sagen Sie mir, wie viel …«

»Sie sind kräftig«, unterbrach Joseph ihn.

Antoine fasste es als Kompliment auf.

»Ich muss in den nächsten Tagen ein Karussell ausliefern«, fuhr Joseph fort. »Da könnte ich Hilfe gebrauchen. Kann ich auf Sie zählen?«

Die beiden Männer reichten sich die Hand. Antoine fragte Joseph nach einem günstigen Hotel in der Gegend. Der Maler erwiderte, dass es in diesem Arrondissement keine günstigen Hotels gebe. Wenn er nicht wählerisch sei, könne er in dem Bett hinten in der Werkstatt schlafen, dem preiswertesten im ganzen Viertel. Antoine warf einen Blick auf das zusammengeklappte Bett, auf dem Kartons standen. Eine kleine Dusche und eine Elektroheizung, von der die Farbe abblätterte, gab es auch, und Antoine nahm das Angebot an.

Joseph kraulte Nobody den Kopf und ließ Antoine allein. Dieser hatte das Gefühl, einen Freund gefunden zu haben. Besser hätte es nicht laufen können.

Antoine richtete sich in der Werkstatt ein und untersuchte vier Tage und vier Nächte lang den Tresor. Er drückte ein Ohr an sein Stethoskop und prägte sich das Geräusch der richtigen Kombination ein. Dann hörte er sich die falsche an. Dann wieder die richtige, die falsche, die richtige, die falsche. Anschließend testete er die Werkzeuge, die er mitgebracht hatte. Es dauerte eine Weile, bis er genau wusste, in welcher Reihenfolge er sie einsetzen musste, und wieder hörte er sich die Melodie an. Abends ging er mit Joseph in einer Kneipe in Montmartre etwas trinken, und anschließend setzte er seine Untersuchungen fort.

Antoine stellte fest, dass er sich prima mit Joseph unterhalten konnte. Sie verstanden sich so gut, dass man nach ein paar Tagen hätte meinen können, die beiden wären schon seit zwanzig Jahren befreundet. Joseph war geschieden, und Cassandres Mutter brachte das Mädchen jeden Mittwoch und jedes zweite Wochenende zu ihm. Er beklagte sich, dass er die Kleine nicht öfter sah, wohlwissend, dass seine Arbeit dies kaum zulassen würde. Sobald er über die Arbeit sprach, bekam er glänzende Augen. Antoine wusste, dass Joseph auch nach ihrer Rückkehr aus der Kneipe am späten Abend immer noch arbeitete.

Am dritten Abend, als die beiden Männer auf einer Bank hinten in einer Kneipe in der Nähe der Moulin de la Galette saßen, vor sich eine fast geleerte Flasche Rosé – die zweite des Abends –, fragte Antoine Joseph:

»Darf ich dir eine blöde Frage stellen?«

»Vielleicht wartest du lieber, bis wir die dritte Flasche getrunken haben.«

»Wie bist zu dazu gekommen?«

»Wozu?«

»Karussells zu bemalen.«

»Ich weiß nicht, ob ich dazu gekommen bin. Ich glaube, das war schon immer da. Die ganze Familie hat das gemacht, und da habe ich eben auch damit angefangen.«

»Wolltest du denn niemals etwas anderes machen?«

»Doch. Irgendwann einmal hatte ich den Wunsch, Wandgemälde auf Häuserfassaden zu malen.«

»Das ist doch eigentlich dasselbe. Aber hattest du denn niemals Lust, was weiß ich, Astronaut, Eisverkäufer oder Feuerwehrmann zu werden?«

»Nein. Wolltest du mal Eisverkäufer werden?«

»Ja, einmal in einem Sommer, als es sehr heiß war. Worauf ich hinauswill, ist, ob vielleicht alles vorherbestimmt ist, was wir tun. Ob vielleicht von vornherein feststand, dass Joseph Cheval eines Tages Schildermaler wird.«

»Möglich. Wer weiß?«, sagte Joseph.

»Vielleicht war auch vorherbestimmt, dass Julius Cäsar

Kaiser wird und John Lennon Musiker. Verstehst du? Sie haben die Welt verändert, weil sie wussten, was sie machen mussten.«

»Vielleicht war auch vorherbestimmt, dass John Lennon eines Tages Yoko heiratet. Ich glaube jedenfalls, dass es meine Bestimmung war, Cassandres Vater zu sein.«

»Woher weißt du das?«

»An dem Tag, als sie geboren wurde und ich sie gesehen habe, wusste ich es ganz genau.«

Joseph begann zu lachen.

»Warum lachst du?«

»Nur so«, sagte er und schüttelte den Kopf.

»Wenn alles vorherbestimmt ist, frage ich mich, ob irgendwo eine tolle Frau auf mich wartet. Prost.«

Sie stießen an und tranken noch ein Glas.

»Da wir nun schon einiges intus haben, würde ich dir auch gern eine Frage stellen. Der Tresor – was ist das für eine Geschichte? Und erzähl mir jetzt nicht, deine Großmutter hat so einen und du hast die Schlüssel verloren.«

»Hm«, murmelte Antoine ausweichend. »Ich weiß nicht, ob du genug getrunken hast, um die Wahrheit zu glauben.«

»Noch eine Flasche, bitte!«, rief Joseph dem Wirt zu.

Nachdem Antoine ihnen von der dritten Flasche je ein Glas eingeschenkt hatte, erzählte er Joseph alles.

»Ich wurde vom Himmel ausgewählt, ein altes Kino aus den Klauen des Teufels zu retten. In diesem Kino geistert ein Freund von mir herum, der dort als Filmvorführer gearbeitet hat. Wenn ich das Kino rette, trifft der Geist seine verstorbene Ehefrau wieder, Rose, die Cellistin, verliebt sich in mich, und alle im Dorf sind glücklich. Wenn ich das Kino nicht rette, baut der Teufel an der Stelle, an der das alte Kino steht, einen Parkplatz, und die Dunkelheit verschlingt das Dorf. Um das Ungeheuer zu überwältigen, muss ich einen alten Tresor öffnen, der in einer Fischfabrik steht. Und ich muss den Mut finden, Rose zu sagen, dass ich sie seit mehr als zweiundzwanzig Jahren liebe. Voilà, das ist alles.«

Joseph musterte ihn eine Weile, mit wachsender Belustigung.

»Und wann kommt der Film raus?«, fragte er.

Die Erinnerung an das fröhliche Klingen ihrer Gläser beim Anstoßen vermischte sich mit der Melodie des Tresors. Nach fünf Tagen kannte Antoine sie in- und auswendig. Auf einem verstaubten Regal in dem Schuppen entdeckte er eine kaputte Spieldose, die er mit wenigen Handgriffen reparierte. Sie spielte eine schöne Melodie, und Antoine gefiel sie sehr. Er hauchte über das Holz, wischte mit dem Ärmel über die kleine Tänzerin aus Porzellan und stellte die Spieldose auf sein Bett, neben die zusammengefaltete Bettdecke. Jetzt war er bereit, nach Hause zurückzukehren.

Als Antoine in Villerude eintraf, kam ihm das Dorf verändert vor. Vielleicht weil er seine Heimat bislang selten für längere Zeit verlassen hatte. Vielleicht auch, weil er sich etwas größer fühlte und Villerude etwas schöner fand, als er die Hauptstraße entlangfuhr. Er hatte eine Mission zu erfüllen, die die Welt verändern würde. Antoine fühlte sich gut.

Er fuhr zu dem alten Kino und sah sofort den großen Schuttcontainer auf dem unbebauten Grundstück nebenan. Er war leer, doch am Tag zuvor musste er voll gewesen sein. Die Sitze, der Getränkeautomat, die Sachen, die auf dem Treppenabsatz gestanden hatten, der Holzboden der Bühne und sogar die Doppeltür zum Kinosaal – alles war verschwunden. Der Vorführraum war leer und das kleine Büro mit dem Ticketschalter ebenfalls. Antoine stieg bis zur Kuppel hinauf. Die kaputten Sitze und die Schreibmaschine waren verschwunden. Nur die Wände standen noch ... und die Lampen waren noch da. Lalie hatte sie noch nicht abmontiert. Von Camille fehlte jede Spur, doch der junge Mann wollte keine Spekulationen anstellen, was mit ihm passiert sein mochte. Er musste sich auf diese Nacht konzentrieren, die sich mit großer Geschwindigkeit näherte.

Am Tag vor dem Einbruch träumte Antoine, dass er mit einem Lorbeerkranz auf dem Kopf, den die Einwohner von Villerude ihm, dem Helden, verliehen hatten, in die Fabrik eindrang. Um an den Tresor zu gelangen, musste er zuerst in die Maschine kriechen, in der die Fische ausgenommen wurden. Anstatt einer Million Euro, auf die Antoine gehofft hatte, fand er in dem Tresor sämtliche Einwohner von Villerude, alle Winterbewohner und auch alle, die im Sommer dort wohnten. Eine Million Menschen waren ihm dankbar, dass sie befreit worden waren. Am Ende des Traums veranstaltete das Dorf ein Festessen, bei dem Antoinefilet, Antoinesteak, Antoineschnitzel, Antoinerouladen, Antoinegeschnetzeltes, Antoinetartar, Antoinecarpaccio, Antoinesushi und noch diverse andere Antoinegerichte serviert wurden. Als der angehende Einbrecher aufwachte, war er Vegetarier, aber im Moment hatte er andere Sorgen, als sich darüber weitere Gedanken zu machen.

Ein dramatischer Augenblick stand bevor.

Es war Zeit für den Einbruch.

24

DONNERSTAG, 28. FEBRUAR

Noch war es der 28. Februar, doch sobald Antoine in die Fischfabrik eindrang, würde es bereits der erste März sein. Er wartete auf den Einbruch der Dämmerung. Als es allmählich dunkel wurde, machte Antoine sich daran, das Fell seines Hundes zu färben.

Niemand durfte Nobody wiedererkennen, und darum färbte Antoine sein Fell heute schwarz. Die Idee war gut, die Ausführung jedoch nicht so einfach wie erhofft, denn Nobody war mit dem Prozedere ganz und gar nicht einverstanden. Nach einer Stunde war der Hund zwar schwarz, aber mit ihm auch das Badezimmer, drei Handtücher, ein Bettlaken, die Bodenfliesen im ganzen Haus und von Kopf bis Fuß auch Antoine.

Er schaute immer wieder auf die Uhr. Und zum Abendessen aß er Gemüse. Anschließend legte er sich hin, konnte aber nicht einschlafen. Also stand er wieder auf und rasierte sich. Der Anlass verlangte, dass er gepflegt aussah. Zuerst rasierte er die Bartstoppeln ab und achtete darauf, dass die Koteletten ihre Form behielten. Er dachte an Rose, versuchte dann aber wieder, sich auf die Rasur zu konzentrieren. Antoine führte die Klinge über seine Wange und folgte der leicht geschwungenen Linie. Die Koteletten hatte er bereits seit mindestens zehn Jahren, und er stutzte sie regelmäßig. Heute Abend mussten sie perfekt aussehen. Tadellos. Als hätte ihn ein Barbier mit dem Rasiermesser rasiert. Es war wie verhext, aber gerade heute bekam Antoine es nicht richtig hin, und er rasierte bei jedem neuen Versuch etwas mehr von den Koteletten ab.

Er dachte wieder an die einzelnen Schritte der Operation.

1. In den Abstellraum eindringen
2. Den Tresor öffnen
3. Den kleinen Raum wieder verlassen
4. Alle Spuren beseitigen

Ein Schritt nach dem anderen, sagte Antoine sich. Ein Schritt nach dem anderen, damit die Operation ihn nicht in Angst und Schrecken versetzte. Er wandte sich wieder der Rasur seiner Koteletten zu, die ihm heute definitiv nicht gelang. Kurz entschlossen rasierte er sie ab und betrachtete im Spiegel seine bartlosen Wangen und sein glatt rasiertes Kinn. Antoine hätte nicht sagen können, ob er besser oder schlechter aussah. Er sah schlichtweg anders aus.

In der nächsten Stunde strich Antoine sich ständig über die Wangen und suchte vergeblich das, was nicht mehr war. Sei's drum. Kein Bedauern.

Antoine schaute auf die Uhr. Er setzte sich ins Schlafzimmer und rief sich die leise Melodie in Erinnerung.

Die leise Melodie.

Die leise Melodie.

Ohne diese leise Melodie war alles verloren. Er musste sich an die leise Melodie erinnern. Die Möglichkeit, diese leise Melodie zu vergessen, durfte er gar nicht erst in Erwägung ziehen.

Er versuchte, sie zu summen, doch es war keine Melodie, die man summen konnte.

Antoine zog eine schwarze Jeans und einen marineblauen Kapuzenpullover an. Vierzehn Mal überprüfte er die Werkzeuge in seinem Rucksack. Es fehlte rein gar nichts. Der Geruch der Leber stieg ihm in die Nase. Antoine schaute auf den Plan, den er längst auswendig kannte. Und endlich war es so weit. Halb drei. Er musste losfahren.

Mit Nobody im Beiwagen stieg Antoine auf sein Motorrad und fuhr zu den Sümpfen. Dann schaltete er die Scheinwerfer aus und bog in die Straße ein, die zur Fischfabrik führte. Es war Viertel vor drei. Antoine stellte das Motorrad hinter dem Bereich der Fabrik ab, in dem sich die Frischwasserbecken befanden und der nicht beleuchtet war. Er wartete ein paar Minuten. Um zwei Minuten vor drei sah er zwei Arbeiter die Fabrik verlassen. Sie stiegen in ihren Wagen. Es war genauso, wie die Wirtin der Kneipe gesagt hatte. Die beiden Männer gingen immer pünktlich nach Hause. Sie richteten sich nach der Uhr in der Fischfabrik, und die ging zwei Minuten vor.

Als Antoine sicher war, dass Lasset und Filipeau den Parkplatz verlassen hatten, stieg er vom Motorrad und lief mit Nobody auf dem Arm auf die Fabrik zu. Er nahm die Leber aus dem Rucksack, worauf Nobody mit dem Schwanz wedelte und anfing zu zappeln. Antoine zeigte auf den Eingang der Fischfabrik und sagte:

»Pass schön auf, Nobody. Pass schön auf.«

Antoine ließ den Hund nicht aus den Augen, als er auf die Tür zuging. Nobody wollte ihm folgen.

»Du bleibst hier, Nobody, und passt schön auf«, sagte er noch einmal zu ihm.

Der Hund fletschte die Zähne und setzte sich auf die Schwelle der Tür. Mit dem schwarzen Fell sah er richtig bedrohlich aus. Bis jetzt läuft alles nach Plan, dachte Antoine.

Er drang in die beleuchtete Fabrik ein und machte sich gleich auf die Suche nach dem kleinen Raum, in dem der Tresor stand. Es dauerte länger als vorgesehen, die Tür zu öffnen, und Antoine verlor mehr als eine Minute. Das fing schlecht an, und dabei war das nichts im Vergleich zu dem Tresor, der ihn hinter der Tür erwartete. Endlich gab die Tür nach. Antoine betrat den dunklen Raum und schloss die Tür hinter sich. Der Raum hatte kein Fenster. Antoine war der Meinung, dass es weniger riskant war, die Deckenlampe einzuschalten, als eine Taschenlampe zu benutzen, deren Strahl durch den Spalt unter der Tür auf den Gang scheinen könnte.

1. Schritt: Den Tresorraum betreten. »Erledigt«, flüsterte er.

Als er sich umdrehte, zuckte er zusammen. In einer Ecke des Raumes stand etwas. Antoine begriff schnell, dass das weder ein Mensch noch ein Ungeheuer war, sondern ein großer schwarzer Koffer, der auf einem Stuhl stand. Doch der Schreck saß ihm noch in den Gliedern, denn auf den ersten Blick hätte man tatsächlich meinen können, es handelte sich um den Kopf und den gebogenen Körper eines Menschen. Antoine nahm sich nicht die Zeit, der Sache auf den Grund zu gehen, sondern wandte sich dem Tresor aus Marseille zu.

Es war der gleiche Tresor wie der in Josephs Werkstatt, aber dieser hier war noch schöner. Mehrere Generationen waren sorgsam damit umgegangen. Antoine starrte auf das Schloss. Auf seiner Uhr vergingen die Sekunden. Doch für Antoine war die Zeit stehen geblieben.

Er musste sich auf die Melodie konzentrieren. Als Erstes nahm Antoine das Stethoskop aus dem Rucksack. Ehe er mit der Operation begann, verdrängte er alle überflüssigen Gedanken. Angst, Zweifel und Erfahrungen in der Vergangenheit, die ihm sagten, dass er es nicht schaffen würde, hatten hier keinen Platz. Er entspannte sich kurz, atmete tief ein und rief sich die Melodie in Erinnerung.

Die leise Melodie, das war der Schlüssel zur Welt, der Schlüssel zu Roses Liebe und zur Erlösung von Camille, von dem Kino und dem Dorf. Sie war seine Bestimmung. Aber noch konnte er sie nicht hören.

Klack, klack, klack.

In diesem Augenblick existierte nichts weiter als sein Verstand, der sich auf die Funktionsweise der Schlösser dieses alten Tresors konzentrierte.

Klack, klack, klack.

Die Sekunden und die Minuten vergingen, aber er hörte die leise Melodie nicht. Trotz der Handschuhe spürte Antoine in den Fingerspitzen den falschen Ton. Für einen Augenblick wanderten seine Gedanken aus diesem Raum zum Parkplatz, zu Varants Wut, zu Roses Enttäuschung und zu den vielen Tagen, die verloren schienen. Er atmete tief ein und konzentrierte sich wieder auf die Melodie.

Klack, klack, klack.

Antoines lockiges braunes Haar klebte unter der Kapuze seiner seltsamen Verkleidung am Schädel.

Klack, klack, klack.

Fünf Minuten waren schon vergangen. In den nächsten fünf Minuten hoffte er noch immer, dass es klick machen würde, doch es klackte nur.

Klack, klack, klack.

Die nächste Minute brach an. Antoine dachte an den Schildermaler, der auch Karussells bemalte, an den Künstler mit der sicheren Hand, an die Schönheit der Kunst, die Perfektion der Maschinen, an ihre Melodie – klick.

Hitze stieg in ihm auf. Er hatte den richtigen Ton gehört. Antoine fingerte weiter an dem Schloss herum, um die anderen Töne zu finden, und plötzlich sangen sie unter seinen Fingern.

Er hatte die richtige Kombination gefunden. Antoine drehte die Schlüssel im Schloss und zog an der Tür, die sich mit unglaublicher Eleganz öffnete.

2. Schritt: Den Tresor öffnen. »Erledigt«, murmelte er lächelnd.

Diese Tür öffnete alles. Es war wie Magie. Eine Tür hatte sich in Antoines Kopf geöffnet, eine neue Tür, und hinter ihr boten sich ihm tausend Möglichkeiten. Von der Melodie begleitet, die ihm die Tür geöffnet hatte, strömte das Blut durch seine Adern. Er dachte weder an Reichtum noch an den Einbruch, der ihm gelungen war. Er dachte nur an Türen, die sich öffneten, und ihre perfekte Melodie, wenn es die richtigen waren. Ein paar Sekunden lang berauschte ihn sein Triumph, und darum sah er nicht sofort, was in dem Tresor lag.

Nichts.

Das stimmte nicht ganz, in dem Tresor lag schon etwas. Zwei- oder dreitausend Euro in Hundert-Euro-Scheinen, eine Mappe mit Dokumenten, ein Schlüsselbund. Aber keine Millionen, keine Goldbarren, keine Diamanten.

In diesem Augenblick hörte Antoine Nobody bellen. Girard war eingetroffen, und Nobody hinderte ihn daran, die Fabrik zu betreten. Antoine musste sich beeilen. Er hatte einen bitteren Geschmack im Mund. Varant hatte Lalie angelogen, und er war darauf hereingefallen. Wie hatte er nur einem Mann Glauben schenken können, der entschlossen war, eine Frau zu verführen? Diese Masche mit der Million, die zieht immer, hörte er Varant sagen, der sich laut lachend vor seinen Freunden damit brüstete. Antoines Kehle war wie zugeschnürt, sein Magen verkrampfte sich, und seine Ohren rauschten.

3. Schritt: Ohne Beute zurückkehren. »Das habe ich ja gut hinbekommen«, murmelte er.

Er musste schleunigst abhauen.

Antoine schloss den Tresor. Er wollte gerade die Tür des Tresorraums öffnen, als er sich an den Koffer in der Ecke erinnerte. Er drehte sich um und zuckte wieder zusammen, denn es sah tatsächlich so aus, als würde dort jemand sitzen.

Der Koffer.

Antoine öffnete mühelos die Metallverschlüsse und

entdeckte genau das, was ein solcher Koffer normalerweise enthielt: ein Musikinstrument.

Ein Cello. Ein wunderschönes altes Cello, das mit einer feinen Patina überzogen war.

Plötzlich sah er Rose vor Augen. Rose und ihr Leben im Rampenlicht. Rose und ihr Cello. Varants Hände, seine Gaunermethoden im Umgang mit anderen, seine Erpresservisage. Dieses wunderschöne Instrument, das Rose gehörte, stand hier in dieser Hölle, in der es nach Fisch stank. Das war das Puzzleteil, das nicht passte, eine entsetzliche Melodie, die nur aus Missklängen bestand. Wenn Antoine eines wusste, dann, dass dieses Cello nicht hierhergehörte.

Ehe er die Teile dieses Puzzles, mit dem er nicht gerechnet hatte, zusammenfügen konnte, hörte er ein sonderbares Geräusch, vertraute Klänge, die er jetzt nicht hätte hören dürfen. Er spitzte die Ohren, doch er wusste genau, dass er sich nicht irrte. Ihm brach der kalte Schweiß aus: Das war der Motor von Varants Wagen.

Wie erstarrt stand Antoine in dem Tresorraum und lauschte auf alle Geräusche. Er hörte Stimmen, ohne ein Wort zu verstehen. Nobody bellte mehrmals. Ein Mann schrie. Ein Auto hielt mit quietschenden Reifen an. Was ging auf dem Parkplatz vor sich? Das Herz schlug ihm bis zum Halse. In der Stille dieses kleinen Raumes hörte er jedes Geräusch, zuerst erneut Varants Wagen, dann Nobodys Bellen, das sich immer weiter entfernte, und wieder das Auto, das davonfuhr. Schließlich trat Stille ein. Antoine begriff, was das bedeutete. Nobody hatte wirkungsvoll für Ablenkung gesorgt.

Ohne zu überlegen, schloss Antoine den Cellokasten, nahm ihn unter den Arm und öffnete behutsam die Tür des Raumes. Schnell, aber dennoch vorsichtig trat er mit dem Cello hinaus und ging wie ein ungeschickter Tänzer auf den Notausgang zu, dessen Standort er sich eingeprägt hatte. Jede Sekunde, in der er noch nicht geschnappt worden war, erschien ihm wie eine Ewigkeit. Zum Glück gelang es ihm, den Notausgang zu öffnen und geräuschlos zu schließen. Blitzschnell erreichte er den Parkplatz. Auf seiner Uhr war es halb vier. Doch er konnte nicht weitergehen, und das war nicht vorgesehen.

Auf einer Seite stand ein riesiger, stinkender Abfallcontainer. Er war so groß, dass Antoine weder um ihn herum- noch an ihm vorbeigehen konnte. Gegenüber warf das Licht der Außenbeleuchtung des Gebäudes mit den Frischwasserbecken Schatten. Sobald Antoine einen Schritt tat, könnte man seine Schatten durch das Fenster des Büros sehen. Das hatte er natürlich gewusst, aber er hatte nicht damit gerechnet, dass in dem Raum Licht brennen würde. In dem Büro war jemand, um halb vier Uhr morgens. Um zu wissen, wer es war, brauchte er sich nur den großen Schlitten anzusehen, der den einzigen Weg versperrte, den Antoine einschlagen konnte, um zu fliehen: Varants Maserati.

Zum ersten Mal in seinem Leben war Antoine dem Wagen so nahe, dass er ihn berühren konnte. Er sah aus wie ein riesiges schwarzes Tier. Für den Automechaniker war dieser Wagen ein Traum, auch wenn er mit der pechschwarzen Lackierung einigermaßen bedrohlich aussah. Auf dem Kühlergrill glänzte der Dreizack. Antoine kam es beinahe so vor, als würde er Blut auf dem Dreizack sehen.

Das war gewiss wieder seine Einbildung, die ihm auch im *Paradis* Streiche spielte. Nun gaukelte sie ihm vor, Varant sei der Poseidon der toten Fische, der diejenigen bestrafte, die ihm trotzten. Er hätte über die Motorhaube steigen können, aber der Wagen war mit Sicherheit alarmgesichert.

Antoine schloss kurz die Augen und versuchte, seine Besonnenheit zurückzugewinnen. An diesem stinkenden Ort war er wenigstens in Sicherheit. Hinter dem Abfallcontainer konnte ihn niemand sehen, auch Varant nicht, wenn er in seinen Maserati stieg. Solange sich jemand in dem Büro aufhielt, hatte Antoine keine andere Möglichkeit, als sich zu verstecken. Sobald der Morgen dämmerte, die Lichter ausgeschaltet wurden und die Schatten verschwanden, könnte er mit ein bisschen Glück ...

Doch die Puzzleteile fügten sich nicht zusammen. Die unzähligen Möglichkeiten, die er in Erwägung zog, bargen alle Risiken. Ihm blieb nichts anderes übrig, als sich mit der Situation abzufinden, zumal er zu müde war, um sich eine andere Lösung zu überlegen. Daher beschloss Antoine, bis zum nächsten Morgen zu warten. Dann würde er das Cello hinter dem Abfallcontainer stehen lassen und im Licht des Morgens wie die Arbeiter in normalem Tempo zum Parkplatz laufen. Es wurde vier Uhr, fünf Uhr und sechs Uhr. In der Fabrik waren immer mehr Stimmen zu hören, und auf dem Parkplatz standen immer mehr Autos. *FraisPoisson* empfing seine Arbeiter, die pünktlich zu ihrer Schicht erschienen, und die unterschiedlichsten Geräusche in der Fabrik kündigten den Beginn eines neuen Arbeitstages an. Vielleicht hatte Girard etwas von dem Hund erzählt, vielleicht auch nicht. Vielleicht hatte jemand bemerkt, dass die Tür zu dem Tresorraum nicht mehr verschlossen war, vielleicht aber auch nicht. Antoine klammerte sich an das Cello und spürte seine Finger und Zehen kaum noch. Der Gestank der toten Fische durchzog die Kälte, und die Hoffnungslosigkeit drang in jede Zelle seines Körpers. Antoine schlief beinahe ein, während er sich tausend verschiedene Szenarien vorstellte. Und das gelbe Licht in Varants Büro? War er falsch informiert worden? Es hieß, er halte sich immer abends in der Fischfabrik auf. Oder arbeitete Varant etwa Tag und Nacht? Auf das Cello gestützt döste Antoine vor sich hin, als ihn um kurz vor sieben Uhr das Geräusch einer Tür in der Nähe weckte, die geöffnet wurde.

Instinktiv zog er sich noch tiefer in den Schatten hinter dem stinkenden Abfallcontainer zurück. Er hörte Schritte. Offenbar hatte Varant sein Büro verlassen, stieg nun in seinen Wagen und raste in einem Höllentempo davon. Nach einer Minute herrschte wieder Stille. In dem Büro brannte kein Licht mehr. Varant war weg. Antoine brauchte sich nicht länger zu verstecken.

Sein ganzer Körper wehrte sich, denn seine Muskeln schmerzten. Trotzdem ging er zügig, und je weiter er sich von der Fischfabrik entfernte, desto mehr beschleunigte er den Schritt.

Schließlich lief er so schnell, wie sein Körper und sein Begleiter es zuließen. Antoine verfluchte dieses große, sperrige Ding, das ihn behinderte. Das war knapp gewesen! Zum Glück hatte Varant ihn nicht gesehen. Welcher Engel hatte ihn beschützt, dass Varant gerade im rechten Augenblick sein Büro verlassen hatte? Der Einbrecher war außer Atem und ungemein erleichtert, als er endlich die Umrisse seines Motorrads sah: Er würde mit heiler Haut davonkommen. Als er auf das Motorrad stieg, rief er leise:

»Nobody!«

Es blieb still. Antoine stellte das Cello in den Beiwagen und rief wieder:

»Nobody!«

Jetzt hörte er ein leises Geräusch, doch es klang nicht wie das eines Hundes, sondern wie ein Jammern aus weiter Ferne. Instinktiv drehte Antoine sich zu den Laternen vor der Fischfabrik um und sah in dem gelben Lichtschein auf dem Asphalt Nobody liegen. Er lag auf der Seite und bewegte sich nicht.

Blitzschnell stürzte Antoine sich auf den kleinen Hund. Nobodys Maul war voller schwarzer Farbe, und er schaute Antoine mit ruhigem, vielleicht auch fragendem Blick an. Er atmete nur noch schwach.

Antoine war mit einem Mal ganz blass. Er traute sich nicht, den Hund zu berühren, und hätte ihm doch so gern geholfen und irgendetwas für ihn getan. Und so murmelte er nur immer wieder leise:

»Ganz ruhig, Nobody, mein armer kleiner Hund, ganz ruhig, Nobody, ganz ruhig. Das wird schon wieder, mein kleiner Hund, ganz ruhig, ganz ruhig.«

Der Hund lag reglos auf dem Boden, sein Brustkorb hob und senkte sich nur noch ganz leicht. Oder war das ein Zittern? Doch Nobody schien nicht zu leiden. Vielmehr sah er heiter aus, als hätte er plötzlich beschlossen, nicht mehr wie verrückt durch die Gegend zu rennen, um sich an den Düften der nahenden Morgendämmerung zu erfreuen. Um glücklich zu sein, schien es ihm zu genügen, dass die Weltordnung so war, wie sie sein sollte. Antoine hingegen war nicht heiter. Mit zusammengepressten Zähnen und trockener Kehle kämpfte er gegen die Panik an, die er in sich aufsteigen spürte, und nahm schließlich den Hund auf den Arm. Als er zu seinem Motorrad ging, spürte er, dass der Hund fror. Er wollte ihn beschützen und in den Beiwagen legen, in dem das Cello stand. Kurz entschlossen zog Antoine seine Jacke aus, breitete sie auf der Erde aus und legte Nobody hinein. Dann öffnete er den Cellokasten, nahm das Instrument heraus, schaute sich um und lief auf einen Graben zu. Antoine sprang über ihn hinweg, gelangte auf ein Feld und stellte das Cello dort mitten in dem hohen Gras auf seinem Stachel ab. Dann lief er eilig zu seinem Motorrad zurück und legte den kleinen Hund, den er in seine Jacke gewickelt hatte, in den Cellokasten und stellte diesen in den Beiwagen. Für einen kurzen Moment erinnerte ihn der Kasten an einen Sarg, aber nein, das durfte nicht Nobodys Sarg sein, nein, er sollte doch nur nicht frieren.

Antoine fror entsetzlich, als er auf seinem Motorrad zurück ins Dorf fuhr.

Das Cello, das wie eine originelle Vogelscheuche allein auf dem Feld stand, sah zu, wie der Morgen heranbrach und Villerude in ein rotes Licht getaucht wurde.

25

FREITAG, 1. MÄRZ

Die roten Streifen der Morgendämmerung lösten sich nach und nach auf, als der kalte Morgen in Villerude begann. Die schrille Klingel am Eingang des Hauses, in dem Jean-Pierre wohnte, hallte wie in einem Albtraum. Obwohl sie so nahe war, hörte man sie kaum. Immer wieder drückte Antoine mit seinen von der Kälte geröteten Fingern auf die Klingel. Endlich öffnete Jean-Pierre in Jogginghose, Fleecepullover und Hausschuhen die Tür. Antoine stammelte nur wirres Zeug. Schließlich öffnete er den Cellokasten, und Jean-Pierre sah einen kleinen Hund mit schwarzem Fell. Er erstarrte und rief Marie, ohne den Blick von dem Hund abzuwenden.

Marie und Jean-Pierre sagten irgendwelche Dinge, und Marie stellte Antoine Fragen, die er beantworten musste, doch seine Antworten ergaben keinen richtigen Sinn. Die Geschichte, die er erzählte, war wirr und hörte sich an wie ein böser Traum. Marie und Jean-Pierre meinten, man könne noch nichts Genaues sagen, müsse sich aber auf das Schlimmste gefasst machen. Antoine könne im Augenblick nichts tun, er sehe furchtbar aus und solle nach Hause zurückkehren. Er stand dort wie gelähmt und wusste nicht, wie er den Tag überstehen sollte. Nobody musste in die Tierklinik gebracht werden, und Marie erlaubte Antoine nicht, sie zu begleiten. Sie hatte den Eindruck, dass er nicht er selbst war, und damit hatte sie recht. Er befand sich in einer Art Niemandsland und rang mit der Frage, ob diese verheerende Nacht einen anderen Menschen aus ihm gemacht hatte. Aber was für einen? Er fühlte sich wie abgetrennt von der Vergangenheit. Für ihn gab es keinen Einbruch, keinen Tresor, keine Rose, keinen Camille und nicht einmal mehr Villerude. Nur das Gefühl qualvollen Bedauerns, das nach toten Fischen roch. Der Film *Rififi* ging schlecht aus. Das hätte ihn stutzig machen sollen. Kein Happy End.

Antoine folgte mit Blicken dem Auto der Tierärztin, als sie sich auf den Weg zur Klinik machte. An diesem frühen Morgen blieb er allein zurück, mit dem Cellokasten voller schwarzer Farbflecken.

Er dachte an das Instrument, das er auf dem Feld in der Nähe der Sümpfe abholen musste. Doch zuerst galt es, die Spuren der Nacht wegzuwaschen. Antoine stieg aufs Motorrad und fuhr nach Hause. Kaum war er in seine Straße eingebogen, da spürte er eine sonderbare Energie, wie ein winziges Licht, das nicht hätte da sein dürfen, etwas Unsichtbares, das von seinem Haus ausstrahlte, als hätte auch sein Heim sich über Nacht verändert. Er parkte sein Motorrad vor dem Haus und spähte in Richtung Tür. Sie war einen Spaltbreit geöffnet.

Antoine stieß sie auf und schaute hinein. Komischerweise wunderte er sich überhaupt nicht. Nichts stimmte mehr mit dem Bild seiner Einrichtung überein, das er im Kopf abgespeichert hatte. Es sah aus, als wäre ein Tornado durch sämtliche Räume gefegt. Alles, was ihm vertraut war und ihm Sicherheit bot, war verwüstet.

Als Antoine ein paar Schritte getan hatte, trat er mit seinen Stiefeln auf die kaputten Sachen, mit denen der Boden übersät war. Das Licht einer Halogenlampe, die dort lag und noch brannte, fiel schräg auf die Trümmer seines Hauses. Die Eindringlinge hatten den Schonbezug der Couch heruntergerissen und auf links gedreht und die Couch aufgeschlitzt. Alle Schränke waren leer, und seine Kleidung und die Bügel lagen überall verstreut herum. Ein undurchdringlicher Knäuel aus herausgerissenen Kabeln und Filmdosen bedeckte den Computer. Tische, Stühle und der Inhalt der Küchenschränke, alles lag auf dem Boden. Die Regale, die an den Wänden gestanden hatten, waren umgeworfen worden. Nur ein Kalender hing noch an seinem alten Platz mitten an der Wand, als wäre nichts geschehen. Es war der erste März, der Tag, an dem die Bulldozer kommen sollten. Antoine wandte den Blick von dem Kalender ab und schaute sich wieder das Chaos an. Die meisten der verstreut herumliegenden Sachen schwammen in einer roten Flüssigkeit, die aus zerbrochenen Flaschen rann. Antoine mochte persönlich gar keinen Rotwein, hatte aber immer ein paar Flaschen für Gäste im Haus. Er besaß nicht viel, und da das Haus so klein war, war es kein Problem, in Kürze alles zu zertrümmern.

Langsam ging Antoine durch die Überreste seines zerstörten Lebens zum Waschbecken im Badezimmer. Er drehte das kalte Wasser auf und wusch sich die Hände. Als er sein Gesicht im Spiegel betrachtete, zuckte er unmerklich zusammen: Mit Verwunderung stellte er fest, dass er keine Koteletten mehr hatte. Dann erinnerte er sich, dass er sie gestern Abend abrasiert hatte. Gestern Abend – es kam ihm vor, als wäre es eine Ewigkeit her. In diesem Augenblick hörte er wieder die leise Melodie des Tresors in seinem Kopf, der vor Schmerz brummte. Er biss die Zähne zusammen, schrubbte sich die Hände und trocknete sie an einem Handtuch ab. Anschließend wühlte er in dem Chaos auf dem Fußboden, suchte einen sauberen Pullover und streifte ihn über. Doch das war reine Zeitverschwendung. Das Färbemittel von Nobodys Fell an seinen Händen, die Melodie des Tresors in seinem Kopf, der Gestank der toten Fische in seinem Herzen. All das war unauslöschlich.

Antoine verließ sein verwüstetes Haus und stieg auf sein Motorrad. Der einzige Zufluchtsort auf der Welt war für ihn nun das Kino. Ob der Himmel sein leises Gebet erhörte, in dem er darum bat, dass Camille dort sein würde?

Doch als er die Türen des *Paradis* öffnete, war es Varant, der ihn erwartete.

26

FREITAG, 1. MÄRZ

Es war zehn Uhr.

Die Koffer standen der Größe nach aufgereiht wie eine kleine Kinderschar im Flur. Rose ging hin und her, schloss die Fensterläden, warf einen Blick auf *Titis Zaubermaschine* auf dem Kaminsims, nahm sie herunter, änderte ihre Meinung, stellte sie wieder hin, schaltete den Kühlschrank ab, legte Aufnehmtücher auf den Boden, räumte noch ein wenig auf und steckte ein paar Dinge in ihre Handtasche. Jedes Mal wenn sie auf ihr Gepäck im Flur schaute, hörte sie im Kopf eine Stimme sagen: Etwas fehlt. Und jedes Mal machte sie sich bewusst, dass es doch klar war, dass es fehlte, denn es befand sich nicht länger in ihrem Besitz. Glücklicherweise fiel ihr noch etwas ein, was sie im Haus zu erledigen hatte, obwohl sie bereits alle Punkte auf ihrer Liste abgehakt hatte.

Als Rose im Flur stand, hörte sie das Geräusch eines Autos, das vor ihrem Haus anhielt. Vermutlich kam das Taxi, das sie bestellt hatte, zu früh. Umso besser. In dem Augenblick, als es klingelte, öffnete Rose die Tür. Doch es war nicht der Taxifahrer, sondern Lalie. Ohne zu lächeln, kam sie gleich zur Sache:

»Ist Antoine hier?«

»Wie bitte?«, sagte Rose.

Vielleicht weil Lalies Worte ein wenig bedrohlich klangen oder vielleicht auch um zu überprüfen, dass sie mit dieser sonderbaren Frau nicht allein auf der Welt war, wanderte Roses Blick die Straße auf und ab. Niemand war zu sehen. Sie wunderte sich, als sie in das mit Leuchtern, Wandlampen und Lichterketten vollgepackte Auto schaute, das vor ihrem Haus stand. Die Beleuchtung aus dem Kino.

»Antoine.« Lalie starrte Rose mit ihren dunklen Augen an. »Hat er Ihnen Ihr Cello zurückgebracht?«

Rose musterte Lalie erstaunt.

»Antoine aus dem Kino?« Rose verstand die Welt nicht mehr.

»Ja, Antoine aus dem Kino«, erwiderte Lalie ungeduldig.

»Ich weiß nicht, wovon Sie reden«, sagte Rose. »Mein Cello habe ich das letzte Mal gesehen, als Sie bei mir waren. Und mit Antoine habe ich seit mindestens einer Woche nicht mehr gesprochen.«

Lalie stand nach wie vor unbewegt auf der Schwelle des Hauses. Sie sah unnachgiebig aus, aber irgendwie wirkte sie auch verloren. Ihr Blick wanderte durch den Flur, über das Gepäck und durch die anderen Räume des Hauses, vermutlich um zu überprüfen, ob es irgendwo eine Spur von Antoine gab. Dann schaute sie Rose wieder ins Gesicht.

»Antoine ist in einen kleinen Raum in der Fischfabrik eingebrochen, in dem das Cello stand«, sagte Lalie, und es hörte sich an wie eine Kapitulation.

Rose wollte Lalie eigentlich nicht ins Haus bitten. Aber dann tat sie es doch, da sie beide zu frieren begannen. Lalie, die ganz in Schwarz gekleidet war, trat ein und blieb inmitten der Gepäckstücke stehen.

»Sie gehen weg. Wie Sie gesagt haben ...«, begann Lalie.

»Ja, wie ich gesagt habe.«

»Und Sie sagen natürlich die Wahrheit. Antoine hat Sie niemals besucht.«

Rose rang die Hände und nickte. Die beiden Frauen standen einander dicht gegenüber in dem vollgestopften Flur.

»Sie haben gesagt, Antoine ...«, stammelte Rose.

Lalie seufzte und trat ein paar Schritte in Richtung des Wohnzimmers, wo sie sich auf einen Stuhl setzte. Als sie die kleine Zaubermaschine auf dem Kaminsims entdeckte, senkte sie den Blick, als hätte sie jetzt keine Bedeutung mehr.

»Antoine ist in der vergangenen Nacht in Varants Fabrik eingebrochen und hat seinen Tresor geknackt. Ganz allein. Dann ist er mit dem Cello abgehauen. Heute Morgen war er nicht zu Hause. Da dachte ich, er sei vielleicht bei Ihnen. Ich dachte, dass er es für Sie getan hat.«

Rose sank in einen Sessel und blieb reglos darin sitzen.

»Vielleicht war er der Meinung, es sei eine günstige Gelegenheit«, fuhr Lalie fort. »Ein neues Leben, Ihr Leben, das hat ihn auf eine Idee gebracht ... Ich weiß es nicht. Ich hätte niemals gedacht, dass Antoine ...«

Sie lächelte traurig.

»Wer weiß, was man aus Liebe nicht alles tun würde.«

Lalie warf Rose einen Seitenblick zu, aber die Cellistin schwieg noch immer.

»Oh, Sie werden mir bestimmt versichern, dass Sie ihn nicht gesehen haben«, murmelte Lalie. »Man muss wohl schon sehr enttäuscht sein, um solche Dinge zu erraten. Wer nicht selbst leidet, erkennt die Liebe der anderen nie. Kleine, unsichtbare Dinge, die dennoch alles sagen. Verzeihen Sie ... es ist, weil ich Sie dort sitzen sehe, ohne dass Sie ein Wort sagen, deshalb rede ich zu viel. Ich bin Ihnen nicht böse. Trotzdem ist alles, was passiert ist, schon ein bisschen Ihre Schuld ...«

»Ich bin aus persönlichen Gründen nach Villerude gekommen«, erwiderte Rose nun. »Ich habe von niemandem etwas verlangt.«

»Doch, Ihre Freiheit ... Das haben Sie selbst gesagt ... Und so etwas bleibt nicht unbemerkt. Das ist ansteckend. Man spürt es instinktiv, das ist wie bei den Tieren.«

Lalie schaute auf Roses Gepäck im Flur und fuhr fort.

»Wir versuchen doch alle, mit diesem Teil in uns, der sich nach Freiheit sehnt, Kompromisse zu schließen. Wir spüren diesen Konflikt, uns einerseits selbst verwirklichen zu wollen und uns andererseits mit den gegebenen Umständen arrangieren zu müssen.«

Lalies Blick verlor sich in der Ferne, und Rose wurde allmählich unruhig. Wer war diese Frau, und was wollte sie von ihr? Rose wusste, dass Lalie Antoine liebte. Das hatte sie schon bei ihrer Begegnung im Kino bemerkt. Roses Rückkehr nach Villerude kam Lalie nicht gelegen.

Die Antiquitätenhändlerin starrte ins Leere und schien über den Scherbenhaufen nachzudenken, vor dem sie stand. Und völlig überraschend sprach sie jetzt nicht über Antoine, sondern über einen anderen Mann. Die Erinnerungen an ihn waren durch Rose offenbar wieder lebendig geworden.

»Mein Vater hätte Sie gemocht. Der hat sich immer über alles hinweggesetzt, ist nur seinen Neigungen gefolgt und seiner Berufung. Er sagte, er sei auf der Welt, um Musikern zu helfen. Meiner Mutter und mir hinterließ er nur Schulden. Wir mussten uns damit abfinden, dass er oft weg war und sich hier und da mit anderen Frauen einließ. Wir hatten kaum das Nötigste, um zu überleben. Für uns war es wirklich nicht leicht zurechtzukommen. Andere haben unter solcher Freiheit zu leiden, verstehen Sie?«

Rose musterte Lalie reglos.

»Ja, ich weiß. Wenn Sie wüssten, wie gut ich es weiß.«

Lalie grinste spöttisch.

»Wenn ich Sie dort sitzen sehe, muss ich an meinen Vater denken, und ich frage mich, wer letztendlich unglücklicher sterben wird, er oder ich.«

»Kommen Sie mal mit. Ich möchte Ihnen etwas zeigen.«

Aus reiner Neugier folgte Lalie Rose die Treppe hinauf in eines der Zimmer im ersten Stock. Die Musikerin ging auf eine Ecke des Raumes zu, zog einen mit einer Plastikfolie bedeckten Stapel Decken weg und öffnete eine Truhe.

Das kleine Cello lag dort in seinem Koffer zwischen Badmintonschlägern und anderen Spielsachen. Lalie nahm das Cello in die Hand.

»Sie haben dieses kleine Ding behalten und sich von dem anderen getrennt?«, fragte Lalie erstaunt.

Rose lächelte.

»Wenn Ihr Vater meinem Großvater nicht dieses Cello verkauft hätte, wäre ich jetzt nicht hier. Wissen Sie, den Fehler kann man auch in ferner Vergangenheit suchen. Mit diesem Instrument fing alles an.«

Lalie strich über das kleine Cello.

»Es tut mir leid«, sagte Rose leise, »dass Sie leiden mussten, weil Ihr Vater immer nur seine eigenen Interessen verfolgt hat. Andere hat er glücklich gemacht.«

»Ja, andere ... Vielleicht haben diese anderen einfach beschlossen, glücklich zu sein, anstatt nur zu versuchen zu überleben.«

Die Antiquitätenhändlerin hielt das Cello fast wie ein kleines Kind in ihren Armen.

»Wenn Sie möchten, schenke ich es Ihnen«, sagte Rose. »Ich kann ohnehin nicht so viele Sachen mitnehmen.«

»Wohin fahren Sie?«

»Ich weiß es nicht. Das heißt, ich hatte vor abzureisen, aber jetzt ...«

Lalie senkte den Blick.

»Jetzt ist alles anders, nicht wahr?«, sagte sie.

Die beiden Frauen musterten einander nachdenklich.

Kurz darauf war Lalie mit dem kleinen Cello verschwunden.

Rose schloss die Tür und lehnte sich dagegen. Als das Telefon klingelte, wunderte sie sich, denn es hatte seit vielen Jahren nicht mehr geklingelt. Es kam ihr so vor, als würde eine Stimme aus der Vergangenheit sie rufen. Vorsichtig hob sie den Hörer ab.

»Verzeihen Sie, sind Sie Mademoiselle Millet? Hier ist

Christelle Chaillot. Ich bin Landwirtin hier in Villerude und rufe Sie an, weil ich weiß, nun, weil man mir gesagt hat, dass Sie Musikerin sind ... Es ist nämlich so, dass ich gerade ein Cello auf meinem Feld gefunden habe.«

27

FREITAG, 1. MÄRZ

Was passierte, als Antoine mit Varant aneinandergeriet, nun, das ist vielleicht nicht allzu viele Worte wert. Varant war nicht allein. Zwei junge Männer waren bei ihm, und sie waren es, die zuschlugen. Ein Mal ins Gesicht und dann vor allem in den Bauch. Varant begnügte sich damit, Antoine zu treten, als er bereits am Boden lag. Sein Mund war voller Blut, und er rang nach Atem. Alles ging sehr schnell. Antoine lag in der Eingangshalle auf dem Boden. Durch die offene Tür strömte so kalte Luft ins Kino, dass er fast erfror. Den Kopf hatte er sich an der scharfen Kante eines Mosaiksteinchens aufgeritzt, das aus dem Boden herausragte. Antoine kam es so vor, als hätte er immer dort gelegen und würde bis ans Ende seiner Tage dort liegen bleiben. Doch das war nicht vorgesehen. Die beiden Männer zerrten ihn in den Kinosaal und ließen ihn unter dem Balkon liegen. Antoine hatte entsetzliche Schmerzen. Varant stellte ihm Fragen, und die waren zunächst rhetorischer Natur. Er wusste, dass Antoine in den Tresorraum eingedrungen war, dass er den Tresor geknackt und sein

Hund vor der Fabrik gestanden und gekläfft hatte. In seiner Wut sprach Varant wie ein Kinoschauspieler, der sich bemüht, die Rolle des Bösewichts möglichst authentisch zu geben. Antoine fand seine Worte pathetisch, und Varants Bedürfnis, ihn mit lächerlichen Drohungen und ausgefallenen Beleidigungen einzuschüchtern, kam ihm albern vor. Im Übrigen hätte Varant sich die Mühe sparen können. Die Schmerzen, die Antoine lähmten, waren aussagekräftig genug.

»Was hast du mit dem Cello gemacht?«

Die beiden jungen Männer hatten aufgehört, Antoine zu verprügeln, aber er wusste, dass sie wieder anfangen würden, wenn er nicht antwortete. Dennoch hatte er das Gefühl, Zeit gewinnen zu müssen. Es ging nicht unbedingt darum, Varant den Ort zu verschweigen, an dem er das Cello abgestellt hatte. Vielmehr war es seine innere Stimme, die ihm riet, einen Augenblick zu warten, bis er die Frage beantwortete. Wenn er sich Zeit ließ, so glaubte er, würde sich alles aufklären. Doch sein Magen verkrampfte sich so stark, dass ihm die Galle hochstieg. Schon war der Augenblick vergangen. Die Sache würde kein glückliches Ende nehmen. Ganz bestimmt nicht.

»Auf einem Feld.«

»Auf einem Feld? Willst du mich verarschen?«

Antoine, der zusammengekauert auf dem kalten Boden lag, sah nur Varants Schuhe, große schwarze, spitze Schuhe, die gut zu dem Dreizack des Maserati passten. Ein eiskalter Schauer lief ihm über den Rücken.

»Mein Hund«, murmelte er. »Mein Hund war verletzt. Das warst du, nicht wahr?«

»Was interessiert mich dein blöder Köter? Sag mir, wo das Cello ist.«

»Ich habe den Hund in den Kasten gelegt, damit er nicht friert.«

»Jetzt sag mir, wo das verdammte Cello ist, und zwar zackig. Ich hab nicht ewig Zeit.«

»Auf einem Feld neben dem Parkplatz von deiner Fabrik.«

»Geht's auch etwas genauer?«, zischte Varant.

»Mitten im hohen Gras ... Daneben steht ein Baum.«

Varant warf den beiden Männern, die ihn begleiteten, einen Blick zu. Einer von ihnen trat Antoine erneut in den Magen. Vielleicht war der Tritt nicht mehr so kräftig, oder Antoine gewöhnte sich allmählich daran. Er schnappte nach Luft, rollte über den Boden und schloss die Augen in der Hoffnung, dass es vorbei war.

Eine Weile herrschte Stille. Dann hörte Antoine murmelnde Stimmen, und er wartete auf die nächsten Schläge, doch sie blieben aus. Er spürte, dass die Männer sich bewegten. Als er die Augen öffnete, entfernten sich die Schuhe der beiden Schläger von ihm. Er reckte den Hals, bis er Varant sehen konnte, der sich gegen die Bühne lehnte.

»Du bist mir ein Rätsel. Was soll ich denn jetzt mit dir machen?«

Antoine kauerte sich wieder zusammen. Er glaubte, Camille neben sich zu sehen und auch seine Eltern, seine Großmutter, einen ehemaligen Arbeitgeber, alle, die verstorben waren. Sie beugten sich über ihn, um festzustellen, wie schlimm es um ihn stand. Antoine konnte kaum noch die Augen aufhalten. Dunkelheit senkte sich auf ihn hinab, und er fühlte seine Sinne schwinden.

»Du musstest dich für diesen Einbruch ganz schön ins Zeug legen, also sollte es sich schon lohnen. Und wenn es sich um ein Cello handelt, das einen Wert von einer Million Euro hat, dann lohnt sich das. Da sind wir uns einig. Aber eine Sache passt nicht ins Bild. Du bist einfach kein Siegertyp. Du willst nicht mal gewinnen. Und glaub mir, für solche Typen habe ich einen guten Riecher, man kennt sich. Du bist keiner von denen. Du hast nicht das Zeug dazu. Also, warum hast du dich in eine so beschissene Lage gebracht?«

Unter Aufbietung all seiner Kräfte versuchte Antoine aufzustehen, doch es gelang ihm nicht. Vermutlich war eine Rippe gebrochen, und weit und breit sah er nichts, woran er sich hätte festhalten können. Früher gab es hier Sitze. Früher kamen unzählige Menschen in dieses Kino. Sie lachten und weinten. Die Verliebten küssten sich, die Kinder sprangen auf ihren Sitzen herum, und die Miesmacher riefen »pst!«. All diese Menschen glaubte er nun ebenfalls zu sehen. Das war absurd. Abgesehen von der einst prächtigen Stuckdecke, an der sich einige Stücke gelockert hatten, sodass sie jetzt wie Tropfsteine herabhingen, gab es hier nichts mehr – außer Antoine, der gedemütigt und geschunden darunter lag.

Varant ging auf ihn zu.

»Seit über dreißig Jahren kann das Dorf mein Gesicht nicht ertragen. Ich war noch ein Kind, da sprachen die Leute schon schlecht über mich, und das nur, weil mein Vater mein Vater war. Auch wenn ich fair und ehrlich war, sie verabscheuten mich. Man hätte meinen können, dass sich das mit der Zeit legt, zumal ich der Hälfte der Dorfbewohner Arbeit gebe. Und ich habe schließlich niemanden umgebracht. Aber nein, in Villerude haben alte Gewohnheiten ein dickes Fell. Ein dickes Fell habe ich allerdings auch.«

Er entfernte sich ein Stück, woraufhin Antoine ein Bein bewegte. Varants Worte hallten über eine imaginäre Menschenmenge hinweg.

»Ja, ich bin Risiken eingegangen. Ich habe härter geschuftet als die Konkurrenz, Tag und Nacht. Während der Krise habe ich nicht geschlafen, damit die Leute, die für mich arbeiten, sich nachts erholen können. Glaubst du, sie haben es mir gedankt? Sie würden lieber sterben, als sich zu bedanken. Doch ich habe durchgehalten. Ich habe verhandelt und Federn gelassen, aber ich habe durchgehalten und meine Ziele niemals aus dem Blick verloren. Verstehst du das? Nein, Typen wie du verstehen so was natürlich nicht.«

Er ging ein paar Schritte und sprach weiter. Antoine begriff, dass er seine Worte gar nicht an ihn richtete. Vielleicht wandte er sich damit an die Bewohner von Villerude, die Varant ebenso wie Antoine vor seinem geistigen Auge sah.

»Als die Abgeordneten, die nur ihren Papierkram und ihre Wählerlisten im Kopf hatten, nicht den Mumm hatten, zu ihren Prinzipien zu stehen, mussten neue Vorschriften geschaffen werden. Und sie waren froh, dass Varant sich darum gekümmert hat. Dann habe ich mich mit den Leuten arrangiert, die genauso wie ich keine große Lust haben, Geld zu verlieren, weil sie es Leuten wie dir geben müssen.«

Varant ging auf Antoine zu. Dieser schmeckte den Staub, den der Fabrikbesitzer mit seinen Schritten aufwirbelte.

»Loser wie du wissen nicht, was sie eigentlich wollen, und geben dann den anderen die Schuld, dass sie nichts erreicht haben. Typen, die niemals einen Finger krümmen und dennoch nach den Sternen greifen, das trifft genau auf dich zu, nicht wahr? Halten sich für Robin Hood, greifen in Varants Kasse und stehlen das Geld, das er mit seinen krummen Geschäften gemacht hat, und dann klatscht das ganze Dorf Beifall. Hast du das Gerede der Leute im Dorf gehört? Hast du gehört, was sie gesagt haben? ›Dieser Dreckskerl Varant, der macht krumme Geschäfte und beutet die Leute aus.‹ Und wenn er das Cello zu einem so lächerlichen Preis kauft, der Varant, kann man ihn auch gleich noch als Erpresser beschimpfen. Das passt doch alles hervorragend ins Bild. Und die junge Frau, die in ihrer heilen Welt lebt, ist natürlich die reine Unschuld und schön wie eine Operettenmelodie. Sie würde niemals, wirklich niemals Geld von Varant nehmen, nein, nein … Und doch hat sie genau das getan! Die junge Frau hat mein Geld genommen, als hinge ihr Leben davon ab. Tja, das passt nicht zu den Filmen, die ihr euch alle so gerne anschaut, was? Heldinnen, die sich für einen Haufen Kohle von ihrem geliebten Cello trennen. Was kann ich dafür, wenn ihr euch alle was vormacht?«

Varant kniete sich neben Antoine auf den Boden, sodass dieser sein Gesicht sehen konnte. Als Varant den Kopf verdrehte, um sich Antoine noch weiter zu nähern, stieg ihm die Röte in die Wangen.

»Lalie meint, dass du diese Frau da, die Musikerin, beeindrucken wolltest.«

Varant begann zu lachen.

»Als sie mir das gesagt hat, dachte ich zuerst, sie würde sich das nur einbilden. Lalie beklagt sich doch immer, dass die Männer nicht romantisch genug sind. Aber vielleicht hatte sie ja recht.«

Varant stieß gegen Antoines Arm, der kraftlos über den Boden rutschte, als gehörte er nicht mehr zu seinem Körper.

»Los, sag es mir, damit ich nicht dumm sterbe. Hast du es gemacht, um die Lady zu beeindrucken?«

»Nein, darum ging es mir nicht«, murmelte Antoine.

»Tatsächlich?«, rief Varant und lachte hämisch. »Was du nicht sagst! Ich bin sicher, dass es dir genau darum ging. Hahaha. Deine Schöne, die hat die Schnauze gestrichen voll von der Musik, die braucht einfach Kohle, um aus Villerude und aus Hongkong abzuhauen, um aus der Welt zu verschwinden und niemals zurückzukehren! Ihr Cello ist ihr total egal. Sie müsste übrigens inzwischen am Flughafen sein mit meinem ganzen Zaster. Die reibt sich bestimmt die Hände. Du willst ihr beweisen, dass du ein Held bist, und fiedelst ihr ein Ständchen unter ihrem Balkon, und sie ist längst über alle Berge. Du Armer! Sie ist weg, ohne ihre Adresse zu hinterlassen und ohne irgendwas zu bedauern.«

In diesem Augenblick piepste Varants Handy. Antoine sah nicht, wie er darauf regierte, und es war ihm auch egal.

Er dachte nur an Rose, die abgereist war, und ihm war kalt in dem leeren Kino. Und auch in Villerude würde große Kälte herrschen, wenn Rose nicht länger da war. Antoine schloss die Augen. Kurz darauf standen Varants Schuhe wieder neben seiner Nase, und sein Körper verkrampfte sich.

»Ich lasse dich hier liegen. Wenn wir das Cello nicht finden, kommen wir zurück.«

Antoine entspannte sich, doch ihm war entsetzlich übel. Er hörte das Knarren der Eingangstür. Ehe Varant das Kino verließ, rief er ihm noch zu:

»Wenn du nicht lebendig begraben werden willst, solltest du schleunigst hier abhauen. In zwei Stunden kommen die Bulldozer. Ich habe dich gewarnt!«

28

FREITAG, 1. MÄRZ

Antoine war vor Erschöpfung eingenickt, doch nun war er wieder hellwach. Sein Körper schmerzte, aber seine Gedanken waren glasklar. Wie lange war er nicht bei Bewusstsein gewesen? Vielleicht ein paar Minuten oder ein paar Tage. Er wusste es nicht. Es musste noch hell sein, denn ein Lichtstrahl schien von der Kuppel auf den Balkon.

»Camille? Camille?«

Warum rief er Camille? Er konnte ihm bestimmt nicht helfen aufzustehen. Außerdem war er nicht mehr da. Er war an dem Tag verschwunden, an jenem verfluchten Tag, als Antoine geglaubt hatte, ein anderer zu sein, ein Held, ein Einbrecher, ein Gewinner. Er verzog das Gesicht vor Schmerzen, als er sich auf den Armen aufstützte. Es gelang ihm, sich hinzusetzen, doch dann krümmte er sich sofort wieder zusammen, denn sein Bauch tat furchtbar weh. Er hörte eine Stimme hinter sich.

»Wusste ich's doch, dass ich nicht zum Racheengel tauge. Ich habe Gewalt immer verabscheut.«

Das war Camille. Antoine lachte spöttisch, worauf sofort stechende Schmerzen durch seinen Magen schossen und er sich noch stärker zusammenkrümmte.

Antoine: »Es ist meine Schuld.«

Camille: »Was ist deine Schuld?«

Antoine: »Die Idee, dass wir aus einem bestimmten Grund hier sind.«

Antoine versuchte aufzustehen. Mit den ungeschickten Bewegungen und dem getrockneten Blut am Hals ähnelte er einem gerade neugeborenen Tier, das seine ersten Schritte machte. Als er endlich stand, taumelte er zur Bühne.

Antoine (in rauem Ton): »Die Idee, dass man einer Art Handlinie folgt, dass das Leben einen Sinn hat und jeder mit einer Bestimmung geboren wird, dieser ganze Unsinn. Es ist eine schöne Vorstellung, dass irgendwo ein Bild existiert und man nur die Einzelteile richtig zusammenzufügen braucht. Und was ist auf diesem Bild zu sehen? Ein besseres Bild von uns? Wer's glaubt, wird selig! Lügenmärchen, die einem helfen, morgens aufzustehen und sich nicht zu erschießen, wenn die Nacht hereinbricht. Es gibt nur Chaos und jede Menge Teile, die nicht zueinander passen. Tag für Tag setzt man einen Schritt vor den anderen und hofft, dass man nicht zu früh ins Gras beißt. Nichts ist vorherbestimmt, und es gibt niemanden, der uns sagt, wo es langgeht, weder dir noch mir, noch irgendjemandem. Niemand weiß, was kommt.«

Niemand. Nobody. Antoine musste an den kleinen Hund denken, der seinetwegen so sehr hatte leiden müssen, und wieder verkrampfte sich sein Magen angesichts des ganzen Schlamassels. Sein schlechtes Gewissen und die

Traurigkeit zerrissen ihn innerlich. Er wollte Camille alles erzählen, von dem Hund in dem Cellokasten mit den schwarzen Farbflecken und von dem Gesicht der Tierärztin, auf dem sich im Licht der Morgendämmerung die Sorge um Nobody spiegelte. Doch Antoine hatte nicht die Kraft dazu, und es hatte ohnehin keinen Sinn mehr.

Er setzte sich auf die Bühne, schloss die Augen, lehnte den Kopf zurück und massierte sich den Hals. Dann öffnete er die Augen wieder und erblickte Camilles griesgrämige Miene. Der Alte brummelte etwas.

Antoine: »Was ist?«

Camille: »Ich habe gesagt, dass es einen Grund geben muss, warum ich hier bin. Warum sonst sollte ich zurückgekommen sein?«

Antoine (in lautem Ton): »Du bist zurückgekommen, weil ich unter schlimmen Halluzinationen leide. Du existierst gar nicht, du armer, alter Mann! Camille Levant ist tot und wurde begraben, eine Reise ins Paradies ohne Rückfahrkarte. Du bist nur eine Illusion, eine Störung meiner Wahrnehmung, eine Stimme in meinem Kopf, die mich um den Verstand bringt.«

Camille erblasste, und das war für einen Geist schon ein starkes Stück. Dennoch betrübte es Antoine, ihn so zu sehen. Er überlegte kurz, ob er sich entschuldigen sollte, kam aber zu dem Schluss, dass all das gar nicht wirklich geschah. Er schüttelte den Kopf und verzog das Gesicht, als sein Körper ihn daran erinnerte, dass ihm alle Knochen wehtaten.

Camille (in gereiztem Ton): »Ich bin also nur das Produkt eines bösen Streichs deiner Wahrnehmung, was?

Dann solltest du dir vielleicht mal die Frage stellen, warum du einen Geist im Kopf hast. Hm? Also, ich hätte da schon eine Idee.«

Antoine beugte sich über seine Knie und brummte: »Ach ja?«

Camille: »Vielleicht bin ich da, um dich daran zu erinnern, dass du nicht unsterblich bist, mein Junge.«

Antoine hob den Blick zu Camille. »Und wenn schon. Das hat Varant mir bereits deutlich genug zu verstehen gegeben.«

Camille: »Ja, aber auf eine völlig andere Art.«

Plötzlich wurde der alte Filmvorführer durch ein Dröhnen unterbrochen. Es wurde immer lauter und war von einem Beben in der Ferne begleitet. Antoine senkte wieder den Kopf. Camille schwieg. Sie wussten beide, woher der Lärm kam. Die Bulldozer näherten sich, und in dem leeren Kino war das Dröhnen durch das starke Echo besonders laut.

Antoine: »Sie ist abgereist.«

Camille antwortete nicht. Antoine hob den Blick und sagte noch einmal etwas lauter, dass Rose abgereist sei.

Camille: »Ja, ich hab's gehört. Aber solange du lebst, ist es nicht zu spät.«

Antoine: »Danke für den Rat.«

Camille: »Verzeihung. Ich darf dich daran erinnern, dass ich nur die Stimme in deinem Kopf bin.«

Antoine hob die Hand, als wollte er Camille zum Schweigen bringen. Als er aufstand, schnitt er eine Grimasse und murmelte etwas in seinen Bart.

Antoine: »Es ist trotzdem zum Totlachen. Ich leide darunter, ein Niemand zu sein, und nun sieh dir an, was aus mir geworden ist. Jetzt bin ich nicht mal mehr das.«

Langsam ging Antoine auf die Tür zu, als eine große Erschütterung das Kino erbeben ließ. Stücke der Decke fielen auf ihn hinab und färbten seine Haare grau. Antoine schien mit einem Schlag um Jahre gealtert zu sein.

Camille (geriet in Aufregung): »He, Antoine! Antoine, hör mir zu! Hör zu! Die Bulldozer kommen, und es ist die letzte Gelegenheit, es dir zu sagen. Eines Tages wirst du sterben, und glaub mir, es ist immer zu früh. Verlier keine Zeit. Liebe sie, verdammt, und sag es ihr. Sag ihr, dass du dir dumm vorkamst, als sie da war, und dass du dich dennoch wie ein Mann gefühlt hast. Und dass es dir nicht darum ging, den Helden zu spielen. Sag ihr, wenn du sie siehst, hast du das Gefühl, den Teil von dir gefunden zu haben, der gefehlt hat, und dass du dich viel stärker fühlst, sobald sie in deiner Nähe ist. Sag ihr, dass du deine Bestimmung gefunden hast, nämlich sie von ganzem Herzen zu lieben. Sag es ihr immer wieder, Antoine. Und auch wenn du dir dabei dumm vorkommst, sag ihr jeden Morgen und Abend Dinge, die ihr die Tränen in die Augen treiben. Denn eine solche Liebe ist selten, und sie währt nicht ewig. Zuerst glaubt man, man sei dem nicht gewachsen, und mit den Jahren vergisst man, welch ein Glück man gehabt hat. Ich habe lange gelebt, Antoine, und wenn ich eines begriffen habe, dann das. Ich hatte es vergessen, verdammt. Aber als du mir die Filme von Odette gezeigt hast, fiel mir mit einem Schlag alles wieder ein. Dank dir. Glaub von mir aus, ich sei nur eine Stimme in deinem Kopf, wenn dir das lieber ist, mein Junge. Aber ich weiß, dass ich existiere, denn ich spüre auf einmal, dass ich bereit bin, verstehst du? Ich bin bereit, Odette wiederzusehen. Das ist traurig in meinem Alter, aber ich bin bereit für eine zweite Chance.«

Mit schlaff herabhängenden Armen und einer geschwollenen Wange stand Antoine mitten im Kino. Melancholie hatte ihn ergriffen. Da hörte er plötzlich die Türen des Kinos über den Mosaikboden der Eingangshalle schleifen. Sofort darauf vernahm er das fröhliche Kläffen, das er so gut kannte, und sein Körper entspannte sich vor Glück. In dem Tageslicht, das durch die gerade geöffnete Tür hereinschien, konnte er die Konturen genauer ausmachen. Es war Rose, und sie hielt ihr Cello in der Hand. In dem Licht, das sie umgab, sah sie aus wie ein Engel, sie schien von innen heraus zu strahlen. Antoine hörte in seinem Kopf ein vertrautes Geräusch, als ein Puzzleteil sich endlich in das Bild einfügte. Die Ereignisse überstürzten sich mit einem Mal, und dennoch schien die Zeit stillzustehen. Camille stand langsam auf und hielt die Luft an. Antoine stand auf einer Seite der Eingangshalle und Rose auf der anderen, mit Nobody an ihrer Seite. Dann kam Rose auf Antoine zu, zuerst mit kleinen schüchternen Schritten und dann immer schneller, und er konnte es kaum glauben, aber nein, er träumte nicht. Sie kam auf ihn zu, und plötzlich hatte er keine Schmerzen mehr. Sie liefen einander entgegen, und Antoine erfüllte eine so ungeheure Freude, dass er zu schweben glaubte. Nur noch wenige Zentimeter trennten sie, doch als Antoine Rose in diesem überwältigenden Augenblick in die Arme schließen wollte, blieb sie abrupt stehen. Mit einem strahlenden Lächeln sagte sie zu ihm: »Danke, Antoine!« – und lief an ihm vorbei, immer noch gefolgt von Nobody.

Antoine blieb wie erstarrt stehen. Ihm schwirrte der Kopf. Er konnte es nicht fassen, dass es gar nicht zu dieser Umarmung gekommen war, die er in Gedanken bereits vollzogen hatte.

Camille riss den Mund auf, und die beiden Männer wandten sich zu Rose um und schauten ihr hinterher. Sie stieg mit ihrem Cello unter dem Arm im Eilschritt die Treppe zum Balkon hinauf. Anschließend nahm sie die Stufen, die zur Kuppel führten, und entschwand Antoines und Camilles Blicken.

Camille hatte jedoch nicht mehr verfolgt, wohin sie gegangen war. Er war damit beschäftigt, Nobody zu streicheln, der ihn ansprang, ihm das Gesicht leckte und ganz außer sich war. Camille lachte und weinte vor Freude und sagte:

»Ach, mein lieber Nobody, du hast mir so gefehlt, mein kleiner Hund.«

Mitten in Camilles Glück hörte Antoine jene leisen Töne, die zu hören sind, wenn alles so ist, wie es sein soll, eine herzzerreißende Melodie voller Wehmut: Der kleine Hund war tot. Wie der Pfarrer bei Camilles Beerdigung gesagt hatte, riefen die Wesen im Jenseits fröhlich: »Da ist er!« Der Mann und der Hund waren wieder vereint, und Antoine stiegen Tränen in die Augen.

Nicht nur Antoine schluchzte, sondern das gesamte Kino wurde mit einem Mal von einem tiefen Schluchzen erschüttert. Es kam von der Kuppel her und breitete sich im Kinosaal aus. Selbst der Staub wirbelte nicht mehr durch die Luft, sondern hielt inne, um zuzuhören. Innerhalb weniger Atemzüge mischte sich in jene erhabene, unsichtbare Melodie eine unbändige Freude. In ihrer Feierlichkeit und Anmut haftete ihr ein Hauch von Ewigkeit an, sie war erfüllt von den Dingen, die einst gelebt hatten und nunmehr schliefen, und die Menschen und die Geister begriffen, dass das wahre Musik war. Diese wundervollen Klänge, die eine Hand, die über die Saiten eines Cellos strich, zum Leben erweckte.

Es war Rose, und sie spielte die *Suite Nr. 1 für Violoncello solo* von Johann Sebastian Bach.

Antoine trat aus dem Kino heraus und sah sich um. Das Licht des kalten Nachmittags erhellte einige Personen, die er kannte. Sie alle schauten nach oben. Auf der Straße und auf dem unbebauten Grundstück neben dem Kino standen Bulldozer. Aus verschiedenen Richtungen strömten Menschen herbei, die Kinder liefen den Erwachsenen voraus. Es war ein Wochentag, aber sie hatten die Arbeit und die Schule früher verlassen. Was dort oben im Kino geschah, zog sie alle in den Bann. Als Antoine sich umdrehte, entdeckte er in der Kuppel über dem verfallenen Balkon hinter den zerbrochenen Glasscheiben Rose, die er nun zum ersten Mal Cello spielen hörte. Dank seiner Heldentat hatte sie ihren geliebten Begleiter zurückbekommen. Mit der Wintersonne in ihrem roten Haar glich sie einer Meerjungfrau, der Galionsfigur eines gesunkenen Schiffes. Die Arbeiter stiegen aus ihren Bulldozern und sahen fasziniert zu ihr hinauf.

Das Auto des Bürgermeisters bog in die Straße ein, und auf dem Parkplatz im Schatten der Häuser an der Uferpromenade erkannte Antoine Lalies Auto. Hinter der beschlagenen Windschutzscheibe sah Lalies Gesicht aus wie ein Schatten. Auch sie starrte zur Kuppel hinauf. Man hätte meinen können, sie lächelte, doch Antoine war sich nicht sicher. Lag wirklich ein Cello in ihrem Auto, oder spielte seine Wahrnehmung ihm erneut einen Streich? Antoine war sich dessen bewusst, gerade einem ungewöhnlichen, einzigartigen Augenblick beizuwohnen. Vor allem aber breitete sich Hoffnung in ihm aus auf das, was kommen mochte. Villerude würde sich verändern, und irgendetwas würde nicht mehr so sein, wie es war, aber er wusste nicht, was. In diesem Moment bemerkte er, dass die Menschen – mittlerweile waren es bestimmt über fünfzig – ihre Blicke von der Kuppel abwandten. Als Antoine das Dröhnen eines Motors hörte, erstarrte er. Es war Varants Maserati. Ehe er sich Sorgen darüber machen konnte, was nun geschehen würde, fuhr jemand mit einem Motorrad auf das Kino zu. Der Fahrer stellte es neben Antoines Maschine ab, nachdem er einige Schaulustige fast umgefahren hätte. Antoine erkannte Yéyé und Stéphanie, die hinter Yéyé auf dem Motorrad gesessen hatte. Sie trugen beide keinen Helm. Als die Schaulustigen gerade zu schimpfen begannen, weil die zwei dieses spontane Konzert störten, rief Stéphanie fröhlich:

»Die Leute kaufen das Kino zurück! Die Leute kaufen das Kino zurück!«

Der Bürgermeister, der soeben eingetroffen war, lief sofort auf Stéphanie und Yéyé zu, die bereits mit Françoise sprachen.

»Wie? Die Leute kaufen das Kino zurück?«, fragte der Bürgermeister.

»Die Webcam!«, rief Yéyé und zeigte auf die kleine Kamera an der Ecke des Gebäudes gegenüber vom Kino. »Die Webcam! Ich hab doch gleich gesagt, dass das eine gute Idee ist.«

»Die Menschen schauen dem Konzert live zu«, sagte Stéphanie, die vor Aufregung völlig außer Atem war. »Sie haben die Bulldozer gesehen, und die Spenden gehen über den Kontakt ein, den wir auf der Homepage des Tourismusbüros eingerichtet haben. Es ist der reinste Wahnsinn. Sie tauschen sich schon auf Facebook darüber aus. Sehen Sie mal!«

Sie zog ihr Smartphone der neuesten Generation aus der Tasche und zeigte ihnen die Website, auf der Statistiken und eine ansteigende Kurve zu sehen waren. Es gab Dutzende und dann Hunderte von Besuchern pro Minute. Françoise, die nichts begriff, scrollte blitzschnell durch die Seiten, während sie versuchte, alles zu verstehen, was Stéphanie ihr zeigte. Es waren Webseiten, Apps, Kurven, Icons, Mitteilungen und Zahlen, immer wieder Zahlen, und das alles in leuchtend bunten Farben. Ihr wurde beinahe schwindelig.

»Das ist ja wunderbar!«, rief sie schließlich.

»Moment mal«, sagte der Bürgermeister, der die Augen zusammenkniff und so tat, als wäre er voll und ganz im Bilde. »Wie viel wurde denn gespendet? Wie hoch ist die Summe?«

»Wir sind bei 22.538,50 Euro.«

Der Bürgermeister breitete die Arme aus und ließ sie dann sinken. Als Stéphanies Handy vibrierte, meldete sie sich sofort.

»Na ja, da fehlt aber noch eine ganze Menge, um das Kino zurückzukaufen«, sagte der Bürgermeister. »Freuen Sie sich da mal nicht zu früh. Das hier reicht gerade mal, um eine Popcornmaschine zu kaufen.«

»Herr Bürgermeister«, erklärte Françoise ihm wie ein Profi, »innerhalb von zehn Minuten wurden eintausendfünfhundert Euro gespendet! Ich frage mich, wie hoch die Summe am Ende sein wird, wenn die junge Frau weiterspielt. Wäre es nicht wunderbar, wenn sie den ganzen Abend spielen würde?«

»Von mir aus kann sie auch bis in alle Ewigkeit spielen ...« Stéphanie beendete ihr Gespräch.

»Ein Team von France 3 ist unterwegs«, verkündete sie stolz.

»Das Fernsehen?«, fragte der Bürgermeister und reckte die Schultern.

»Ja, der Sender France 3«, bestätigte Yéyé so selbstverständlich, als würde er ständig von Journalisten interviewt.

Und Rose spielte weiter, während sich die gute Nachricht unter den Schaulustigen verbreitete, die nach wie vor den Blick zur Kuppel erhoben hielten. Handys leuchteten auf, und die Nachricht weckte nun das Interesse der Menschen weit über die Grenzen von Villerude hinaus. Antoine sah aus dem Augenwinkel, dass Varant versuchte, die Türen des Kinos aufzubrechen. Yéyé bemerkte es im selben Augenblick. Die beiden jungen Männer wechselten einen Blick und warfen sich auf Varant. Andere unterstützten sie, um Varant daran zu hindern, das Kino zu betreten. Die Polizei war schon vor Ort und blockierte nun den Zugang zum Kino. Antoine hörte, dass Yéyé den Polizisten sagte, die Webcam habe Varant gefilmt, als er in der Eingangshalle zwei Schläger auf einen von ihnen losließ. Daraufhin machte Antoine sich schnell aus dem Staub und bahnte sich einen Weg durch die Menge zu Françoise, die mittlerweile alles verstanden hatte. Sie stieß einen Schrei aus und fiel dem Bürgermeister um den Hals.

»25.000 Euro, Herr Bürgermeister, 25.000 Euro.«

Doch der Bürgermeister hörte nicht zu. Er sah den Wagen des Fernsehteams, aus dem ein Kameramann heraussprang. In dem korpulenten Mann mit den geröteten Wangen ging eine Wandlung vor. Sein Blick wanderte zu Rose, dann zu Varant und dann wieder zu dem Bildschirm des Smartphones. Er nahm es Stéphanie aus der Hand und schritt mit feierlicher Miene durch die Menge der Schaulustigen. Mittlerweile hatte sich das ganze Dorf versammelt. Dreihundert Personen waren gekommen, um diesem herrlichen Ereignis beizuwohnen, das das in Vergessenheit geratene Kino ihnen nun bot.

»Liebe Freunde. Was wir an diesem Nachmittag erleben, ist ein historischer Augenblick. Die ganze Welt blickt auf Villerude.«

Auf dem Bildschirm des Smartphones, das er durch die Luft schwenkte, erschien eine Weltkarte. Die Herkunft der Spenden war in unterschiedlichen Rot- und Orangetönen gekennzeichnet. Und mit einem Male färbte sich die Karte orangerot – ebenso wie der Himmel an diesem außergewöhnlichen Nachmittag.

»Diese Nachrichten, die uns heute aus der Ferne erreichen, sind der Beweis dafür, dass unsere Gäste an uns denken. Sowohl die Urlauber, die nach dem Sommer aus

Villerude abgereist sind, als auch die Tagesbesucher, von denen wir glaubten, sie würden gehen, ohne einen Blick zurückzuwerfen, haben heute beschlossen, uns zu sagen, dass sie uns niemals vergessen haben. Alle diese Menschen, die Villerude lieben, sammeln Spenden, um unser Kino zu retten.«

»30.000 Euro!«, rief Stéphanie.

»Ich gebe hundert Euro«, rief eine Frau. Es war die Grundschullehrerin.

»Ich auch«, rief ein Mann.

Alle Freunde des *Paradis* waren herbeigeeilt. Jean-Pierre und Marie, Joëlle, Sylvain, Christelle und Naël mit all seinen Freunden und Gilbert, der ein paar Senioren aus dem Altenheim mitgebracht hatte. Plötzlich war die Gruppe ziemlich groß.

»Lasst uns gemeinsam das Kino retten!«, rief der Bürgermeister, worauf die Menge lautstark ihre Zustimmung kundtat.

Sie hörten auch Varant schreien:

»Los, steigt in eure Bulldozer! Das Gebäude gehört mir!«

Doch die Arbeiter bewegten sich nicht. Sie ließen sich von den himmlischen Klängen verzaubern.

Auch Antoine hob den Blick wieder zu Rose empor, und er spürte seine starke Müdigkeit und die Kälte. Er erinnerte sich, dass er Rose in jener Nacht im Kino seine Jacke über die Schultern gelegt hatte. Jetzt saß sie dort in der Kälte und spielte diese zauberhafte Musik. Er schaute auf ihre Schultern und glaubte, ihre Hände zu sehen, doch dann begriff er, dass er sie mehr spürte, als dass er sie sah.

Camilles Worte, die Antoine vorhin wie das Licht eines längst erloschenen Sterns wahrgenommen hatte, bestürmten ihn. Er hatte keine Kraft mehr, gegen das Offensichtliche anzukämpfen. Entschlossenen Schrittes ging er auf die Tür des Kinos zu, dessen Zugang Polizisten versperrten. Antoine sagte ihnen, er wolle zu Rose, und er sagte es so selbstsicher, dass sie ihn widerstandslos passieren ließen.

Das Innere des alten Kinos war voller Staub. Antoine presste einen Arm auf die Nase. Seine Kehle begann zu brennen, als winzige Staubpartikel des hundert Jahre alten, verfallenen Gemäuers seine Atemwege reizten. Hier gab es kein Licht mehr. Alles war dunkel, und Antoine konnte Camille nicht sehen, aber er wusste, dass er noch da war.

Er stieg die Stufen zum Balkon hinauf und dann die Stufen, die zur Kuppel führten. Dort saß Rose, die ihm so vertraut war. Sie spielte mit großer Leidenschaft, und die Energie der Musik, die sie umschwebte, ließ Villerude erstrahlen. Als Rose ihn sah, lächelte sie. Antoine zog seine Jacke aus und legte sie auf den freien Kinositz neben ihr. Zwischen zwei Stücken zog sie die Jacke wortlos an. Rose spielte weiter bis zum Einbruch der Dunkelheit, und Antoine stand die ganze Zeit hinter ihr – ein Schutzengel mit gebrochenen Rippen. Ab und zu hörten sie Schreie und die Verkündung neuer Zahlen. Verstärkt durch das Rauschen des Meeres hallte das Echo der Klänge durch die Nacht. Die Wellen spritzten die Gischt in die Höhe, um der wundervollen Melodie Ehre zu erweisen.

Einige Stunden vergingen, Stunden, die keiner der Anwesenden jemals vergessen würde. Schließlich rief Stéphanie mit triumphierender Miene:

»70.000 Euro! Das Kino gehört uns!«

Hunderte von Menschen brachen in Jubel aus. Auf ihren Gesichtern spiegelte sich grenzenloses Staunen, denn solche Geschichten passierten sonst immer nur anderswo, aber niemals in Villerude. Sie sprangen umher, tanzten und lagen sich in den Armen, als hätte ihr Lieblingsverein gewonnen, ja, sie waren sogar noch ausgelassener. Jemand zündete ein Feuerwerk, das ein bisschen feucht geworden war, aber dennoch stolz am Himmel funkelte. Es war ein wahrer Triumph, und der Bürgermeister gratulierte den anderen und sich selbst. Varant schrie die Polizisten an, die allerdings schon mit ganz anderen Dingen fertig geworden waren.

Rose hatten die Leute in ihrem Siegestaumel fast vergessen. Während die Menschen unten vor dem Kino vor Freude in die Luft sprangen, hatte sie sich auf den Kinositz fallen lassen und mit einem Lächeln auf den Lippen die Augen geschlossen. Als sie sie wieder öffnete, kniete Antoine vor ihr und deckte sie mit dem roten Vorhang zu.

»Ich war niemals ein Held, Rose, und heute bin ich es noch weniger als früher. Aber ich habe meine Bestimmung gefunden. Ich möchte dir sagen, dass ich dich liebe. Und dass ich dich lieben werde, bis ...«

Plötzlich erstrahlte ein Feuerwerk über ihnen. Ein Funkenregen tauchte das Kino einer Sternenexplosion gleich in gleißendes Licht. War das Camille, der ihnen auf diese Weise Adieu sagte? Oder gab das elektrische System nun endgültig den Geist auf, nachdem die anrückenden Bulldozer das alte Gemäuer so stark erschüttert hatten? Oder war es Antoines Herz, das vor Freude verrücktspielte? Was es auch sein mochte, Antoine war es vollkommen gleichgültig.

»... bis alle Lichter erlöschen!«

Roses Augen strahlten. Sie drückte ihre Lippen auf Antoines Mund, und ihr Kuss war so schön, so schlicht und so rein, dass man am liebsten ENDE daruntergeschrieben hätte. Doch diese beiden Verliebten, die im siebten Himmel schwebten, würden sich auch dann noch lieben, wenn man den Film ausgeblendet, den großen roten Vorhang zugezogen und das Neonlicht ausgeschaltet hätte. Denn dieser Kuss war der Beginn ihrer Geschichte.

29

Über dieses Ereignis wurde noch lange gesprochen. Die Zeitungen berichteten unermüdlich über die Musikerin, die von weither gekommen war, um in einem kleinen, altmodischen Badeort ihren Urlaub zu verbringen. Und während ihres Urlaubs hatte sie sich spontan entschlossen, ein Konzert zu geben, um ein altes Kino zu retten. Gleichzeitig hatte sie ihre Liebe zu einem Automechaniker aus dem Ort entdeckt. Niemand erwähnte Varant oder Lalie, tote Fische oder den Einbruch. Auch Camille wurde nicht erwähnt, nicht Nobody und nicht die unzuverlässigen Lampen, Lichterketten und Wandleuchten. Die Zeitungen schrieben nur das, was sich vernünftig und logisch anhörte, und alle waren zufrieden.

Alle außer Varant, der nicht nur sein Kino verloren hatte, sondern auch erklären musste, warum er den armen Antoine Bédouin zusammengeschlagen hatte. Das war eine brenzlige Angelegenheit, denn am Anfang dieser Geschichte standen ein paar Hunderttausend Euro. Dieses Geld, mit dem er das Cello bezahlt hatte, hatte er niemals beim Finanzamt angegeben. Darum beschloss er, das Cello, den Einbruch und das ganze Theater zu verschweigen und den eifersüchtigen Liebhaber zu spielen. Antoine hatte nichts dagegen einzuwenden und verabschiedete sich leise von Varant, als dieser verkündete, dass sein Geschäftsführer die Leitung der Fabrik übernehmen und er selbst zu seiner Frau nach Arcachon ziehen würde.

Rose hatte ihr Cello zurück, und sie konnte es wieder lieben. Das Geld vom Verkauf des Cellos, das sie befreien sollte, besaß sie nicht mehr. Sie hatte es der Polizei übergeben müssen. Doch sie entdeckte eine andere, zartere und natürlichere Freiheit. Rose begriff nämlich, dass ihr Herz größer war, als manch einer geglaubt hatte. Plötzlich hatte sie die Kraft, Antoine und die Musik gleichermaßen zu lieben, und sie liebte beide von Tag zu Tag mehr. Denn war es nicht so, dass sich die Probleme manchmal unerwartet und auf mysteriöse Weise lösen, sobald wir aufhören, Angst vor dem zu haben, was die Zukunft für uns bereithält? Oder hatte Camille, der aus dem Jenseits zurückgekehrt war, seine Hände im Spiel?

Zu jener Zeit zog die Aktion zur Rettung des *Paradis* immer weitere Kreise und kam nun auch jenen zu Ohren, die viel Einfluss hatten. Nach und nach wurden rings um das alte Bauwerk Gerüste aufgestellt. Die Sonntagsspaziergänge der Familien aus Villerude führten nun immer auch am Kino vorbei, denn alle waren neugierig, wie gut die Arbeiten vorangingen. Touristen auf der Durchreise wollten sich ebenfalls das *Paradis* mit seiner Kuppel ansehen, das nun ebenso wie der Strand und der Mickymaus-Club große Berühmtheit erlangt hatte. Bauunternehmer witterten die Gunst der Stunde, und das Brachland neben dem Kino würde nicht mehr lange unbebaut bleiben. Im nächsten Sommer sollten dort zwei Restaurants eröffnet werden.

Den ganzen Winter und den Sommer über waren die Männer damit beschäftigt, dem alten Bau seinen Glanz zurückzugeben. Françoise und die Mitglieder des Vereins der Freunde des *Paradis* suchten in den Archiven von Villerude Fotos des einst prächtigen Kinos heraus, damit alles möglichst seiner ursprünglichen Bauweise entsprach. Das Gebäude einschließlich der Kuppel wurde restauriert. In dem Kino sollten in Zukunft nicht nur Filmvorführungen, sondern wie in der Anfangszeit auch Veranstaltungen aller Art stattfinden. Mehrere Elektriker rauften sich die Haare, weil sie dieses veraltete System nicht verstanden – so etwas hatten sie nie zuvor gesehen. Schließlich ersetzten sie es durch eine vollkommen neue Elektrik, die modernem Standard entsprach. Aus ganz Frankreich strömten Künstler herbei, um die Mosaikböden, die Wandgemälde und die Verzierungen am Balkon zu erneuern. Einer von ihnen war Joseph Cheval. Er hatte seine Tochter Cassandre mitgebracht. Der Ort gefiel ihnen so gut, dass sie blieben. Nicht zuletzt hatte Joseph sich nämlich verliebt: in Lalie.

EPILOG

Zwei Jahre später war es endlich so weit. Der Frühling ging soeben zu Ende, als das Kino neu eröffnet wurde. Zu diesem Anlass wurde der Film *Die Kinder des Olymp* von Marcel Carné gezeigt. Der Film aus dem Jahre 1945 bestand aus zwei Teilen von jeweils neunzig Minuten Länge. Fast alle Einwohner aus Villerude, aus Saint-Jean-de-Monts und aus Noirmoutier und sogar einige aus Nantes waren gekommen. Die Besucher wurden vom Bürgermeister und von Françoise begrüßt, die sich an diesem Tag besonders schick gemacht hatte. Der Bürgermeister war dem Verein der Freunde des *Paradis* beigetreten, dessen Mitgliederzahl deutlich gestiegen war. In der Eingangshalle mit dem neuen Mosaikboden fragten sich alle, ob Antoine und Rose kommen würden. Die beiden hatten Roses Haus renoviert, aber sie waren häufig auf Reisen. Seit langer Zeit hatte niemand sie mehr gesehen. Als Lalie, die sich bei Joseph eingehakt hatte, das Kino betrat, begannen die Leute zu tuscheln. Hatten Antoine und Lalie seit damals je wieder miteinander gesprochen?

Françoise schloss die Türen, die zum Kinosaal führten. Ein letztes Mal drehte sie sich um. Sie war ein wenig enttäuscht, dass niemand mehr kam. Antoine und Rose waren nicht erschienen.

Doch in der Pause sahen sie sie. Sie saßen auf dem Balkon. Rose sah hübsch aus und hatte einen runden Bauch, denn sie erwartete in Kürze ihr erstes Kind. Auch Antoine sah gut aus und war jetzt ein stattlicher Mann. Als sie die Treppe hinabstiegen, richteten sich alle Blicke auf Rose, und der Bürgermeister und sämtliche Mitglieder des Vereins der Freunde des *Paradis* nahmen sie in Beschlag. Antoine, der abseits stand, war es gewohnt, dass seine geliebte Frau große Aufmerksamkeit auf sich zog. Für ihn war das kein Problem, er fühlte sich sogar geschmeichelt. Er hob den Blick zum Balkon, wo Camille neben Odette und ihrem Hund Nobody saß. Antoine wusste schon lange, warum Camille zurückgekehrt war: Er wollte lernen, wieder über die Liebe zu sprechen. Antoine brauchte nur Odette anzuschauen, die wie ein Backfisch strahlte, um es zu erraten. Die alten Lichter des Kinos hatten ihm nur den Weg geleuchtet. Auf der anderen Seite des Kinosaals entdeckte Antoine Joseph und Lalie. Ohne eine Sekunde zu zögern, begab er sich in ihre Richtung. Auf dem Weg zu ihnen kam er an einem kleinen Jungen vorbei, der eine Flasche Orangina trank. Das war Lucas, der damals beinahe Nobody übernommen hätte. Mittlerweile war er acht Jahre alt, und dieser endlos lange Film langweilte ihn entsetzlich.

»Weißt du was? Du hattest recht«, sagte Antoine.
»Wie meinst du das?«, fragte der Junge.

»Der Hund. Erinnerst du dich, dass du bei mir warst, um ihn zu sehen?«

»Ja, ich erinnere mich an den kleinen Hund. Er hieß Nobody.«

»Genau. Du hattest recht. Dieser Hund ist ein Gespenst.«

Lucas schaute Antoine an. Dann wanderte sein Blick zu seinen Eltern und wieder zurück zu Antoine.

»Woher weißt du das?«

»Er ist hier im Kino. Wenn der Film weitergeht, musst du zum Balkon hinaufsehen, okay?«

Antoine zwinkerte ihm zu und setzte seinen Weg zu Lalie und Joseph fort. Sie alle waren ein wenig verlegen bei diesem ersten Wiedersehen, und jeder bemühte sich, niemanden zu verletzen. Doch nach ein paar Minuten war alles vergessen. Die Zukunft hielt Verheißungsvolles für sie bereit. Die beiden Männer verband eine tiefe Freundschaft, und ihre Frauen lernten sich ebenfalls zu schätzen. Eines Tages würden Joseph und Antoine ein kleines Geschäft eröffnen. Sie hatten vor, ihre unterschiedlichen Talente zu nutzen und Spieldosen herzustellen.

Der zweite Teil des Films begann. Antoine nahm Roses Hand, und gemeinsam stiegen sie die Treppe zum Balkon hinauf.

Lucas sah weder Garance noch Frédéric, noch den Boulevard du Crime. Er drehte sich zur anderen Seite um und schaute durch den hellen Lichtstrahl hindurch, der durch das Loch in der Wand auf die Leinwand geworfen wurde. Einen kurzen Augenblick lang glaubte er einen Hund zu erkennen. Seine Vorderpfoten lagen auf der Brüstung des Balkons, und seine Hinterbeine standen auf den Knien eines alten Mannes und einer alten Frau, die den Mann zärtlich anlächelte. Eine Sekunde später sah Lucas an derselben Stelle nur noch Dunkelheit. Er sagte sich, dass es dumm war zu glauben, was Antoine ihm erzählt hatte. Seine Mutter forderte ihn auf, sich ordentlich hinzusetzen. Enttäuscht und misslaunig verschränkte Lucas die Arme. Trotzdem sonderbar, dachte er. Der alte Mann, den er gesehen hatte, kam ihm bekannt vor. Vor allem sein verschmitztes Lächeln, so als hätte er gerade jemandem einen Streich gespielt.

Als der kleine Junge das Kino verließ, wusste er auf einmal, woher er den alten Mann kannte. Er ähnelte dem Amor, den Joseph Cheval über die Kabine des Filmvorführers gemalt hatte. Ein gealterter Amor mit einem kleinen Hund und einer alten Frau an seiner Seite.

Es ist nie zu spät, seine Träume zu leben

Caroline Vermalle
UND WENN ES DIE
CHANCE DEINES
LEBENS IST?
Roman
Aus dem
Französischen von
Karin Meddekis
288 Seiten
ISBN 978-3-431-03884-2

Frédéric scheint das Glück hold zu sein. Beruflich erfolgreich, wohnt er in einem wunderschönen Palais im Herzen von Paris, und Marcia, die Frau seines Lebens, erwartet ein Kind von ihm. Da erreicht ihn eines Tages die Nachricht einer Erbschaft: eine Schatzkarte mit Aussicht auf ein impressionistisches Meisterwerk, die ein offenbar Fremder ihm hinterlassen hat. Seine Suche führt Frédéric auf eine ungewöhnliche Reise an verwunschene Orte der Normandie und beschwört zugleich schmerzvolle Erinnerungen an den Tag seiner Kindheit herauf, an dem sein Vater die Familie ohne ein Wort verließ ...

Bastei Lübbe